寂静证词

窃语

不明眼 著

中国出版集团　现代出版社

图书在版编目（CIP）数据

寂静证词. 窃语 / 不明眼著.—北京：现代出版社，2021.3
ISBN 978-7-5143-8884-8

Ⅰ.①寂… Ⅱ.①不… Ⅲ.①推理小说—中国—当代 Ⅳ.①I247.5

中国版本图书馆CIP数据核字（2020）第270610号

寂静证词. 窃语

作　　者：不明眼
责任编辑：申　晶
出版发行：现代出版社
通信地址：北京市安定门外安华里504号
邮政编码：100011
电　　话：010-64267325　010-64245264（兼传真）
网　　址：www.1980xd.com
电子邮箱：xiandai@vip.sina.com
印　　刷：三河市宏盛印务有限公司

开　　本：880mm×1230mm　1/32　　印　　张：8
版　　次：2021年3月第1版　　　　　　印　　次：2021年3月第1次印刷
字　　数：192千字
书　　号：ISBN 978-7-5143-8884-8
定　　价：42.00元

目录

〉荒山恶魔〈

1

在渡山连绵的雨幕里，萧厉等了快一个小时，审讯室的门才重新打开。

几天前在渡山发现的六具女尸如今有五具都已经确定了身份，因为死状和抛尸手法都十分类似，普西和周宁方面都十分重视这起陈年大案，两地的支队队长如今聚在一起专案专查，经过几天的调查走访，他们也终于拼凑出了第一个受害者杨曦的失踪过程。

在三年前，杨曦为了见情人郭锐来到渡山，两人发生口角后，郭锐冲动之下将杨曦约到渡山想要动手将其杀害，最终却因为过度紧张而未能成功，然而就在郭锐将杨曦的"尸体"丢在渡山之后不久，杨曦却活着给丈夫马志怀打了一通电话为自己的出轨行为道歉，当时谁都没想到，那就是她的声音最后一次被人听到了。

"根本对不上！"李松面色铁青地从审讯室里走出来，"这兔崽子吃饱了撑的，来添什么乱？非要说是自己做的？"

虽是意料之中，但萧厉听到这个结果还是不免心中发沉，作为离抛尸地很近的渡山宝华寺里的僧侣，现在坐在审讯室里的杜峰本身符合他们对凶手的画像，甚至就在不久前例行的询问里，他还直接承认自己杀害了五位死者，并且详细讲出了将第一个受害者杨曦埋在山上的过程。

萧厉不曾料想这起因为自己找罗小男而牵出的案子会变成如今这个局面，他们之前废了这么大的劲儿，但真正的调查实际才只开了个头。专案组手里的线索本就不多，在这个节骨眼上，身为僧侣的杜峰被抓又吸引来了大批媒体，可以说现在是所有刑警都最讨厌面对的情况了。

阎非的脸色也不好看，对萧厉摇摇头："第一个受害者杨曦被郭锐丢在渡山那天杜峰并没有下山去买东西，我反复问过了，他也讲不出来在山上看到过谁。"

萧厉奇道："那如果他都没看到凶手抛尸，他怎么知道石子和烟的事情的？"

他话音刚落，唐浩急急从外头跑进来："头儿，检验科那边出结果了，现场遗落最多的那种烟头上的 DNA 确实是杜峰的，对上了！"

"什么？"李松眼都瞪直了，劈手将报告从唐浩手里夺过来，"他不可能是凶手，这兔崽子没事去犯罪现场抽烟做什么？"

万晓茹想了想，忽然轻声道："这还说明了一件事，他去过小溪不止一次，也抽过不止一次烟，这在寺里通通没有记载……"

"就说明我们不能完全相信寺里提供的下山时间，他还是有嫌疑。"萧厉明白过来。

李松烦躁地将牙咬得咯吱作响："问题在于他现在吐不出有用的东西，一口咬死就是他杀的人，但又讲不出细节，就像是非要我们说他杀人一样。"

萧厉想到杜峰在七年前曾经因为女儿失踪得过严重的精神疾病，

说道："他既然可以偷溜出来，有没有查过他在寺里的僧房？他会不会现在还在吃药？"

阎非道："你觉得他的病没好？"

萧厉摸着自己袖子底下疼了大半天的手腕，无奈道："毕竟自责这个毛病可以让人干出很多匪夷所思的事情来，还是查查吧。"

下午三点，李松因为杜峰的事情被紧急叫回普西，而宝华寺方面也有了进展，在杜峰僧房的床底下发现了妄想症和抑郁症的治疗药物，然而血检结果却表明在案发后杜峰就停止了服药。

萧厉为此联系了杜峰的前妻，说起杜峰的病，女人叹气道："他以前就有这个毛病，据说是受过惊吓，晚上经常被惊醒，后来他叔叔突然去世了，他说什么都要从化工厂辞职，明明当时他的位置坐得已经很高了，他们有个姓王的领导也特别看重他……当时拿了不到两万块钱就滚蛋了，从那时候我就觉得他不太对劲，但谁叫婚也结了，我本来想就这么凑合过吧，谁能想到，在这种时候，孩子又突然走丢了。"

女人改嫁之后因为年纪原因没法再生育，提起女儿杜晓雯仍然哽咽不止："我们到处贴告示也没人知道娃儿去了哪儿，那件事就像是刺激到了他，他跟疯了一样，成天要拿着铲子上渡山去挖，还说晓雯肯定是给人拐去当童养媳了，说什么要是人死了就会被埋在山上……那时候渡山不是刚被政府收回去吗？白天管得严，他就每天晚上拿着铲子在山上挖土，回来浑身都是泥……"

挂了电话，萧厉将情况大致说了一下，阎非认为他们可以以杜晓雯为突破点再问一次，同萧厉一起进入了审讯室，阎非这次开门见山道："和我们说说你的女儿吧。"

"晓雯？"杜峰一直以来无比平静的表情至此才终于有了一点波动，惨淡地笑了，"小雯没了，她肯定是给那些人卖了，我们这个地方女孩要是丢了，不是给卖进城里做皮肉生意，就是给卖进村里给人当老婆，有些女孩受不了死了，最后就埋在山上。"

萧厉和阎非交换了一下眼神，萧厉道："这个事情你是怎么知道的？"

杜峰沉默着不说话，只是目光呆滞地看着面前的桌子，萧厉于是换了种问法："那你女儿被埋在哪里，你知道吗？"

杜峰眼底微微一颤："我，我不敢挖……"

萧厉循循善诱："你总在小溪旁边抽烟，为什么？是不是因为你的女儿埋在那儿？"

他说完，杜峰浑身一震："我知道她在那儿但是我不敢挖！那底下埋了石子的，就是为了镇住亡灵……小雯，小雯是被我害死的，是我埋的，人是我杀的！那些女孩儿都是我杀的！你们快抓我吧，抓我吧！"

说到最后，杜峰整个人状若癫狂，不顾两只手还被铐住，连带着椅子一起剧烈挣扎起来。萧厉看他的状况不对，一个箭步冲上去，对阎非喊道："快去叫医生。"

阎非不得已，通知了当地县医院来给杜峰打了镇静剂，大夫直言现在杜峰的状态根本不适合审讯，属于重度妄想症的范畴，加上停药，现在应该要先接受治疗才对。

事出突然，杜峰由林楠和唐浩陪同，暂时被送往普西脑科医院进行医治，萧厉在窗口看着人被带上车，满脸头疼地叹了口气："要命了，普西那边催着要进展，结果杜峰这边还没审出名堂来，要是弄不好，他会变成第二个洪俊。"

"不会。"阎非摇摇头，"杜峰之前长时间服药，神志大多数时候都是清醒的，现在已经可以确定，他是把这次的事件和女儿的死混淆在了一起，出于负罪感才会认罪。"

萧厉道："不管怎么样，他肯定看到了凶手，所以才会咬死人被埋在小溪旁边。"

"阎队，如果要了解他的精神状态……"一直在旁一言不发的万晓茹这时突然说道，"从宝华寺送来的杜峰个人物品里，好像有他的日记本。"

阎非回头看万晓茹正在翻看一本黑色的笔记本，因为一连串的变故，他们还没来得及仔细看，万晓茹翻了几页道："杜峰在山上一直断断续续地写日记。"

阎非将本子接过来，只见第一篇日记是四年前的三月份，按照时间来说，那时候他刚出家不到三个月。

> 一闭眼就想到孩子的脸，我痛苦得睡不着，她是被埋在哪儿了呢？之前宋东的娃儿就是给人抓走卖了，现在大概也没了吧。都是我的错，要是我不……不对，她不该碰到这种事，是我造的孽，我得去找她。

阎非翻了几页，杜峰一开始写日记写得很频繁，慢慢就变成了一周两次，继而是一周一次，笔记本上还有些地方沾着干涸的泥巴。

阎非翻到三年前，在杨曦失踪的前后，杜峰写道：

> 是我的幻觉吗？我看到又有人被埋进去了，他们是怕她找回来报复，往里头倒了石子。她看上去已经死了，我不敢上去，不敢面对我自己的罪恶，我怕那是我的小雯，都是我的错，都是我的错……

男人之后的语句开始变得语无伦次起来，甚至开始说他看到的人就是自己，明显是发病前兆，他写道：

我去了那里，带了铲子，但是一想到埋在底下的是小雯，我就不敢挖，是我自己做了错事，是我害死了小雯。

　　之后一连数十页，杜峰几乎每周都要有两天去小溪边徘徊，他似乎越来越相信那底下埋的就是杜晓雯，但是出于强烈的罪恶感，整整三年，他都没敢把小溪旁的泥土挖开，只是一次又一次地来到那个地方，在黑暗里枯坐三四个小时，抽几根烟，然后又在天亮前离开……

<h2 style="text-align:center">2</h2>

　　巴塞罗那，街角偌大的房子里寂静无声，罗小男正百无聊赖地吃着一盘提子。

　　罗战拿走了她的手机，也不让她上网，因此来的这几天她只能每天对着欧洲这些无聊的电视节目发呆，想萧厉那边到底怎么了。

　　转机时国内有人联系他们，说是在渡山上发现了尸体，是萧厉跟着她误打误撞找到的。罗小男一开始听到这个消息内心满是慌乱，但罗战的反应却比她要快多了，三言两语就将那头的警察糊弄了过去，不但如此，之后甚至还直接说道：要想保住你男朋友，你得把自己撇干净。

　　这是第一次，也是目前为止唯一一次，罗战在她面前撕掉长久以来的伪装。

　　来到这个地方后，罗战并没告诉她任何有用的信息，只说她现在做的事情会让自己陷于危险的境地。虽然前后无数次罗小男同他大吵，但罗战就像是对她的疑问充耳不闻一般，通常只是沉默地听她说完，继而便收拾掉地上砸碎的碗碟，再给她夹一些新菜。

　　对这样的父亲，罗小男只觉得无力。罗战不回答，便等同于默认了她之前查到的那些东西都是真的。几天下来，罗小男虽然弄不清他的苦衷到底是什么，但是也不打算就这么含糊地让事情过去。

上午十点整，宅子里的老钟发出沉重的鸣响，罗小男静静等着，很快门口传来锁门的脆响，罗战似乎还和门口的保安吩咐了什么，罗小男听到那些外国佬说话忍不住翻了个白眼，恶狠狠将口中的提子嚼出了汁水。

希望罗战没把她的护照和手机带去公司，而是放在了二楼的保险柜里。

罗小男望向窗户外驶远的车，悄然活动了一下关节。

她必须要回去。

…………

看完杜峰的日记，围在一起的几个人一时都说不出话来，萧厉将日记往回翻了几页："他反复提到渡山县有买卖婚姻的事，还说之前有买来的妇女被埋在渡山上，杨曦也是买来的，阎非你觉得这中间会不会有什么关联？我们是不是有遗漏？"

万晓茹道："说起这个，之前我和松哥又去看了付青青的个人物品，她有记账的习惯，我发现每次她老公回来的时候，她的记账本里都会有一个八十块钱的消费，她写成'惊喜'，但是对照付青青当时的电子消费记录，我找不到相应的花销，说明这个钱，每次都是用现金的方式支付的。"

"现金？"萧厉抬起头，"是每次王刚回来才会有的消费，是送的什么礼物吗？"

万晓茹摇头："如果是礼物，不会每次都是同一个价格，我也在想我们现在查的东西里头会不会有遗漏，而且如果用的是现金，那就说明她们失踪前可能做过一些事，我们通过电子消费记录是完全查不到的。"

阎非和萧厉对视一眼，脸色都变得凝重起来，阎非知道万晓茹心细，又道："晓茹，李松现在回普西了，你马上带一个民警再把付青青这条线索往下查一查，对着日期看能不能找到她当天的行动轨迹，说不定就能找到那八十块钱的'惊喜'到底指的是什么。"

"好，我知道了阎队。"

万晓茹得到阎非的肯定，止不住欣喜，萧厉心想李松走的时候一脸不爽大概也是因为这个，好不容易相处了两天又给弄回普西去了，换谁谁都要不痛快。

阎非双手撑在桌上，盯着诸多杂乱的资料看了一会儿，忽然道："刚刚杜峰在口供和日记里都说了石子的事，还说埋石子是为了镇压亡灵，这似乎是当地的某种风俗，如果只是小规模传播的封建迷信，我们说不定能直接通过源头找到凶手。"

舆情催得紧，如果不尽快有进展恐怕无法和外界交代，阎非心知他们没时间耽搁了，将工作又布置了一下，最后说道："晓茹，切记，无论如何都不要自己单独行动，至少得有两个人。我和萧厉再去查一下这个石子的事，看看最早是从什么时候开始流传的，受众面有多广。"

众人应下，萧厉同阎非出门的时候外头又飘起雨丝，问道："从哪儿开始查？这么大地方，总不能拉着人就问吧。"

阎非发着微信头也不抬："宋东。"

"什么宋东？"

萧厉现在又是病又是伤，连带大脑都转得比平时慢，反应了一会儿才想起来，阎非说的是刚刚杜峰日记本里的那个人，杜峰提到他家的孩子也丢了，因此才觉得杜晓雯是给人拐走做了童养媳，又给埋在了山上。

八点刚过，两人在县城里找到了宋东的家，在杜峰没有出家前，宋东和杜峰曾经是邻居，而就像是某种诅咒一般，八年前宋东家的大女儿走失，至今没有寻回。阎非在雨幕里叩开了门，宋东是一个消瘦苍白的中年人，见到两人，他的视线似乎对不上焦："你们是……"

宋东家客厅没有开灯，一开门便能闻到一股剩饭剩菜混合着房屋发霉的气味，阎非出示了证件："你应该认识杜峰吧？"

男人一怔："杜峰不是出家了吗？"

萧厉道："他现在可能和刑事案件有牵扯，方便让我们进去了解一下情况吗？"

他说着侧身便想要进去，谁知宋东竟然一步也不让，只是站在原地迟疑道："就站在这儿说行吗？家里特乱，我老婆躺着睡觉呢，也不方便。"

阎非越过宋东的肩膀看去，主卧分明亮着灯，他想了想，忽然冷冷道："是因为家里乱，还是因为有什么东西警察不能看？"

他的话让宋东浑身一震，阎非便趁此机会直接从他身边挤进了屋子，萧厉跟在后头，一进入室内就被那股令人作呕的味道弄得屏住了呼吸。

宋东家几乎满地都是酒瓶和烟头，又听嘎吱一声响，主卧里有个脸色苍白的女人慌慌张张地把门关上，看样子也是瘦骨嶙峋，正是宋东的老婆钟丽。

阎非办过这么多案子，神经何其敏锐，扫了一眼室内的环境便明白过来："说吧，吸的什么？"

宋东战战兢兢地低着头："我，我没……"

阎非不等他说完，闪电般地抓住他的胳膊，将男人原本就松垮的袖子撸了上去，露出底下密密麻麻的针眼来，萧厉看得脸色一下变了："你吸这东西多久？"

宋东没想到两人会发现得这么快，知道瞒不下去，索性抱头蹲在地上：“我不想的……但是我不吸会死的，真的会死的。”

阎非环顾室内，宋东不大的屋子里已经彻底看不到有孩子生活的影子了，问道：“你们的小女儿呢？”

“送去外婆家养了，我们两个这个样子，娃儿在家连口青菜都吃不上。”

宋东不敢抬头，阎非把他从地上揪起来，提着前襟冷冷道：“碰这东西多久了？你老婆是不是也打针？”

宋东别开视线，哆嗦道：“七八年了，一直戒不掉，我老婆也是……我们都是实在没办法，不打针受不了，戒毒所也去过，待不下去。”

“什么叫作实在没办法，有人逼你们吸毒了吗？”

萧厉听得恼火，抬头又看见在屋子的一角，简陋的日光灯管下挂着一张全家福，上头宋东和钟丽的大女儿还在，圆乎乎的脸蛋上笑容灿烂。萧厉心中忽然有了一种很不妙的猜想，宋东和他老婆常年吸毒，家里的经济情况甚至连一个孩子都养不起，既然这样，这么长时间来，他们吸毒的钱究竟是从哪儿来的？

他越想越是心凉。

渡山县一直有买卖婚姻和童养媳的传闻，现在看来，恐怕也不是空穴来风。

3

经过简单询问，宋东很快就承认，八年前他的大女儿其实并不是走失，而是卖给了人贩子，卖得的十万块钱这七八年里已经被他们用得所剩无几。本来宋东已经动了要卖二女儿的心思，但是这一回妻子钟丽却没有让步，将二女儿送去了外婆家抚养。

宋东说到情绪激动的地方，一连抽了自己七八个耳光，痛哭流涕道："我不是人，我是畜生，这些年我天天都梦到娃儿来找我，一想到娃儿可能跟十年前挖出来的那个一样，被石子压在底下，我心里就不好受……我他妈就是畜生……"

萧厉越听越不对劲："什么叫十年前挖出来的那个？"

宋东浑身发抖，甚至不敢看他们："十年前这边山上挖出来过死人，但说是以前的野坟，因为这座山以前还是化工厂所有地的时候就是乱葬岗，还埋过很多小孩。"

阎非皱眉道："这个是从哪儿听来的？"

宋东哆嗦道："都晓得的，之前也有很多化工厂留下来的人都知道，原来渡山刚收回来的时候，咱们这儿都没人敢去，说弄不好就会被小鬼扯脚，后来被政府开发成旅游区，第一时间就在上头修了座庙，这才慢慢有了点儿人气。"

萧厉又问道："那石子的事情呢？"

宋东小声道："就是十年前挖出来一具骷髅，警察来了之后说是女的，后来大家都说那是被买来的童养媳，被买她的男人镇在那里，被挖出来之后也没人敢多说，因为她怨气很大，谁说了就要去谁家，就跟以前挖出的那些小鬼一样。"

"知道怨气大你还敢把你闺女卖了？"萧厉忍不住翻了个白眼，心想难怪之前都没人和他们说这个事情，这都啥年月了，居然还有这种封建迷信的说法，他无奈道，"我真服了，这不是给我们的工作增加难度吗？要是十年前就挖出来类似的尸体了……"

"确定是十年前吗？"阎非问。

宋东点头："我记得当时我和钟丽刚生了老二，她今年刚好十岁。"

阎非将他拉起来："叫上你老婆先跟我们回去，戒毒不会死，不戒毒才会死。"

九点刚过，两人将宋东和妻子钟丽送去渡山派出所，趁着空闲工夫，萧厉在门口点上一根烟醒脑子，在夜幕里看着远处渡山的阴影叹道："看来在这边买卖婚姻还真是一种很普遍的现象，有很多如果不查根本不会知道，毕竟不属于强制性的买卖人口，都是你情我愿的。"

　　阎非在阴雨天脸色总归不好，按着心口淡淡道："十年前被挖出来的尸体如果真的是买来的，身上埋着石子，那和杨曦的情况就很类似了，同样是买卖婚姻，埋尸的方式也很像，你不觉得这太巧了吗？"

　　"你怀疑也是凶手的手笔？"萧厉听出他的意思，"还不知道县里十年前的档案能不能查得到，当时肯定没有立案，要不早就该捅到我们这儿来了。"

　　两人抽完烟提神，回到派出所就立马去档案室里翻十年前的留档。

　　"没有立案，只能在报案和出警记录里找了，至少这种情况尸体得拉回来看吧。"

　　萧厉将柜子上一大盒档案抱下来，被扑面而来的灰尘呛得连打三个喷嚏，阎非说渡山一直相对太平，然而即便如此，十年前一整年的留档也有整整三大盒，萧厉吹掉纸盒上的灰尘："看来我们今天晚上又没法睡了。"

　　"你要知道本来昨晚是不用熬夜的。"阎非动作利索地开始将里头的纸质记录一张张拿出来看，萧厉自知理亏，他现在只祈祷宋东没有骗他们，要是找错了年份，他们可能一整晚都找不到想找的。

　　三大盒的记录，有足足一两千起大大小小的报案，就这样忙活到凌晨一点多，阎非从最后剩下的一小沓材料里抽出来一张，他扫了一眼："找到了。"

　　"找到了？"

　　萧厉凑过去，只见阎非手里拿着一张十年前九月份的出警记录，那时有几个农民发现山上有野狗刨土，几人赶走野狗后就发现了埋在浅平墓穴里的尸骨，被发现时已经完全白骨化。渡山县派出所民警赶到现场后发现尸骨全身无外伤，也看不出中毒痕迹，加上渡山一直有非法土葬的习俗，很早以前化工厂还在当地做过法事，走访后认为是被人埋进去的自然死亡尸体，故而没有做立案处理。

"法医检测后认为，死者为二十岁左右女性，现场没有发现其他个人物品，同时墓穴中被填入大量石子……"萧厉脸色凝重，"看来那个传闻里大多数信息都是真的。"

阎非道："童养媳应该是推测，尸骨一直没有人来认领，是因为这个原因才认为是童养媳的。"

萧厉正色道："这么说这渡山已经不是第一次挖出来被石子掩埋的尸体了，如果真的是同一个凶手，十年前的尸骸被挖出来时已经完全白骨化，算死亡时间在两到三年左右，凶手要是当时就有行凶能力，现在至少也有三十五岁了，而且如果真的是一个人干的，按照你的推测，他仇视女人的原因多半就是……"

"买卖婚姻。"阎非替他补上后半句，"这才是杨曦和其他受害者不一样的地方。"

…………

"那个，警察同志，你们还要多久啊？"

凌晨一点半，付青青的母亲推开房门，里头还亮着灯，万晓茹维持着和几个小时前一样的动作，还在一件件翻看付青青留下的东西。看到付母满脸疲惫的样子，万晓茹略带抱歉地笑了一下："对不起呀阿姨，你们先休息吧，付青青留下的东西比较多，我可能还要看一会儿，我尽量声音轻一点，不影响你休息。"

"好……那辛苦你了。"

付母掩上门，万晓茹听付母的脚步声远了，这才将按在床上的

013

手拿开，她想付青青的家人一定没有好好检查过付青青的衣服，以至于她从不止一件衣服口袋里都找到了安全套，不知为何，这样私密的东西就被付青青放在随身的外套里，而且也都不是什么好牌子，像是街边随手买的。

万晓茹拧起秀气的眉毛，付青青因为经济条件关系，结婚后也和父母住在一起，四个人一起挤在这个两室一厅的老房子里，虽说身处在不同的房间，但明显这里的隔音不好，就连她这样安静地看东西，付青青的父母都会休息不好，那么如果付青青想要和王刚进行正常的夫妻生活……

万晓茹看着掌心里的安全套，脑中隐约浮上一些念头，就在她出神之际，口袋里的手机却突然发出一声嗡鸣，她本以为是外头车里的民警等不及，来催她了，却没想到微信是远在周宁的姚建平发来的。

因为刑侦局要留人，所以这次阎非并没有带姚建平过来，在微信里，姚建平问她案子怎么样，他在周宁只听林楠说已经挖出来六具尸体了，还都是女尸，又听说万晓茹现在也在出外勤，有点担心她的状况。

万晓茹心里一暖，同姚建平简单聊了几句，心思却始终在眼前的案子上。上次的情趣内衣还有这次发现的安全套总让她觉得他们错过了什么，然而因为熬夜，她的脑子里始终像装着一团乱麻，最后万晓茹实在想不到结论，不得不丧气地摇了摇头。

就算她一门心思想要把这个案子破了，但是事情又怎么会这么容易？

万晓茹叹了口气，从怀中拿出密封袋准备把找到的几片安全套带走，然而就在这时，她却忽然觉得手中的东西有些不对的地方。

4

翌日早上七点半。

阎非在派出所醒来时听见外头在下雨，而萧厉正在桌子另外一边睡得正熟。他们昨晚通宵在查这些年渡山县涉及买卖婚姻的案件，最终从二十多桩相关的纠纷里提出了一个名字——秦霜。

从留下的文字材料来看，秦霜在村子里就是一个类似于中间人的角色，当地叫作婚婆，她们将邻县的女人"卖"过来，谈好价格，两家便开始操办婚事，她们再从中抽些好处，是个在买卖婚姻里相当重要的角色。

顺着婚婆，就可以知道这些年被"卖"到渡山的女人到底有多少，说不定运气好还能知道十年前被埋在渡山上的女人究竟是什么情况。

两人连着熬了两个大夜，精神都好不到哪儿去，去秦霜住所的一路上萧厉哈欠就没停过，他想到李松正在忙活应付舆情，忍不住道："我怎么觉得破了'七一四案'之后，什么案子都要拉出来给媒体说一通？"

"公众天生就更容易相信隔了一道的结论，查案过程对媒体越透明，他们就越不容易在外头胡说八道。"阎非淡淡道，"哪怕媒体存在偏颇，但是大多数人都喜欢有情感引导的东西，那更能够体现出他们个人的立场，也让他们更有参与感。"

两人走到秦霜家，门口贴着的对联已经烂得差不多了，一个背脊佝偻的瘦弱老人给他们开了门，身上穿着脏而厚的棉袄："你们是……"

萧厉心中满是悲哀，秦霜做了半辈子的婚婆，经手了多少人的婚姻，自己晚年却落得这种孤独一人的下场，他将老妇扶到屋里的椅子上坐下："我们是渡山县派出所的，来问一下关于县里的一些情况。"

闻言秦霜混浊的眼睛眨了眨："是不是哪家的女娃又被打死了？"

老太太的语气平静，萧厉却听得不寒而栗："之前你经手的女人有被打死的？"

老太太哼笑："我早知道有人会来找我的，这么多年了……你们总算来了。"

阎非冷冷道："具体是谁你还记得吗？"

"记得，怎么不记得，人家都说越老越糊涂，结果我倒是越老越清醒，我记我那几个儿子的脸都没记她们的脸记得清楚。"老太太问萧厉要了一根烟，熟稔地就着他手上的打火机点火，"我从四五十岁开始做这个，做了十几年，到了七十岁的时候，我的三个小孩死了两个，老头儿也没了，现在孤家寡人就是报应，怪不了别人。"

萧厉看着秦霜，只觉得她好像早就已经认命了，问道："十年前从渡山上挖出来一具女尸，一直没有人认领，这个事情你知道吗？"

老太太奇怪地看他一眼："你们是来问她的？"

萧厉听这意思，秦霜似乎早就知道那具白骨是谁，脸色一变："你知道死的是谁？既然这样，为什么不去认尸？"

老太太嗤笑一声："这种事情都是见不了光的，当时还有警察来了，之前为了这些女娃的事，他们已经来找过我几回了，要是去把人领了回来，我不是自投罗网啊？"

阎非冷冷道："白骨化的尸首你是怎么认出来的？"

秦霜在袅袅烟雾里长叹了口气："当时我上了山，一看那个石子就知道了，这个女娃娃肯定是冤死的，我就想起来我经手过一个丫头叫冯梅，买她的人非要她有了娃才肯结婚给钱，当时那丫头为了钱也顾不上，立马搬了过去，还没几个月就说人丢了。我当时觉得有问题，但是这事儿也没法报警啊……她搞这个是为了给她爸治病，后来人找不着了，钱也没到位，她爸很快就死了，娘家人不管，人失踪了好几年，直到那次在山上，一挖出来我就知道是她……这丫头个儿特小，那些警察把白骨摆出来就像个小娃娃，说是二十岁左右的，我一想就是她，不可能认错的。"

萧厉和阎非对视一眼，问道："那这个冯梅，是哪里人，你卖给谁了？"

老人混浊的眼底已经进不了多少光，慢慢眨了几下才转向萧厉的方向："她是东条村的，当时她跟的人叫李富明，今年应该也有五十多岁了，开杂货铺，后来再娶了。"

秦霜说得很痛快，像是恨不得将埋在心里十几年的话都一口气对他们说完似的："这么长时间，我经常梦到这几个女娃娃来找我，后来她们把我几个儿子的魂都勾走了，就是不来勾我的，我就明白了，她们是不放过我，所以就是不让我死，一个人活着受罪。"

萧厉心下悲凉，站起身道："看来马上我们要去见一下这个李富明了。"

两人把老太太送去了派出所，萧厉送人下车，就在将秦霜交给当地民警之前，老太太却忽然转过脸来拉住他："那女娃有哮喘。"

萧厉一愣，还没来得及细想，派出所里又冲出来一个人，猛地拍了几下阎非的车窗户，满脸焦急道："晓茹说今天上午来和我对一下线索，结果我睡过了，过来的时候他们说晓茹等不及我已经走了，然后到现在还没回来，电话也打不通。"

萧厉听到最后一句心里不由得咯噔一下，万晓茹看着柔弱，但是性格有多好强他上次已经见识过了："她昨晚在付青青家里查到了什么？"

民警一时语塞，而阎非将手伸出车窗一把抓住他的领子："我让你和她一起行动，结果你连她昨天晚上查了什么都不知道？"

"是……是付家隔音太差，她就让我先出去等，免得打扰对方父母休息……"

民警给阎非扯得险些直接撞在车门上，萧厉见状赶忙把阎非拉住："那个八十块钱的事，她很有可能就是在追查这个。"

阎非冷冷地把人松开："她从付青青家里带出来什么？"

民警满脸懊恼："她好像拿密封袋装着几个小袋子，正方形的，很花哨，不到手背大小，有好几个，还有一张什么饮品店的卡。"

阎非咬牙道："是安全套。"

萧厉反应过来，他们之前在崔志家里也看到过同样类型的安全套，惊道："晓茹发现了几个受害者的共同点。"

阎非脸色铁青，当即也顾不得车就横在门口，直接从车上跳下来进了派出所，一下拍在几个值班民警的桌上："查！查万晓茹从派出所出去之后去了哪儿，有多少警力用多少警力，所有监控都要看一遍，半个小时里我要知道结果。"

萧厉跟在后头，见状犹豫道："要不我先去查那个李富明，说不定刚好能碰上……"

"你给我老实在这儿待着！"

阎非回头狠狠瞪他一眼，紧跟着飞快地安排好派出所内部的分工，几乎是扯着萧厉上了车，他一脚油门下去，萧厉差点一头撞在挡风玻璃上，叹息道："你别急，晓茹不一定就出事了，你这么开飞车，一会儿指不定翻车的是咱俩。"

阎非的脸色难看："早上官方刚出了消息，如果凶手在关注这件事，又刚好碰到了来调查的警察，很有可能会破罐破摔，晓茹不是做一线的，她应付不了这个。"

萧厉听到这儿终于觉出几分严重性来，皱眉道，"不应该啊，晓茹如果发现了重大的线索，她的性格还算谨慎，不会不联系我们的。"

阎非抓着方向盘的手捏到发白："晓茹心细但是没经验，这样很危险……我应该带她的。"

萧厉一愣，长久以来阎非的情绪就像是压在一个玻璃罩子里，萧厉就见过几次他崩盘的样子，也是前不久才知道这个玻璃罩子的罩门在哪儿。

阎非不喜欢身边的人出事，所以从一开始，他就想要把万晓茹推走。

他是在害怕万晓茹变成第二个白灵。

5

阎非一路车速飙得很快，很快便将车停在了李富明名下的杂货铺外，萧厉远远看到橱窗里放着他们之前在崔志家看到的安全套，因为外包装的颜色花哨，所以显眼异常。

阎非甚至没耐心走正路，直接翻过玻璃柜，将后头正在玩手机的年轻人从板凳上提了起来："李富明呢？"

年轻人被他按在墙上，疼得龇牙咧嘴："你谁啊？找那个老家伙干什么？"

萧厉知道这个年轻人应该是李富明再娶之后的继子顾勇，问道："你爸呢？我们是警察，有非常紧急的事情要找他。"

年轻人脸色一僵，结巴道："那个老东西他犯什么……"

"他在哪儿，说话。"

阎非的耐心已经快到极限，顾勇被他的口气吓得人都僵了："他今天早上忽然叫我来看店，我来的时候他已经不在店里了，我也不知道……"

"说实话！"阎非语气冰冷，"你应该知道自己已经到了要对言行负责的年纪了吧。"

顾勇到底年纪还小，给阎非这么一唬都要尿裤子了，急道："我真不知道！要不行你们上对面那个宾馆问问吧，有时候对面点了东西，老东西会自己过去送。"

萧厉转头望去，在小卖部的正对面只有一些很老的小区楼，外墙都是灰黑色的，不少阳台上还晒着衣服，他奇怪道："宾馆？哪儿有宾馆？"

顾勇道："是个老板自己开的，上下有七八套房，是个情趣酒店。"

"情趣酒店？"萧厉倒吸一口气，之前几个受害人都是在热恋期中被害的，萧厉喃喃道，"这也是情侣都会做的事，也难怪崔志没有写，这么私密的事，一般来说也不会想到拿来和警察分享。"

萧厉睁大眼，李富明很想要一个自己的孩子，所以他当年买冯梅进门，一定要对方怀孕才会付钱结婚，然而冯梅没有能让他如愿，之后冯梅就死了，李富明又娶了宋芳，但宋芳已有一个自己的儿子……

"他觉得女人就是用来生孩子的，如果不生，也就没有用了……"

萧厉看向橱窗里的安全套，这个小卖部和对面的宾馆相隔只有一条街，除了杨曦以外的几个受害人在进入宾馆前，很有可能来李富明的小卖部买过安全套，李富明求子心切，对心存避孕想法的女性恐怕本来就有偏见。

萧厉联想到受害人下腹被连捅数刀，咬了咬牙对阎非道："如果没猜错的话，对面开一次房应该就是八十块钱，是专门给情侣提供的特价房，我们之前查不到记录就是因为它是黑旅馆，而且多半只收现金，受害人家属也不会将这种私事讲给警察听……晓茹是通过安全套找到这儿的，只怕早上已经来过了。"

…………

李松赶到的时候，阎非和萧厉正在一间房里盘问宾馆的老板，他推门进去，只见整个房间里堆满了各式各样的情趣用品，甚至连天花板上都镶着镜子……李松原本就谈不上好看的脸色顿时又黑了几度，上去二话不说扯着阎非的胳膊往外头拉，萧厉见势头不妙跟上去，刚一出门，阎非便猛地撞在他身上，捂着嘴角俨然是被人打了。

李松拳头攥得发抖："我就去了普西一天，一天！你就是这么安排晓茹工作的？"

阎非难得实实在在挨了一下，咬到舌头吐出口血水来，萧厉见状一把把阎非拉到身后去，低声道："人还没找着，在这儿内讧有什么用？叫人看你们两个队长的笑话？"

李松不说话，只是狠狠地瞪着阎非，阎非擦掉嘴角的血道："晓茹不仅在付青青的个人物品里找到了一种本地产的劣质安全套，还找到了周边一家饮品店的集点卡，她继而通过八十块钱钟点房的线索直接找到了这里，离开的时候是上午十点四十，老板说她拿着安全套，很有可能是往街对面的小卖部去了。"

"街对面的小卖部是什么情况？"

"我们查到一个嫌疑人叫李富明，街对面的小卖部就是他名下的，现在这个人下落不明，我们已经让人查了周边监控以及他名下的财产，一有任何消息会马上通知。"

李松面色铁青："其他四个受害者都在这边出现过？"

萧厉叹了口气："这家宾馆本身就是违法营业，不进行身份登记，我们给老板看过除了杨曦以外四个受害者的照片，老板全都认得，因为她们四个都是常客，除了丈夫在外打工的付青青，其他三个人平均一个月至少要来一次。"

李松的脸色越来越难看，萧厉皱眉道："如果是常客的话，肯定也和街对面的人打过不只一次的照面了，现在我们怀疑李富明因为这些女人独自来购买安全套盯上她们的。"

李松掐着腰深吸口气："叫人查了他平时的活动范围了吗？开杂货铺的，运货应该有交通工具吧，车在哪儿？"

阎非道："有一辆用来运货的车，原本停在小卖部的后门，但是现在被开走了，林楠和小唐那边在追查车的下落。"

"兔崽子，在这种节骨眼上还敢顶风作案，那我们就只能等着？"

李松说得咬牙切齿，看到阎非简直恨不得上去再捣他两拳，正在三人僵持之际，老板从屋子里探出头："警察同志，不都说坦白从宽，抗拒从严吗，我给你们提供线索，你们看我这个无证经营的事儿能不能不要追究得太狠，我家里还有老婆孩子要吃饭呢。"

李松眯起眼："你有线索？"

老板干笑道："我这不是和对面那个老李还挺熟的嘛，谁知道他会突然被抓……我看他平时也挺正常，就是和家里老婆不对付，成天在小卖部里抽闷烟。"

李松现在哪有心思听他闲扯，不耐烦道："别说废话，有什么线索赶紧讲。"

老板给李松的暴脾气吓得一哆嗦："那我的事儿……"

"你还敢跟警察讨价还价！"萧厉看阎非给打得嘴角青了一块儿，火气也跟着上来，"你知道我们在找什么？我们在找杀人犯！你不说实话等于包庇他！"

老板的脸一白，看面前三人的脸色都不对，终于小声道："我就想说，李富明还有一个备用的存货仓库，是他之前便宜收来的，就在渡山风景区那边，他之前转让掉了，但是接盘的人迟迟不来接手，他就暂时还拿着钥匙。"

"在风景区那边？"

萧厉和阎非对视一眼，几乎立刻转身向外跑，而剩下的李松见状骂了一句，也急急跟了上去。

6

万晓茹醒来时只觉得后脑勺疼痛难忍，她试着动了一下，然而手脚却都叫人用塑料绳捆住，嘴上封着胶带，她只能发出含糊的声音。

记忆的最后，她在那家小卖部看过橱窗里放的安全套，几乎每一只都被人用针扎过，细细摸的时候，能摸到外包装上凹凸不平的地方，就和在付青青家中找到的安全套一样。在那之后，她本想出了店就给阎非打电话，却没想到她刚转过身，后脑勺便是一疼，跟着便彻底失去了意识。

实在是太大意了。

万晓茹心中懊悔，早上就应该和阎非派给她的民警一起行动，但如今说什么都迟了，她躺在黑暗里，身下是冰冷的水泥地，用力呼吸便能闻到空气中浓重的霉味……很明显，带她来的人多半就是凶手，或许之前那几个女孩都是死在这里，如果她没办法逃出去，或者拖延足够的时间让阎非他们找到这里，下一个死的就该是她。

万晓茹想到这儿不由得浑身冰冷，她在一瞬间想哭，但是很快又生生忍住，她还是个警察，接受过警校的正规训练，不能上来就倒在这里。

万晓茹咬了咬牙，奋力先磨掉了脸上的胶带，她没有立刻就喊。这个地方她听不见有什么声音，似乎离人群非常遥远，估计就算她喊救命也没用，而且还可能把凶手给引过来。

万晓茹本打算往远处再多爬一点，看看能不能找到什么锐器割断绳子，然而这时黑暗里却传来一个苍老的声音："你长得好漂亮，是不是来做生意的？"

万晓茹艰难抬起头，刚刚的小卖部老板在黑暗中拧开了手电，万晓茹双眼被刺了一下，这才发现自己是在一间狭窄的仓库里，周围堆着不少杂物，同时仓库的所有窗户都被封死了，完全透不进一点光。

男人慢慢靠近她，脸上带着几分怜惜："看你的样子应该不是陪着男朋友来的吧？卖谁都是卖，干脆给我得了。"

万晓茹意识到男人竟是没有发现她放在羽绒服内侧的工作证，而现在如果直接说自己是个警察，无疑会逼得他狗急跳墙，万晓茹想了想，决定干脆隐瞒自己的身份："你想干什么？"

男人脸上浮上一抹阴恻恻的笑容："我想干什么？你做这行的还不明白？"

万晓茹的心思动得飞快，面前的男人身高虽然不到一米八，但是四肢粗短有力，如果正面起冲突必然对她不利，如今她只能尽量想办法拖延时间，以阎非和萧厉他们的判断能力，应该很快就会发现她失踪才对。

万晓茹逼迫自己冷静下来："那你想要什么？"

男人把手里的刀搁在一旁的纸盒上，在她面前蹲下，伸出手来摸她的脸："你愿意给我生个孩子吗？"

万晓茹心里一惊，联想到之前那些受害者恐怕都在男人的店里买过安全套，原来是这件事本身戳中了凶手的痛点，她强忍恶心道："如果你愿意放我走，我什么都愿意做。"

男人又盯着她看了一会儿，忽地嗤笑一声："你挺聪明，不过我可信不过你，长得漂亮的女人都会骗人也会跑，你肯定也会。"

"我是说真的，我也是第一次接客，'妈妈'说我这样在大城市做也伺候不了那些大老板，就让我先来这儿练练手……她还说宾馆没有套，让我先买了再去，我刚刚就是不确定，想在你店门口给她打电话再问下的。"

万晓茹掌心冷汗直冒，之前受害者几乎都是泼辣外向的个性，说明要想打动凶手，首先要表现得和其他受害者都不一样，在性方面最好保守一些。万晓茹想到这儿面上做出一副害怕万分的样子，哆嗦道："我真没骗你，大哥，我真没怎么接过客人，这要我怎么证明给你看？"

　　"第一次出来卖？"

　　男人捏住了她的下巴，万晓茹疼得一个激灵，眼角挤出一串泪珠："我……"

　　"倒是确实没怎么见过你。"男人兴趣盎然地看着她，"看着倒像是城里来的。"

　　万晓茹可怜兮兮地吸了一下鼻子，红着眼睛道："我之前都在周宁的，那边老板嫌我做得不好，长得漂亮也没用，就来这儿了……"

　　男人伸手摸她的脸，一直摸到下巴，又要往高领毛衣里伸，万晓茹禁不住颤抖了一下，满心屈辱，但偏生又不能发作："大哥你要做什么？"

　　"还真不会啊？骗我的吧，我得验验。"

　　男人将手放在她身上，万晓茹被反剪在背后的双手捏得生疼。如今的一切都仿佛让她回到了那辆公交车上，就算是最后阎非帮了她，但那一天发生的一切在那之后许多年都盘桓在她的噩梦里。

　　万晓茹咬紧牙关，对方虽然是顶风作案，但也确实是吸取了之前的教训，没有再找有家室的女人，而选择了像是'小姐'这样的边缘职业……如今她是被他盯上的目标，就算是阎非他们能赶到，恐怕凶手也会在他接下来要做的事情上得逞，既然这样还不如现在就同他拼个鱼死网破，这样也好过在那之后再被杀。

　　理智和冲动在万晓茹心中来回撕扯，而男人还不知她心下的这些念头，咧嘴笑道："城里的女孩皮肤果然白，可比我以前弄的娘儿们要强多了。"

他说完便感到手掌下的躯体一颤，万晓茹在昏暗的光线下看他一眼，柔柔弱弱地喊道："大哥，我手疼，你能把我松开再弄吗？现在这情况，我也跑不了呀。"

男人似乎已经来了兴致，闻言竟当真抬起头来看着她，万晓茹本以为是不行的意思，却没想到脸颊上骤然一痛，男人突然狠狠抽了她一个耳光，万晓茹被打得猝不及防，脑子里嗡嗡直响，同时嘴里也是咸腥一片，像是牙齿咬破舌头之后出血了。

男人恶狠狠道："你要敢跑，我会把你的骨头通通都打断，叫你喊都喊不出来，跑也跑不了，听懂了吗？"

他说完又用力扇了她几下，最后万晓茹眼前已经有些发黑了，男人才终于将她翻过来，割断了绑着她手的塑料绳，笑道："小东西，还挺不禁打的。"

男人的声音像是从很远的地方传来，万晓茹感到男人扯烂她的毛衣，她这时又低低喊了一声："大哥……"

她的声音非常低，男人低头想要听清后半句，而万晓茹便在这时猛地抬头，狠狠撞在了他的鼻梁骨上。在瞬间男人发出了一声惨叫，捂着鼻子向后倒，而万晓茹也知道自己的机会只有一次，她艰难支起身，见男人伸手要去拿刀，索性直接扑在男人身上，用手猛捏他断掉的鼻子，逼得男人骂了句"臭娘儿们"，收回拿刀的手便来掐她的脖子。

万晓茹在警校里也接受过基础的素质训练，但无奈力量差距太大，男人在和她的缠斗里很快还是占了上风，伸手掐住了她的脖子将她狠狠按回了地上，口中不住骂道："果然和那些女的都一样，都得死！"

万晓茹被迫在逆光中注视着施暴者的脸，之前她撞断了男人的鼻梁，鼻血淌过那些深深浅浅的皱纹，显得格外狰狞。她说不出话，只能用力捶打几下男人的胳膊，但并没有太大的作用，随着缺氧，她的力气越来越小……

她要死在这儿了。

万晓茹心中绝望，就在她感到极度窒息的时候，男人却突然松开了她，黑暗里他怪笑了两声，喘着粗气道："还挺有能耐的，就这么杀了你，太便宜你了。"

万晓茹喉咙剧痛，咳了好几下还没能缓过来，同时只觉得身上一凉，男人撕坏了她身上最后一件衣服，紧接着就有什么冰冷的东西直接抵在了她的下腹上。

"刺两刀再干，你也死不了，但是会非常疼。"

男人又一次怪笑起来，万晓茹浑身发冷，刀尖这时已经切进了她的皮肤，一阵钻心的疼痛袭来，她甚至连挣扎的力气都没了。男人用手掐住她的脖子，将那把刀慢慢往深处插，附在她耳边道："你会是死得最惨的那一个，我连个全尸都不会给你留的。"

绝望到极点，万晓茹对于疼痛的感知似乎都在无限放大，她听不到自己的声音，而刀捅进去的那几秒长得几乎像一辈子，最后砸下来的是一个沉甸甸的念头，掺着后悔，叫她止不住想流泪。

她原来是真的不适合做一线的。

7

"晓茹！"

李松踢开门的时候简直难以置信自己看到的画面，万晓茹被李富明压在地上，腹部还插着一把匕首，原本白皙的脸上全都是血迹和瘀伤。

"畜生！"

李松只觉得全身血液都冲上了脑子，他毫不犹豫地对着李富明拿刀的手开了一枪，子弹擦过手腕，男人惨叫着倒在一边，而萧厉冲上去将万晓茹抱了起来，把身上的衣服裹在她身上。

万晓茹满脸鲜血地在他怀里哆嗦不停，萧厉手忙脚乱地想要给她腹部的伤口止血，又被李松粗暴地一把扯了起来，李松动作麻利地用围巾按压住万晓茹腹部的伤口，对身后跟进来的夏鸥喊道："赶紧叫医生！就你一个女警，你陪着她上医院！"

"是！"

夏鸥咬了咬牙跑出去打电话，李松低头，见万晓茹睁着眼，似乎毫无意识地在淌眼泪，他轻轻叫了她几声，过了许久万晓茹才像是回过神，颤抖着喊了一句"松哥"，在这一刻就像是最后一丝理智忽然断线一般，趴在他怀里痛哭起来。

萧厉看不得这种场面，本来要去铐李富明，这时却见一直蹲在万晓茹身边查看她状况的阎非突然沉默地站起来，萧厉借着门口照进来的光线扫到他的表情，心里便是一凉。

阎非这个人平时虽然也常常面无表情，但大多数时候都是相对平静的，甚至有时眼底还能看出一丝戏谑，绝不会像现在这样一点情感都没有，整个人森然至极，仿佛突然剥离掉了所有情绪，像是个冰冷的机器一样。

他要失控了。

萧厉想起之前林楠同他说过阎非违纪的事，很显然对于阎非来说，万晓茹这样的状况根本就是当年白灵事件的翻版，暴力加上羞辱，阎非虽然从高冠杰的口供里听到了完整的过程，但是听到和亲眼所见毕竟是两个概念上的东西。

萧厉隐约觉得不妙，而这时阎非已经朝倒在一边的李富明走过去，萧厉冲上去拉住他的胳膊："你冷静一点阎非，我们要带他回去，还有很多的事情要问……"

"松开！"

阎非直接甩开了他的胳膊，用的力气大到萧厉险些倒在地上，李富明似乎也意识到了危险，看着阎非颤抖道："你别……"

他刚说出两个字，阎非已经一把扯住他的衣领，重重一拳在李富明的脸上砸了下去。他这一下也不知用了几成力气，碰到之前李富明断掉的鼻梁，男人几乎立刻就发出一声剧烈的惨叫，惹得仓库里所有人都看了过来。

"阎非你干什么！"

李松喊了一声，但阎非却像是充耳不闻，面无表情地继续重砸李富明的脸，很快便弄得满手是血，而一开始男人还能叫出声，后来就只能一边吐着血泡，一边发出含糊的呻吟，眼看就要不行了。

萧厉拉不住阎非，心里止不住地发慌，重查"七一四案"阎非没当场杀了高冠杰是他用理智克制的结果，之后这人便一直将情绪藏得很好，但想来如果再有他身边的人这样死于非命，一直以来罩住阎非情绪的那个玻璃罩子就会顷刻间碎得彻彻底底。

萧厉想到这儿也顾不上许多了，几乎是硬生生挤进阎非和李富明之间："阎非！你还知不知道你自己是谁！你再打下去怎么和上头交代！"

"让开！"

阎非冷冷地扫他一眼，萧厉给这一眼看得汗毛倒竖，却还是硬着头皮道："阎非你看清楚，白灵已经走了，晓茹还活着，你查完了'七一四案'，不能在这个地方失去你的原则！"

"萧厉你给我松开！"

"你想想嫂子！想想你爸！想想我还有你救的那些人！你是个警

察阎非！你清醒一点，你打死他也没有用，这也不是你的错。"

萧厉怎么都没想到这句话他还有还给阎非的那一天，他讲到最后，阎非猛地睁大眼，萧厉见他脸上血色尽失，趁热打铁道："你还记得破'七一四案'的时候你是怎么对我说的吗？你要完成你爸的遗愿，不会杀他，只会送他去坐牢……这是你作为一个警察的原则，更何况晓茹还在，她不是第二个白灵。"

"……"

阎非听到最后一句终于皱着眉倒退一步，手上的力气也松下来，萧厉见状赶紧去看李富明的情况，好在阎非收手收得及时，李富明虽说样子狰狞又淌了满脸鼻血，但气息还在，只是暂时失去意识，也不知道多久能醒过来。

萧厉松了口气，为保险起见还是将李富明铐了，他吃力地要把人从地上提起来，中途手上突然一轻，阎非将李富明直接拎了过去，冷冷道："你马上去医院，其他的事情都暂时别管了。"

他说完，提着李富明便大步流星地往仓库外头走，李松脸色一僵："你不去医院？你知不知道晓茹醒了之后肯定……"

她肯定第一时间想要见到阎非。

李松虽然不愿意承认，但是内心也很清楚，不论有多少人爱慕万晓茹，她心里从头至尾也只装过阎非一个人。万晓茹那几段短暂的恋爱都结束得不明不白，无非就是因为她放不下那个年少时在公交车上搭救过她的青年。

李松咬牙："李富明交给我，你先去医院陪她……"

他这几个字讲得极其勉强，然而阎非却也只是在门口短暂地停下脚步，最终他一言不发地将李富明塞上了车，紧跟着便头也不回地离开了仓库。

8

因为李松他们及时赶到，万晓茹腹部的伤口不算深，被送去医院后很快便清醒过来，坐在床上一言不发。

"这个畜生……"

李松站在走廊上来回踱步，时不时就要骂上一句，萧厉也没法安慰他，就这么大眼瞪小眼地站了一会儿，走廊尽头忽然传来一连串急促的脚步声，却是姚建平一路小跑过来："萧厉，晓茹呢？"

萧厉指了一下病房："现在有个女警在里头陪她，你先别进去了。"

姚建平往里看了一眼，脸色顿时变得更加难看，萧厉问道："你怎么来了？"

姚建平语气生硬道："杨局接到阎队电话，说晓茹在出外勤时因为他安排不当受伤，叫我来看看情况。"

"安排不当？"

萧厉一愣，心想这算哪门子的天降飞锅，刚想为阎非分辩几句，李松却一下拉住了他的胳膊："人没事，你先给杨局回消息吧，都是皮肉伤。"

"好。"

姚建平人一走，萧厉立刻皱眉转向李松："什么叫作阎非安排不当？他是让人跟着晓茹一起调查的，只不过……"

"没有只不过。"李松打断他，"这个情况，如果不这么做，落下的口舌会更多。"

萧厉差点给气笑了，反驳的话到了嘴边，抬头又看见里头面色惨白的万晓茹，萧厉倏然意识到，嘴长在别人身上，她一个新人不顾命令以身犯险，那保不准又会有人说三道四，到时候可能还会拿她的长相做文章，最后反而会对万晓茹造成二次伤害。

"这时候倒是会充英雄。"萧厉明白过来，杨局本来对阎非就算不上宽容，再加上阎非还直接出手打了嫌疑人，这事儿要是闹到杨局那边，大概率要受处分。

萧厉越想越替阎非觉得憋屈，气极反笑："我看阎非也是够难的，到处给人兜着事儿，要给我这个活儿，我可干不来。"

李松平静道："所以你坐不了他的位置，这件事换了是我也会这么做。"

萧厉心里烦得要命，一个李松，再加上姚建平，都是把万晓茹放在心尖儿上的人，他一个外人在这儿不但尴尬，还要平白替阎非挨白眼，既然这样，还不如回专案组帮着阎非审李富明来得痛快。

萧厉心思一定，当即丢下一句"晚点我叫阎非来看晓茹"，转身便往楼下去了。

渡山县公安局内，阎非冷冷看了一眼面前鼻青脸肿的男人，将冯梅的照片推过去："先从这个开始讲。"

李富明如今面对阎非再也不敢乱来了，他哆嗦了一下，看着冯梅的照片，就像是一下子回到了十几年前的那个秋天。冯梅刚刚住过来几个月，婚婆说她家里急着用钱，虽然李富明的要求是必须要怀孕才能把人娶过门，但因为冯梅的情况特殊，他还是先给了几千块钱，之后冯梅倒也听话，对他百依百顺，李富明在那时摸过她的身子，瘦归瘦，但是胯宽屁股大，婚婆说该是能生儿子的。

刚开始的时候他对冯梅也很好，三天两头看有没有怀孕，结果一连弄了好几个月，冯梅的肚子竟然一点动静都没有，李富明开始疑心起来，他去问过婚婆，秦霜却说她只管找清白身子的，能不能生她也没法管，李富明再一想冯梅那个瘦弱的身子板，心里不由得凉了半截。

冯梅怕是个根本生不了的。

李富明低下头："她身子有问题，到了秋天的时候成天背着我吸药，不吸的话她就喘不过气来。我后来去问了婚婆，才知道她有哮喘，又打听了一下，乱吃药就算怀了生下来的孩子也可能会得病。"

阎非问道："所以你就因为这个原因杀了她？"

李富明心虚道："我和她吵了一架，一气之下把她的药拿走了，结果那天回去的时候，她躺在地上已经没气了……我当时慌得要命，然后就突然想起来，龙都化工厂有个后山，也挖出来过小孩，管得又松，我想我要是把她埋到山上去，就没人会怀疑我。"

"为什么用石子？"

"因为之前都传，渡山挖出来的小孩子就是用石子镇着的。"

李富明被阎非打怕了，进了审讯室就变得无比老实，阎非随即又将杨曦的照片放到李富明面前："当时你是怎么碰到杨曦的？把作案过程交代一下。"

"她……"

李富明看着杨曦的照片，犹豫了一下，却是先说起了自己的第二任妻子宋芳。七年前，他第一次见到宋芳就知道这个女人不好招惹，那时的宋芳头发烫染成红色，画着细细的柳眉，身边站着一个十岁出头的孩子，养得黑胖。

介绍人说，宋芳也是离了婚的，在县里开麻将馆，有一个十二岁的孩子，现在急着想要找个男人，正巧，碰上李富明，看了照片还算对眼，便拉着两个人坐下来谈。

宋芳说话不怎么客气，上来先把条件和他摆清楚了，其他李富明都没什么意见，就只有一条，宋芳不要生二胎。因为当年生这个大儿子的时候她就去了半条命，这种苦头她不想再吃一次，所以要求李富明把她的大儿子顾勇当成亲生儿子对待，如果李富明想，也可以把姓改过来。

　　冲着这个要求，李富明本来不想答应，他都四十岁了，这些年一直叫县里头的人戳脊梁骨，说他有毛病所以才没生出孩子，这下要是娶了老婆还不生，岂不是更坐实了这事儿？

　　头一回见面，李富明一口回绝了介绍人，结果人家出了门便拉着他好声好气地劝，说宋芳第一不吃他用他的，第二还能白捡个儿子，这种好事不是每天都能碰上的，再说宋芳才三十三岁，到时候成了夫妻，两个人再好好把话说开，指不定宋芳就答应了。

　　李富明被介绍人的一番话说动，考虑再三还是答应了下来，他年过四十才在名义上娶了"第一个"老婆，酒席办得隆重，但谁都没想到，两人在一起头一年，李富明同宋芳说了无数次他想要个孩子，但宋芳就是不答应。有几回李富明急眼了，想直接来，然而每次到了这种时候，宋芳那个儿子都会来搅和，弄到最后宋芳抱着儿子把他痛骂一顿，隔着一条街都能听着。

　　久而久之，李富明在家里的日子过得越来越憋屈，他骂不过宋芳，平时眼睁睁地看着宋芳在麻将馆里跟其他男人眉来眼去也没法说，毕竟宋芳的麻将馆更赚钱。他这个小卖部位置开得不好，除了对面那个宾馆有时候会来人光顾，也没什么生意，宋芳有时候脾气上来，还要骂他是吃软饭的。李富明没办法，只能受着。

　　到了第三年，李富明开始经常去宝华寺，他知道，随着宋芳年纪越来越大，给他生个孩子的可能性越来越小，李富明只能寄托于求神拜佛，希望宋芳哪一天能突然想通，他这辈子还能拥有一个自己的儿子。

　　三年前，也就在李富明照例去渡山烧香时，他在上山时捡到了被郭锐丢弃在水沟里的杨曦，他将人救起后发现还活着，本想索要些报偿，于是将人带到了仓库，却不想女人醒来之后便一直在哭，埋怨自己不该为了外头的男人背叛她老公。

李富明轻声道:"她说,她老公都愿意花钱买她了,肯定是会对她好的。我一开始还没听明白,后来搞清楚她也是被买来的女人之后就觉得非常气,想到我结的两次婚,就觉得这些女的没有一个好东西。"

阎非问道:"是你让她给她老公打电话的?"

李富明咬牙:"我看到她就想到宋芳,这个臭娘儿们不知道有没有背着我在外头和别的小白脸乱搞,回来还不让我碰。我气不过,绑了她之后拿刀划她,也想给她老公出气,就叫她打电话给她老公道歉。"

阎非冷冷道:"你为什么要在她的尸体上也倒上石子,那些石子是哪儿来的?"

李富明低下头:"那段时间宝华寺在施工,我就想,这个女的被我弄得这么惨,可不要死了之后再来找我,所以我就晚上去山上偷搬了几袋石子,毕竟是在庙里放过的,我觉得肯定有点用……她死之前一直在说变成鬼也不会放过我,我把石子埋进去,就想如果这一次还是没人发现,那就说明菩萨也是站在我这边的,我这些年吃的苦,也该有人来偿还了。"

9

萧厉回到派出所的时候半身都湿透了,唐浩关切道:"萧厉哥,晓茹怎么样了?"

"身体上没大碍,已经醒了。"萧厉拍掉满头的水珠,再次感到手腕隐隐作痛起来,"就是受到的惊吓比较大,现在还没办法开口说话。小姚刚从周宁那边赶过来,医院里还有李松和夏鸥守着,不用太担心。"

唐浩松了口气:"吓死我了,刚刚头儿回来的时候脸色差得要命,我还以为出了什么大事，不过听审讯室里一直挺安静，好像审得很顺利。"

萧厉心想能不顺利吗，之前李富明被阎非打得半条命都没了，再怎么样也不敢在盛怒的阎非面前造次。他拍拍唐浩的肩膀："晓茹那边你就别担心了，这个事儿回去也不要到处和人瞎聊，不要给晓茹增加精神负担了。"

"知道了萧厉哥。"

萧厉说完直接进了审讯室，阎非抬头看见他，也没有让他出去的意思，只是继续问道："你说剩下的四个受害者，其实你都不止见过一次？"

李富明低着头道："因为店里大多数的生意都是对面开的那个钟点房里的，常来的我大多都认得。"

萧厉问道："来的人很多，为什么会挑上她们？"

李富明像是已经意识到自己走投无路，老实说道："因为只有她们几个是自己跑过来买的，一般那些女的拉不下脸，都会让男的来……我看到她们就想到宋芳，凭啥她们说不生就不生？女的不就是用来做这个事的吗？"

萧厉看了一眼阎非的脸色，确定他不会再度失控这才问道："今天你绑走的那个姑娘不是本地人，也没去过那个宾馆，为什么你见她第一次就打算杀她？"

李富明心虚道："我看她长得那么漂亮，又来我店里买套，还以为她是来做那个活儿的……我后来杀的人多了就开始有点控制不住自己，每隔一段时间手都会痒，哪怕知道这个时候做太危险我也还是忍不住，就想弄个出来卖的，这样就算人丢了，家里也不会报案……"

"你胆子可真不小。"萧厉冷笑一声，"之前你有强奸过其他受害者吗？"

由于警方最终找到的尸体不是高度腐烂就是完全白骨化，他们现在无法判断出受害者在死前有没有遭遇过性侵，但是即便如此萧厉也十分清楚，李富明最初仇视女性的原因就是无子，那他就极可能会在受害者身上发泄自己的兽欲。

"有就有，没有就没有，说话！"阎非催促道。

李富明这回沉默了一会儿，最后却是脸色沮丧地摇了摇头，萧厉看不出他在说谎，也只能暂时作罢。

十分钟后，李富明的初次审讯结束后，阎非出了房间便一言不发地去门口抽烟，萧厉跟出去，问道："你有没有觉得李富明这个案子还有哪里有点奇怪？"

"奇怪？"

"以他的动机他一定会性侵被害者，并且还是不作任何保护措施的那种。"

阎非问道："所以奇怪在哪儿？你觉得他说谎？"

萧厉若有所思："奇怪就奇怪在我觉得他应该会性侵，但是看现场的状况又不像。为了保险，李富明甚至会将被害者的全部个人用品都烧光，并且不主动去碰被害者的钱财，如果他想要不戴套性侵受害者，就应该会做好万全准备，把受害者的尸体清洗干净，要不就不会选择直接埋尸。现在我感觉不到他曾经性侵过受害者……阎非你有没有注意到，在那个仓库里连个水龙头都没有，他根本没有办法清洗尸体呀！"

阎非明白过来他的意思："你是觉得他的动机可能还有隐情。"

萧厉想到刚刚他们踢开仓库门时看到的景象，虽说李富明对万晓茹图谋不轨，但这件事似乎是在李富明的意料之外的，换言之，是万晓茹为了拖延时间通过某种方法挑起了他的兴趣，强奸并不在李富明原本的计划内。

明明对于李富明来说，他应该很想证明自己"可以"才对。

萧厉皱起眉："关于李富明的情况，最好再问下宋芳。我有种预感，我们在宋芳那儿，说不定能听到另一个故事。"

…………

"啥？李富明杀人了？"

萧厉拨通宋芳电话后不久，女人在电话那头发出一声夸张的惊叫，萧厉耳朵一痛，无奈地将手机拿远了："宋女士你冷静一点，现在还在调查，不过我们要跟你传达一下基本情况。"

宋芳不耐烦道："我看新闻说，你们不是已经抓了个和尚吗？审清楚没有哇？"

萧厉开了免提，阎非随即淡淡道："我们现在怀疑李富明在过去三年里杀害了总共五名女性，并且把她们埋尸在渡山上。你平时和他的交流多吗？"

"真的是他呀！"宋芳震惊道，"他怎么可能杀人呢？你看他平时那个窝囊样，得个病还不敢去大医院看，非要找什么偏方治，就这胆子怎么会杀人呢？"

萧厉问道："他看什么病？"

宋芳没好气道："你们警察怎么什么都要问！就那种病，没办法有小孩，当时介绍人给我介绍的时候就说了……他就是有点这个问题，刚好我不是也不想要孩子吗，就想着凑合过日子得了。"

萧厉一愣："不是您不想要孩子，每次都要用保护措施才没办法有孩子吗？"

"他放屁！"宋芳哼了一声，"那是怕他伤自尊，其实我知道用不用都一回事。"

阎非皱起眉："所以说，李富明本来身体就不好，他根本没办法让人怀上孩子。"

"你们别老是说这些没用的呀，他到底怎么杀人了？"

宋芳脾气上来，终于忍不住将李富明从头到脚痛骂了一通，萧厉到最后实在听不下去，把电话挂断了，瘫靠进椅背里："我的妈，我以后再也不说罗小男凶了，相比之下，她简直温柔可人。"

阎非好笑道："不过这至少说明你的猜想是对的。"

"李富明所在意的问题其实从头到尾都没出在女方身上。"萧厉叹了口气，"甚至最早的时候，冯梅都不一定是生不出孩子，导致不孕的压根就是李富明自己，但是他不愿意接受，并且把过错都怪在那些有避孕主张的女孩身上。"

现在他们已经彻底搞明白了李富明的动机，有了口供，接下来就是带李富明回第一现场和埋尸地点进行指认。

由于万晓茹受伤，李松脱不开身，后续的工作不得不暂时落在阎非头上，萧厉忍了又忍，还是在阎非起身的时候叫住了他："我说，晓茹这个事情你告诉了杨局，这可不是什么小事，这次回去，不会受什么处分吧？"

阎非淡淡道："我受处分你也不会连坐的。"

萧厉没好气道："你做个人吧阎非，你这次又是打人又是安排不当的，要是给停职可就太冤了。老哥，你搞搞清楚，你现在可是我的靠山，你可不能随便倒台啊。"

"注意点说话。"阎非压低声音，"我就算受处分，确实是因为我安排不当，晓茹是因为这个受伤的，这次的事情回去之后嘴巴要牢一点。"

萧厉扬起眉："怎么着，你还要封我口？"

他其实不是不知道阎非这么做的原因，只是萧厉没想到阎非当真要做到这份儿上，又道："就算是晓茹也不会希望你把锅往自己身上背吧？"

"你不明白。"阎非摇摇头,"晓茹以后的路还很长,不应该因为这一次的事情就给人留下话柄,她还得再成长几年,这种事以前带我的队长也替我做过,我知道分寸。"

10

万晓茹醒过来的时候天已经黑了,李富明的脸不断地出现,而她就像是做了一场很长的噩梦,梦的最后她的下腹传来一阵钻心的疼痛,万晓茹出了一身冷汗,她刚缩起身子便感到有人把手盖在她的手背上,阎非轻声道:"晓茹,好点了吗?"

万晓茹后知后觉地感到身上各处都隐隐作痛,她想张口又牵扯到脸上的瘀伤,不得已只能点点头,轻轻"嗯"了一声。

房里的钟已经指向凌晨一点,李松和姚建平似乎都在外头的走廊里,阎非像是知道她要问什么,淡淡道:"当时只有我们几个人在,后来陪着你上车的是夏鸥,自己人嘴巴都很牢,小姚是杨局派来看情况的。"

万晓茹脸色惨白地点头,心中却止不住回忆起她昏迷前发生的事,李富明的脸渐渐和那年在公交车上的男人重合在一起,想到以后她都要带着这样的记忆活下去,万晓茹心底不禁又涌上一些绝望。

病房里非常安静,阎非轻声道:"辛苦了,这次的事情你做得很好。"

万晓茹在灯光下凝视着阎非的脸,现在距离她第一次见到阎非已经过去了将近八年,这个人看上去没怎么变,只是又消瘦了许多。她心中升起一股挫败感,苦笑道:"我没想到竟然真的会碰到真凶,他看上去一点都不像。"

阎非把萧厉给万晓茹买的奶茶放在床头:"李富明已经全招了,

他本身性功能障碍，但是不愿意接受，因为这个原因才开始残害有主动避孕意识的女性。"

想起之前的事，万晓茹忍不住又颤抖了一下："他……已经招了？"

阎非道："李富明也没想到会有人通过安全套追查到他，出于报复心理，他会把店里所有安全套都扎上洞。"

万晓茹皱眉道："难怪，我昨天就是发现付青青家里安全套有问题所以才想到要来查的，如果是在超市买的不会出现这种问题，我觉得付青青肯定去过什么不正规的场所。"

阎非看万晓茹即使到现在也没有回避谈案子相关的事，轻轻笑了一下，又道："你当时来警校是对的，我第一次见到你的时候发生的事，许多人都碰到过，但是大多数人都不会做出和你一样的选择。"

万晓茹一怔，她本以为阎非永远不会在她面前再说起那天的事了，苦笑道："阎队，虽然很多人都说我是为了你去警校的，但是真的不是。在那之前我就想当警察，可能是小时候电视剧看多了吧。"

"嗯。"阎非并不意外她的这个答案，又道，"所以我也不会以别的标准看待你，这次的事情你不需要太有心理负担。因为你是新人，所以更多是我安排工作不当导致你受伤，回去之后可能会有相应的处分，你不要太挂心。"

"安排不当？"万晓茹睁大眼，她也不傻，稍稍联系就知道阎非下午是去干吗去了，急道，"阎队！这次确实是我擅自去查的，就算有什么处分也不该……"

"我知道，你想证明给别人看，你不光可以胜任服务窗口，但是这需要一个过程。"阎非打断她，平静地说道，"警队就跟外头一样，也会有非议，也会有舆论的压力，这种事萧厉之前经历过，你也看到了，在你拿出成绩之前，永远都会有人说三道四，未来也会有。晓茹，你知道当年我刚进组的时候，因为我父亲的关系，许多人对我也有看法，我搞砸案子的时候韩队帮我兜着底，所以我才能一直走到现在。如今我坐上这个位置，对我手底下的人自然也是一样的，你和萧厉各有各的问题，我让萧厉做一线是因为这样可以帮他，而你的情况不一样，从我的立场，我只希望能让你们尽量少走一些弯路，我会帮你们，直到你们可以独当一面为止。"

万晓茹没想到有一天还能听到阎非同她推心置腹地说话，她心头一热，结果眼眶却先不争气地红了："我……大概还是不适合一线吧。"

"适不适合现在说太早了，你可以有时间想，是留在一线，还是先回到检验科积累经验。"阎非似乎也不知道该怎么安慰她，把萧厉买的奶茶递了过去，"以前白灵生气的时候也喜欢喝甜的。"

万晓茹怔怔地盯着他手里的奶茶看了一会儿，忽然笑了："阎队，我以前一直没有直接和你说过，但是我很喜欢你，这件事你是知道的吧？"

灯光下阎非垂着的眼睛里一片平静，还没等他开口，万晓茹就知道他的答案了。她摇了摇头笑起来，眼角却流下眼泪："我明白，阎队你为我做的已经够多了。"

万晓茹忍了又忍，最后眼泪还是淌了满脸，她觉得没出息，用手擦了几下，很快面前便多了一张纸巾。

"在白灵离开后，我发过誓，不会再让我身边的任何人出事。"阎非把手放在她头上，很轻地揉了一下，"我已经失去了拯救她的机会，往后余生，我只能在后悔里去试着拯救别人，这件事很难，我甚至不确定我后半生所做的是否能够弥补我前半生失去的。"

万晓茹看着阎非眼底难得一现的苦涩，想要出声安慰，但阎非却只是摇头，阻止了她开口："晓茹，在我失去白灵的时候，有些东西已经跟着她一起死去了，我也希望你能明白，对我而言，这世上确实不会再有第二个她了。"

…………

三天后。

李富明和郭锐、秦霜他们被移交给普西方面处理的当日，除了暂时留在渡山养伤的万晓茹，阎非带着其他队员回到了周宁。

该来的总归要来，回刑侦局等待着阎非的第一件事就是处分，萧厉做足了心理准备，还在阎非回来之后观察了一阵，发现阎非没在收拾东西，这才战战兢兢问道："我明天还能在这儿见到你吧？"

阎非看他一眼："你想看到我还是不想？"

萧厉这下确定他应该没被停职，松了口气："没出什么问题就好，处分是什么？"

"记过，得看表现，关系到我之后的工资，搞不好会交不起你的房租。"

萧厉心想杨局到底还是明白人，阎非作为警察的能力还是一流的，又有极其稳定的心理素质，这种人现在在周宁打着手电筒都不一定能找着，要是停职了无疑是一大损失。

阎非道："李松那边已经申请把渡山的无名女尸交到我们这边来了，普西没有能对得上的DNA，埋在渡山也有可能是周宁这边过去的。"

萧厉明白他的意思，现在五具尸体已经排除了和罗小男有关，但还有最后一具没有验明真身。传言里当地买不起墓地的人会偷偷把家里正常死亡的亲属埋在渡山上，现在看来这个传言不但不是空穴来风，其中的隐情还比传言本身可怕得多。

萧厉低声道："所以你怀疑，无名女尸才是那个撒纸钱的人真正的吊唁对象？罗小男是为了这个去的？"

阎非道："为防止有被我们漏掉的尸体，小溪边已经被挖空了，不可能有遗漏，如果那个撒纸钱的人吊唁的对象真的埋在附近，只可能是这具查不到身份的尸体。"

他说罢，林楠和唐浩也从外头回来，萧厉见姚建平不在，心里不由得发沉，之前阎非要为晓茹出院接风，姚建平直接拒绝了，显然还是在生阎非的气。

萧厉实在不明白为什么阎非平时这么精明的一只老狐狸，在这种时候会忽然犯浑，自己好不容易培养出来的副手眼看就要离心了还跟没事人一样，他悄悄撞在阎非胳膊上："小姚在生气你看不出来啊？"

"这个事情没法解释，就跟之前灭门案里他对你的误会一样。他以后要想去二队当队长，得自己想明白。"阎非轻声道，"有这个时间操心这个，不如赶紧联系罗小男。"

萧厉心头一动，阎非的意思很明白，如果说他下决心要和罗小男一起调查，就要先和罗小男达成共识，不要再增加毫无意义的沟通成本了。

萧厉问道："你觉得我要怎么和她说？"

"本来如果只是她爸的事情，警方还可以不插手，但现在已经找到尸体了，接下来的事情就不可能私了了。"

阎非扫他一眼："至于和前女友怎么说话，这种事应该不需要我教你了吧？"

〵 无名女尸 〵

1

萧厉再有罗小男的消息已经是回周宁一个多星期之后的事了，罗小男给他回的只有一句语音：很安全，放心。紧跟着又配了一个定位，人还在欧洲。

萧厉长久以来压在心上的石头至此终于落了下去，他给阎非发微信，说要借一步说话。这些日子因为抽了太多烟，萧厉支气管出了问题，大半夜常咳得死去活来，搅得睡在他隔壁屋的阎非也睡不好觉，没办法只得被迫戒烟，把消遣活动从抽烟变成了喝咖啡。

两人走出刑侦局去便利店，萧厉给冻得哆嗦："话说我这几天碰到了晓茹，她看上去精神状态还不错。"

他本来以为万晓茹至少得休一个月才会来上班，结果没想到，万晓茹脸上的瘀伤甚至还没完全好就回检验科复职了。

"她比你想的坚强。"阎非淡淡道，"而且她想证明自己能做好这份工作。"

进了便利店，萧厉轻车熟路地叫了摩卡和美式："我这几天都快把老郭烦死了，天天追着要他对比女尸和之前的失踪人口，看来完事儿又得请他吃饭。"

一个星期以来，因为对不上女尸的DNA，无奈之下他们只能用最笨的方法，根据尸体的手术情况挨个对比可能的失踪人口。萧厉这回是铁了心，掘地三尺也要把这个无名女尸的身份搞清楚，这样他才能知道罗小男到底和这具尸体有没有什么关联。

两人在角落里的位置坐下，萧厉知道阎非肯定不只要找他说这些，把美式推过去："你别绕弯子，有什么直接问。"

"聪明了。"阎非也不和他客气，直截了当道，"罗小男和你的关系急转直下之前，你和她发生了什么？"

萧厉捧着杯子的手一抖，阎非的眼神落在他的脸上："罗小男不像是对你毫无感情，她这么决然地要和你一刀两断，应该是已经注意到你在怀疑她了，是不是？"

萧厉觉得眼下阎非看自己的眼神就跟看嫌疑人一模一样，事情已经到了这一步，罗小男都快和凶杀案扯上关系了，他没有选择，只能叹了口气："你还记不记得犀牛那个事儿？原来好好的行动突然搞砸了。"

"有关系？"

"我当时又不知道你瞒着我搞了这么大堆事，就想把大货从他们手里套过来，后来那个瑞亚怀疑我是条子，她凑到我身上的时候说，五年前犀牛就是因为没找人，所以夜总会才被人查封的。"

阎非恍然："五年前的事，就是罗小男帮刑侦局一起捣毁色情窝点的那一次，是吧？"

萧厉道："那次的事也有我一份，后来稿子里确实是拿掉了几家店，你还记不记得马骁骁的案子？罗小男那边不是还有些皮条客的名单吗？那些都是不牵扯到背后资金链条的'散商'，我原来以为五年前拿掉的应该都是这种人，罗小男怕他们都是亡命徒，想先把大头给收拾掉才把这部分人的消息按下来。"

色情服务业的水深，阎非自然知道："所以你怀疑当年被撤掉的不仅仅是零散的皮条客，还有有强大后台背景的店家？"

"没错。"萧厉苦笑，"在发稿前唯一的经手人就是罗小男，所以我担心罗小男是出于某种原因，包庇了一部分人，替他们做了公关。"

阎非想了想，忽然道："她真的是唯一的经手人吗？"

萧厉知道他要说什么，无奈地摇摇头："我也想到了，尤其是小男这次还被罗战带出国，他也有嫌疑。"

阎非道："罗小男对你的态度转变是从她父亲回国开始的，已经很明显了。"

萧厉提到这个事情就懊恼，恨自己就不该怀疑罗小男，两人共事这么久，他早就该清楚，在一般无关痛痒的小稿子上，罗小男可能会有意提供一定的导向，但这么长时间以来，她在大是大非的问题上从来没错过。

阎非淡淡道："罗小男是单亲家庭长大的，她不和你说这些，应该也有她的顾虑。"

萧厉心里却想，难怪黄海涵会说阎非和罗小男像。很多事情，说不定阎非这个局外人看得比他都清楚，他苦笑道："她非常在意罗战，以前《大众视点》开了官微，有人在网上骂她爸，她还会上去和人家互骂，还叫我帮过她。"

阎非道："罗小男在'七一四案'时帮过我，这件事你可以信任我，我不能以警察的身份承诺你什么，但会力所能及地帮你们。"

萧厉一愣，一时也不知该说什么，半晌才摇着头道："本来我和你这笔烂账就很难算了，现在又扯了罗小男进来，我告诉你这个女人可是很无情的，你现在就算帮她，未来可能她还会派别人过来写你的八卦。"

"让她来，我倒要看看能写出什么。"

阎非说完，两人几乎不约而同地笑了起来，萧厉知道现在再拘泥在这些事上也没有意义，又说起接下来的打算。

他这两天想了很多，为避免叫杨局对两人查案的动机生出不必要的怀疑，最好的办法就是用舆论去逼刑侦局接这个烫手山芋，毕竟"无名女尸案"的凶手还没抓到，这时候如果有媒体煽风点火，他们便有了去调查无名女尸的契机。

萧厉心生忐忑，这件事事关阎非的仕途，换作以前萧厉压根不敢想，但是自从阎非把他从浴缸里捞出来，萧厉却隐约意识到，如果要证明阎非并非一直在失去，他这个"被救回来的人"就必须要好好活下去，不能再做任何逃避。

萧厉道："舆论都是有反噬效果的，我现在拿它出来当枪使，未来子弹就可能打在自己身上，我已经坑过你很多次了，现在是最后的机会，这个坑你可以选择不跳。"

他自认为自己说得已经足够诚恳，却没想到阎非听完只是面无表情道："既然这样不如把房租免了吧，我之前被记过，估计年底晋升和涨工资都和我没什么关系了。你要是真觉得对不起我，就给我省点钱。"

"……"

萧厉震惊地盯着他看了一会儿："免房租这事儿你是不是计划好久了？"

"就当给我的报酬，既然要拿舆论当筹码，那你就做好被穷追猛打的准备，一鼓作气把这个事情查清楚。"阎非语气平静，显然没太当回事。

萧厉知道他是铁了心要帮自己，苦笑着摇摇头："阎非你这个人可真有意思，救人还包善后。"

"你觉得不够？"阎非想了想，又道，"那既然这样，这次的事情结束后，陪我去见一下我爸，你不需要原谅他，只需要让他知道，你现在过得怎么样就行了。"

萧厉一愣，当了警察之后，要说他对阎正平还有多少恨也谈不上，这段时间他见过许多不幸又阴差阳错的事，"七一四案"里的人大多不得善终，阎正平也不是唯一一个。

阎非的神情难得有些不安，萧厉心想你也有今天，于是笑得更厉害："那到时候你可要做好准备，我可能一天一夜都说不完某些人的英勇事迹。"

"你……"阎非没想到他答应得这么痛快，微微睁大了眼。

"可别急着谢我，之后我和罗小男要给你惹上的麻烦可大了去了。"萧厉生怕再往下又搞得很肉麻，拿着杯子上去碰了碰，"从今天开始，咱们又是同一条绳上的蚂蚱了，阎非，合作愉快吧。"

2

"这怎么回事？"

周宁刑侦局九楼的局长办公室里，杨军面色铁青地将手机直接扔在了阎非面前："这个不是普西的案子吗？怎么会弄到我们这儿来？"

阎非看着屏幕上唬人的标题"连环血案草草结案的背后"，一看就是萧厉的手笔，明知故问道："媒体怎么会知道？"

"你这个当队长的不知道？还来问我！"杨军没想到渡山的案子都结了还拖了个尾巴回来，冷冷道，"你们拉回来的？"

阎非对这番对话早有预料："周宁的人口基数大，李松将女尸移交给我们也是为了减少绕弯子的可能，我们已经在追查身份，这两天肯定会有结果。"

杨军眯起眼："我听说渡山的案子最早是萧厉发现的，是不是？"

阎非道："他前女友去渡山找新闻，萧厉因为私人关系跟去，最后发现了尸体，这件事在渡山的时候已经做过笔录了。"

果然还是和萧厉有点关系。

杨军心中了然，虽说阎非有意将萧厉撇得很干净，但也正因为答得太干脆，杨军几乎立刻就意识到他在这个案子里必然存在私心，沉下声道："我再强调一次，案子落在咱们头上不要紧，但是不要让那些媒体捕风捉影，你和萧厉都算是危险人物，你们的所作所为，都关系到周宁市刑侦局在外头的颜面和形象，不要叫我难办。"

杨军不愿把话说死，阎非软硬不吃是出了名的，段志刚退之前特意同他说过，阎非是一把好刀，心智坚定，能力强悍，天生是做警察的料子，如果非要说有什么不足，就是阎非有一套自己的行为准则，但凡碰到涉及他准则的人和事物，阎非便绝不可能因为外力而放弃他的处理办法。

"我知道了杨局，您放心，我们会尽快查出一个结果。"阎非敛了眼，"为防止之后还有媒体过度曝光，我这边也尽量不会出动太多人进行调查，将影响控制到最小。"

"你自己处理好，不要叫我们刑侦局难看。"

阎非简单应下，出了办公室径直上了楼顶，萧厉正蹲着看阎正平养的盆栽："你爸这盆栽怕是救不了了，叶子都蔫儿了。"

"救不救得活得看春天，现在说太早了。"阎非在他身后停住脚步，"杨局那边已经同意了，但不起疑是不可能的。"

萧厉拍掉手上的泥土："走一步看一步吧，上午我碰到老郭的时候，他说有个失踪人口的牙科记录和手术记录都对得上，但尸体上比记录要多了一次骨折。"

"什么时候能确定？"

"取决于我们什么时候去催他。"

两人很快在尸检室里找到郭兆伟，后者一看到萧厉便叹气道："小萧啊，你和我老实说，这个尸体到底是你什么人，整天都在催我，之前我可没碰到过这么急的案子。"

萧厉干笑，心想他要知道是什么人就好了，阎非问道："可以确定身份了吗？"

"连你都催，看来真的是位大人物。"郭兆伟走到枯骨旁，"你们这么紧着催，我哪里还敢怠慢。查出来了，叫袁丽，十六年前在周宁失踪的，之前普西那边也验过，致命伤在头上，面对面砸下去的，砸了至少五次，很用力，当场死亡。"

郭兆伟又指着尸骸的右边肋骨道："三十五岁左右，身高一米六〇，从身上的骨痂来看，右边肋骨断过一根，左手小指和右手中指都断过，而且恢复得都很差，初步判断可能是家庭条件不好，又或者是被家暴过。"

萧厉问道："你之前说和手术记录对不上是怎么回事？"

"我仔细对了牙科记录，有一颗门牙发生过断裂，这种情况比较少，本来可以直接下判断了，但有一个问题，袁丽右手中指的陈旧性骨折在周宁找不到就诊记录。可能有两种情况：第一，她当时中指骨折后走的不是正规路子进行的治疗。第二，这个人在周宁失踪之后还在别的地方生活了一段时间才死，她的中指是在外地进行的治疗。"

老郭把袁丽的资料给他们，上头的照片是一个圆脸短发的瘦小女性，记录里报案的人是袁丽的房东，袁丽的丈夫死了，两人没有孩子，加上当时警方没能联系上任何袁丽的家人，这起失踪案就一直搁置了很多年。

"她在周宁失踪时只有二十八岁，看来应该是第二种情况了，她失踪之后又在渡山居住过一段时间。"萧厉仔仔细细地将资料翻了一遍,尝试着联系了当年报案的房东孙红,本就是想碰碰运气,结果没想到孙红不但记得袁丽,甚至至今还把袁丽遗留在出租屋里的东西存放在她的仓库里。

两人不愿耽搁,立刻动身前往孙红的住处,房东孙红从仓库里头拖出一只满是灰尘的纸箱:"她当时的东西也不多,就留下这些,后来不是她家里人也不管她嘛,都联系不上,就一直留在我这里了。"

萧厉翻开箱盖却发现里头的东西很少,叹了口气,猜想孙红可能早就把袁丽的东西变卖得差不多,要不是因为心虚也不会把剩下的这些收好,毕竟箱子里的东西都是些笔记本报纸之类,一看就没什么价值。

阎非问道:"袁丽失踪之前和什么人有来往?她身上有很多伤,你知不知道?"

孙红回忆:"和什么人来往我不清楚,伤是因为她以前那个老公赌钱,喝了酒总打她,后头她一个人过,怕被人追债所以不怎么接触外头的人。"

"那她失踪前有什么征兆吗?"

"我不知道算不算,就记得最后有段时间她天天早出晚归,好像和她平时上班的时间也不太一样……有那么一两次,我看到她在路口上了别人的车,车看上去挺贵的,具体的我也记不清了。"

这时萧厉拿着一本老旧的笔记本站起来,脸色难看道:"你自己看吧。"

阎非接过笔记本来翻了两页,只见每一页上都写满了密密麻麻的内容,袁丽的文化水平低,字写得不好看,但仍然记录得非常认真。整本笔记按照日期分类,全都是十几年前周宁电视台《总编时间》这档节目的记录和摘抄,而在这些记录里,出现频率最高的词是一个名字，在每一页上都要出现七八次。

罗战。

阎非看向萧厉，后者回了他一个不太乐观的眼神："袁丽是罗战那档节目的忠实观众，更准确地说，袁丽在失踪前极有可能是罗战的死忠粉。现在虽然还弄不清楚他们之间的具体联系，但是，罗小男去渡山，而袁丽就被埋在那儿，这些事情不会那么巧合，罗小男果然还是和这个案子有关系的。"

3

是夜，巴塞罗那的街道上亮起街灯，在城中心一处私人购置的豪宅内，罗小男安静地靠在二楼的窗台边听外头的动静，她的手边只有一只很小的包，里头放着她好不容易从罗战那里弄回来的手机和护照。

十五分钟后，楼下的保安换班，他们会去不远的中餐馆买便饭，前后大概需要二十分钟，这段时间足够她从二楼爬下来，赶去上车。

十多天了，如今在欧洲越是风平浪静，罗小男就越是有种风雨欲来的预感。之前某天她趁着罗战不在家用了手机，却发现渡山的案子已经结案，周宁和普西两方协力抓到了一个叫李富明的人，先后杀害了五个女人将她们埋在山上。

至少到目前为止，渡山的事还没有牵扯到罗战。

这件事让罗小男松了口气，再之后她登上微信，却发现萧厉前后给她发了几百条信息，来欧洲这么长时间，大多数人在得知她随父亲出国就停止了和她的联系，就只有萧厉，几乎能说得上不屈不挠，每天都问她在哪里。

罗小男蜷缩在桌子底下看着萧厉发来的微信，最后就像是被屏幕的荧光刺得眼球发痛，眼泪便这么慢慢淌进了肩窝里。

她想起很久以前一个下着冷雨的夜晚，他们从夜总会里暗访出来，她急着要将东西整理成资料备份，而在那条四处窜风的巷子里，她分明记得自己说了几次你可以先走了，但最终得到的答复却是一件被轻轻披到她身上的外套。

距离保安换班的时间更近了，等到她上了车，这辆车就会把她带去机场。飞机是凌晨三点的红眼航班，罗战不会有任何反应的时间，等到他去找自己的时候，她恐怕已经在国内降落了。

罗小男借着路灯昏暗的光线，数着表盘上的秒针一格格往前走，她想自己一定是太想他了，所以光是想起那个名字，内心便能涌起一股暖流。

她很快就要再见到萧厉了。

…………

"袁丽能算得上初代死忠粉了。"

上了车，萧厉又翻了一遍袁丽的笔记本，忍不住摇头道："以前我上传媒大学的时候，罗战都被写在PPT上，算得上周宁第一个主持人偶像。"

萧厉打开袁丽的另一本笔记本，本以为里头还是与罗战相关的东西，没想到却是十六年前的一则剪报，照片上是一具被盖着蓝布的尸体，四周有不少医务人员忙活，远处的警戒线外也站满了围观群众，标题用黑体大字写着"花季少女酒店十二楼坠亡"。

这是十六年前发生在立北区的案子，一名叫宋嘉的少女从一家酒店的十二楼坠楼当场死亡，并且事发前酒店有不少客人都听到了走廊上有三个混混在追赶宋嘉。由于宋嘉坠楼时路面上还有不少行人，报纸上甚至描写有路过的老人被吓得当场昏死了过去。

萧厉翻了几页，结果这本剪报里竟全是关于少女坠楼案的消息，报道里称，宋嘉是周宁一家福利院的孤儿，平时偶尔会由老师带领来城里做义工，而义工地点的接待人员称，宋嘉当日是自行从义工地点离开，紧接着便在四百米开外的富美达酒店十二楼坠楼，怀疑是被人诱拐后强奸未遂，意外坠亡。

萧厉不明白为什么袁丽会关注这个案子，更没想到袁丽的遗物里竟然还有宋嘉在孤儿院里拍的照片，日期是十七年前。

见萧厉迟迟不说话，阎非问道："怎么了？"

萧厉叹气："我是在想这些媒体怎么都夹枪带棒的，难怪，这个是十六年前的案子，'七一四案'没查出来的时间段，媒体多少会明里暗里地讽刺警察能力低下，这在当年都成流行趋势了。"

阎非皱起眉，十六年前，就在"七一四案"被舆论"破案"的前夕，阎正平一个月里几乎没几天是回家的，在学校里也有不少流言蜚语……整个初二学年对于阎非来说就是一段沉默又充斥着各种打架的时光。

萧厉察觉出阎非情绪的变化，赶忙言归正传："这个案子和'七一四案'第一次'结案'是同年发生的，不知道为什么袁丽会关注这个，这张照片明显不是无关人员能弄到的。"

阎非沉默了一会儿，忽然将车在路边停了下来，接过他手上的资料翻了翻："袁丽和宋嘉可能存在一定的连带关系，当时罗战在周宁是民生问题的代言人，这可能也是袁丽关注罗战的原因。"

"所以说，你怀疑袁丽后期可能和罗战有过接触？"

"你不是觉得太巧合了吗？罗小男找去渡山说明她极可能已经查到两者的关系了，这件事我们再往深里查，一旦要汇报进度，你会因为和罗小男的关系被回避调查。"

萧厉一愣，他倒是没想到这个："所以怎么办？我和罗小男都是分手状态了，再分一次也撇不清我的关系呀。"

阎非道："只能加快动作，在杨局意识到之前尽量多查一些，避免后期我们没有刑侦局的资源，查起来会很慢。"

萧厉被他的言下之意吓了一跳："你不会又要像之前'七一四案'那样私下查吧，老哥，你还记得自己是支队队长吗？我被回避出去就算了，你要是被连坐还查什么？"

阎非倒是相当平静："到时候再想这些，袁丽想要找罗战极有可能是倚仗罗战的公众影响力，她说不定是有这个案子的线索，而如果罗战和她有接触得到了这个线索，他的报道也应该和其他家不同，看看就知道了。"

两人随后进了街边的一家网咖，萧厉在这方面简直佩服阎非，堂堂支队队长，干起这种事情比他还要顺手，拿着一堆资料证物坐在包间里就跟在刑侦局里一样自然。

阎非找到了当年罗战讲宋嘉案的那一期节目，而萧厉看着《总编时间》的片头，心中感慨万千，他上一次打开这个，还是为了日后见罗小男家长而偷偷补课，没想到如今却要为了查案再看。十六年前，罗战出镜时还相当年轻，讲完十五分钟的案情后便毫不客气地开始含沙射影刑侦局在办案上的效率问题。

萧厉越看越尴尬，怎么都没想到有一天他追查前女友爸爸的案子，然后还被迫听人讲自己上司亲爸的坏话，整个过程里他简直如坐针毡，好不容易等到罗战讲到尾声，让知道线索的人通过台里的留言箱联系他，萧厉赶忙将视频暂停下来，问道："你觉得袁丽会不会是因为这个才去直接联系罗战？"

阎非面无表情地沉默了一会儿，冷冷道："在这时候煽动群众的情绪，下作。"

萧厉不敢接话，只能干笑着说："一般来说这种类型的案子罗战会做系列报道的，我们再看看别的好了。"

他想要看看罗战之后还有没有对宋嘉坠楼案的系列报道，然而一连打开了七八个视频网站，他们搜到的却都是同一期的内容。

阎非奇怪道："他节目的版权不是被人一起买了吗？"

"不是……"萧厉心中升起一个猜想，他难以置信地睁大了眼，"这么大的新闻，罗战居然只报了一次？以他的新闻素养，怎么可能不做跟踪报道的？"

4

"官方发布的消息是宋嘉在极度慌乱下意外坠楼，当时因为社会舆论，警方也对宋嘉的尸体进行了尸检，但是并没有发现药物和外力的痕迹。"

萧厉对了一下日期，警方的消息是在罗战那期《总编时间》后发出的："当时应该正是罗战的社会影响力最大的时候，警方因为'七一四案'处于舆论劣势，所以应该是顶着很大压力出的通报。"

阎非脸色阴沉，十六年前阎正平职权已经被架空了大半，在这种时候出了这样的案子不亚于火上浇油。

萧厉道："那时候网媒还没有兴起，电视是新闻大户，罗战又是这种级别的新闻人，这种热点他不该错过去的，后来像是'七一四案'这样的大案子，他前后报道了至少四五次。"

阎非沉默了一会儿，忽然道："这个节目每周播三天，中间有没有调过播出时间？"

萧厉闻言飞快地查了一下，因为罗战足够红，这么老的节目到现在还能在视频网站上找到全集。萧厉一对之下就发现，罗战的节目原定每周一周三和周五播出，然而，就在宋嘉案发生的四周后，罗战的节目停播了整整一周，而后又在第六周停播了两期。

萧厉看着这个播出表心里一凉："连着停播一个星期已经很罕见了，一般来说广告商也不会同意，除非是主持人出现了什么不可抗拒的问题。"

阎非一言不发地查了宋嘉案后续的消息，也就是在案发后一个月左右，有群众报案说下城区一栋待拆迁的老公寓楼发生大火。在当时警方已经通过各方线索锁定了在宋嘉案里追赶宋嘉的三个混混的身份，分别是26岁的吴同，24岁的周伯俊，还有23岁的赵国，这三人在案发后一直处于失踪状态，警方四处搜捕，无奈一直没有线索。

然而，就在这场大火里，警方却发现了三人的尸体，法医验尸后发现三人在死亡时都处于深度昏迷状态，同时在手脚腕关节处都找到了被绳子捆绑过的痕迹，是被绑在公寓里活活烧死的。

阎非道："三个当事人都死了，这明显就是灭口。"

他本还想再查查媒体的后续报道，然而相关内容却是寥寥无几，当时作为媒体顶流的罗战没有进行后续跟踪报道，一时间其他的媒体渠道便也判断此案失去了报道的价值，再加上不久之后"七一四案"便被"网友破案"，热极一时的少女坠楼案竟就这么石沉大海了。

萧厉算了一下时间："纵火案的时间和罗战节目停播的时间几乎是一致的，看样子，袁丽是把罗战和宋嘉案穿起来的线。"

阎非道："罗战的事情罗小男才应该是知道得最清楚的，不知道她查到什么地步了，如果她在，说不定可以给我们提供一些往下查的线索。"

"我倒是想联系她呀。"萧厉没好气，"我这两天天天给她发消息，觉都没得睡，你以为我不想啊？"

阎非道："我不是这个意思，我是说，她走那么匆忙，应该来不及带太多的东西。"

"……"

萧厉震惊地抬起眼："阎非你不要坑我呀，我早就没有罗小男家门禁卡了，我们两个警察总不能知法犯法去她公寓撬门吧？"

阎非好笑地看他："你还知道自己是警察，怎么老想着干这种偷鸡摸狗的事？"

萧厉给气笑了："那你说说有什么不偷鸡摸狗的办法？我们又没有搜查令。"

阎非不理会他的抱怨，反倒很好脾气地开始同他理逻辑："你看你跟着罗小男去渡山发现了尸体，而她很有可能是跟着她爸去的，现在在渡山挖出的尸体里，有他爸的粉丝，死前还在调查一起罗战也关注的悬案，与这案子相关的人都死了，罗战这么疾恶如仇也不报道……萧厉，你不觉得这里头有问题吗？"

"不行！"萧厉深吸了一口气，"罗小男讨厌别人翻她东西。"

阎非也不急，循循善诱："如果袁丽的案子真的和罗战有关，那之后我们早晚也会拿着搜查令去她家的。你自己想想，是我们私下去她家你死得比较惨，还是我们带着一堆人去她家你死得比较惨？"

"……"

一个小时后。

直到站在公寓楼下的小区院子里，萧厉还是觉得这是个坏主意，惨淡道："她回来真的会杀了我的。"

阎非淡淡道："她只要不告你就行了。"

阎非这种时候向来行动力惊人，径直去找了物业，不一会儿，萧厉看着这扇自己之前一直进不去的大门在自己面前缓缓开启，满心都是"完蛋"两个字，而站在他身边的阎非满脸淡定，似乎完全不觉得这是闯空门。

因为监控坏了，物业的人离开前特意嘱咐他们一定要关好门，萧厉看着他们走远有点腿软："跨进这个门，我的死期就进入倒计时了。"

"你不会死的，顶多分手第三次。"阎非站在门里穿鞋套，冷冷地看他一眼，"你现在的情况也不怕再被多分手几次。"

事情已经到了这一步，萧厉没有办法，只能硬着头皮在心底念了句阿弥陀佛，抬脚跨了进去。罗小男的公寓他不是第一次来，屋里的陈设对于他来说非常熟悉。就像阎非说的，罗小男走得很匆忙，门口很多价格不菲的高跟鞋倒成一片，桌上甚至还放着几个已经彻底干瘪的苹果。

阎非在这种时候展现出惊人的做贼天赋，穿上鞋套之后没有丝毫犹豫，径直就往罗小男的卧室里钻："你要是怕死，现在就可以开始想说辞，罗小男看上去是个讲道理的人。"

萧厉本来做好了进屋之后没处下脚的准备，结果和他想的截然不同，罗小男的屋子十分干净，要说整个卧室和萧厉记忆里最大的不同，就是在书桌旁的一整面墙上都贴满了罗战的照片还有各式便笺，上头细细写了许多备注，都是罗小男的字迹。

这面墙是正对着床的，在罗小男离开这里之前，她几乎每天一睁眼就要开始面对这些。萧厉心中一阵发酸，又听阎非道："所以罗战的手是真的不干净，罗小男查到的这些如果放在政界，就算是受贿了。"

萧厉顺着阎非的视线看过去，发现在线索墙上，罗小男写的内容大多是罗战同一些商界龙头会面的日期，她在日期旁配了打印下来的新闻，都是相关企业的负面曝光。萧厉毕竟是做这行出身，几乎立刻就意识到，罗战恐怕是利用自己的社会影响力在为一些黑心企业做遮掩，这些事情在罗战回国之后发生得极其频繁，也难怪罗小男和他联系得越来越少。

那天罗小男不让他进屋，也是怕他会看到这些。

萧厉忍不住握紧了拳头，阎非在这时指着角落里一张便笺道："这应该就是罗小男去渡山的原因了。"

5

萧厉顺着他手指的方向，看见在墙壁一角的便笺上写着"每年冬天都会去渡山吊唁，从十多年前开始"，后头还打着问号，显然罗小男在留下便签的时候也是存疑的。

阎非道："所以渡山居民看到的那个人就是罗战，现在罗小男很可能是因为调查这些才被罗战带走，这些证据有被销毁的危险，我们今天要把它们带走。"

"你……"萧厉猛地抬起头，"你怎么能……"

阎非毫不退缩："只要开始查，罗战这些事情一定会见光，你会亲手把罗小男的父亲送上法庭，这是警察的原则，你不能逃避这个。"

房间里很安静，以至于阎非的每一个字都很清晰，萧厉整个人僵在原地，而阎非似乎看出了他的动摇，轻声道："罗小男既然选择去查，就代表她没有逃避这件事，她想得很清楚，你就不要再犯傻了。"

萧厉苦笑一声："你还真是我'亲爸'，都还没开始查呢，就担心我的心理健康了。"

阎非难得没在这种时候挤对他："只有你靠得住了，罗小男才会对你说实话。"

萧厉一时语塞，但也不得不承认阎非说得对，这种时候如果感情用事反倒可能白费罗小男的努力，他叹了口气，开始和阎非一起在罗小男的房间里翻找起来。罗小男在两年内对罗战进行了大量的调查，很多相关行程的记录都是手写的，其中一些纸张能明显摸出凹凸不平，还有一些字迹被水洇开了。

萧厉越看越是不忍，就像阎非说的，这些内容足够将罗战送上法庭，甚至可能让他在里头待一辈子，萧厉简直不敢去想罗小男在之后要去面对什么。

"萧厉。"正在他心乱如麻的时候，阎非忽然递过来一张照片，是他和罗小男某年生日一起用拍立得拍的，阎非用讲物证的口气分析给他听，"和她的药盒放在一起，应该经常拿出来，边角都磨圆了，上头还有折痕。"

萧厉心知阎非是在安慰他，将照片收进口袋里，又道："放心吧，上次割挺疼，我最近都不会再乱想了。"

"也不会再有第二次了。"阎非淡淡道，"再有下一次，我会直接打断你的胳膊。"

两人花了一下午将罗小男的个人物品都翻了一遍，最后将整理好的证据从公寓里带了出来，萧厉焦虑不已，给罗小男发了几条消息都是石沉大海，他在路上实在忍不住，烦躁道："找个超市停下车，我去买包烟。"

"不是戒了吗？"

"试想一下你女朋友下落不明身上还有案子，你能不抽烟吗？"

阎非了然，在路边把车停下，萧厉小跑去超市抓了两包烟，点上一根往街对面走，还没迈出两步，一阵巨大的轰鸣声忽然由远及近，萧厉甚至还没来得及反应，阎非的车从马路另外一边径直拐了过来，只听一声巨响，迎面朝他冲来的黑色大众被阎非的车撞到了一旁的电线杆上，车前盖都冒出了火花。

"阎非！"

萧厉被突如其来的变故惊得差点没跌倒，他冲了过去，发现阎非车子的前挡风玻璃全碎，安全气囊被扎破，阎非满头是血地趴在方向盘上："去看……那辆车。"

萧厉确定了车没有着火的风险，转头就见黑色大众驾驶座上的男人正试图从后座逃窜，萧厉没带枪，下意识去摸插在口袋里的刀，结果却摸了个空，他一咬牙，只能扑上去直接把人拽下来，按倒在地："谁让你来撞我的！"

男人的身手还不如萧厉，吭哧着说不出话，同时阎非也摇摇晃晃地从他那辆车上下来，却只走了两步便软倒在地上。萧厉只觉得一股邪火冲上脑门，捏起拳头要再逼问来人，余光里却发现周边已经有不少人开始拍照了。

无论他现在要做什么恐怕五分钟之后都要上网，罗战的证据还在后座上，如果再把这个事情扯出来，上了网之后只会有两种结果：第一他和阎非被人揣测要包庇罗战，第二刑侦局被逼要给罗战安一个罪名，就跟当年的洪俊一样。

萧厉脑中电光石火地闪过这些，手上的动作也随之停了下来，他做了个深呼吸，转而给黄海涵打了电话，让路人帮忙给阎非叫救护车。

在去面对杨局之前，他得先把这些证据处理好才行。

…………

一切噪声褪去后，阎非发现自己正站在一条深夜的无人街道上。

这是一个对于他来说异常熟悉的地方，阎非吸进一口发凉的空气，果真看到在很远的地方有个女人正站在路灯底下，昏黄色的灯光将她身上的衣服打出柔和的光晕。

白灵。

即便知道自己身处梦境，阎非在看到白灵的时候也还是有些恍惚，他走过去，白灵还是一如走之前的样子，看见他便冲他眨眨眼："阎队长，又忍不住来找我啦？"

阎非看着她不知该说什么，他如今的记忆很混乱，白灵像是看出他的困境，将手放在他的脸颊上轻轻摩挲："外头的事情现在应该有人处理吧，来了就陪我一会儿吧。"

阎非很罕见地感到眼睛发酸："案子破了，不必再为我留在这儿。"

白灵扑哧一声笑了："你叫我走我就走，那我岂不是很没面子呀阎队长，再说了，许你想我不许我想你呀？"

阎非说不出话，将自己的脸又往她的手掌里埋深了一些，他知道这个梦很快就会醒了，等到梦醒之后，他又到哪儿都找不到她了，轻声问道："我真的救了你吗？"

阎非有些迷茫，他这个样子很少有人见到过，白灵替他理了理被浸湿的头发："这个话你该问活着的人，阎非，醒过来之后，你要自己去问他。"

女人的声音在他耳边轻柔地散开，阎非用力眨了一下眼，眼前的白灵和黑夜顿时都化成了一摊水波。他看清透明输液管道里滴落的点滴，稍微一动便感到头痛欲裂。

"儿子？"病床边黄海涵一下便注意到他醒了，"感觉怎么样？想不想吐？"

阎非摇摇头，哑声问道："妈，萧厉呢？"

黄海涵道："小萧去局里了，出了这么大的事情，杨军那边总要找他问情况的。"

阎非艰难地回忆起他昏迷前发生的事，他们刚去过罗小男的公寓就发生这样的事，极大概率不是什么巧合。

阎非想到这儿便打算起身下床，结果还没等脚沾地便觉得一阵头晕目眩，黄海涵一把搀住他："你说说你，都第几次脑震荡进医院了？萧厉临走之前也特意嘱咐我，叫你不要操心，他会处理好的。"

阎非心知这件事涉及罗小男和罗战，以萧厉的身份，稍有不当就会弄成包庇，他咬了咬牙："萧厉是我招进刑侦局的，有什么事也该直接来问我。"

黄海涵见他又要乱来，按住他的肩膀，无奈道："小萧之前说了，要是每次和杨军沟通中间都隔着你，那杨军只会更加觉得他是走后门的，这事儿还不如放到台面上聊一聊，说不定反而有奇效。"

"他……"阎非原本还挣扎着起身，听到最后却是一怔，他本来一直觉得萧厉对于当警察这个事还存在一定的抵触情绪，倒是没想到萧厉会有主动去找杨军的一天。

黄海涵无奈道："刚刚小萧走之前拉着我吐了好多苦水，说他本来就觉得欠你，这下欠得更多了，以后不但房租不敢要，可能还得要包你的饭良心上才能过得去。"

"他倒是敢说。"阎非拗不过黄海涵，见无论如何也出不了病房，只得老老实实地靠回枕头上，又问道："妈，你知道撞我的人后来怎么样了？有没有问出来他的身份。"

黄海涵给他剥着橘子："叫赵统，43岁，以前也没犯过什么事，在医院包扎的时候怎么都不肯开口，我看小萧气得都快揍他了。"

赵统……阎非在脑中艰难搜索了一遍，却没能想到任何相关的案子，不像是来报复的。他隐隐有种不好的预感，按照当时的情形，赵统开车是径直朝萧厉冲过去的，在这个节骨眼上要杀萧厉，难道是罗战那边的人吗？

6

"你说有人要找你前女友的麻烦？"

局长办公室，杨军眯起眼看着萧厉："是那个叫罗小男的？"

萧厉在医院和刑侦局之间折腾了一晚上，实在是困得不行，如今强提精神和杨军说话："这个事说来话长，杨局你应该知道，之前我和阎非去渡山办的那个案子，最早就是因为我跟着罗小男去了渡山才找到尸体的。当时罗小男说她是去查当地非法土葬的事，但是后来我怎么想怎么不对，觉得罗小男应该是牵扯进什么麻烦事里了。"

杨军问道："所以你觉得罗小男知道渡山上埋了死人？"

"这个我就不知道了，她现在人在国外是失联的状态，我是结合渡山的情况，觉得她可能是遇见了麻烦，和她爸出国是为了避风头。"

"那这件事和你被人撞有什么关系？"

"杨局你知道，无名女尸是个无头案，因为死亡时间很长，我和阎非调查的时候有很多阻力，不得已之下，我就想到了罗小男，觉得罗小男之前去渡山很有可能是得到了一些线索，她是做新闻的，调查出了什么，不可能没有记录。"

杨军听出他的意思，冷冷道："也就是说你们在没有搜查令的情况下，去了罗小男的家里？"

杨军语气不快，萧厉只能硬着头皮道："没错，我因为非常担心罗小男，加上袁丽的案子迟迟没有进展，就给阎非出了个馊主意。我们在那儿草草看了一圈，最后又担心罗小男回来怪我就退出来了，我实在没想到，我们出来后不久，我去买烟的时候有人要开车撞我，阎队是为了替我挡这一下才被迫撞上那辆车的。"

杨军皱起眉："你是觉得，有人觉得你们找到了什么东西，所以要灭你们的口？"

萧厉叹气："准确地说，是要杀我，对方是直接冲我来的，应该是担心罗小男对我说了什么，所以才要灭我的口。"

杨军仔细盯着萧厉看了一会儿，萧厉不同于阎非，在这方面远没有这么老道，但即便这样也看不出什么破绽，他冷冷道："那你知不知道，阎非之前记了过，这次违背纪律，在没有搜查令的情况下直接私闯民宅，是会被停职的？"

"我知道，但是我希望杨局能把这一笔算在我头上。"萧厉回答得干脆利落。

杨军被他的态度弄得一怔，随即怒道："你当警局的规矩还能让你这么讨价还价？你不要以为我不知道，这件事你俩都有份。"

萧厉淡淡道："杨局，无名女尸案是个烫手山芋，之前渡山的案子闹得沸沸扬扬，结果就在这个时候，我和阎非作为两个主办案子的警察在大街上出了车祸……我想现在已经有人开始瞎猜了，如果在这个节骨眼上我和阎非还被停职了，那么在外界看，不就更有问题了吗？"

"混账！"杨军听到最后简直怒不可遏，一拍桌子骂道，"既然知道媒体都在关注这个案子，你们两个手脚还不放干净一点，还敢干出私闯民宅这种事？"

萧厉给吼得一个激灵，却没退缩，继续说道："我和阎非确实有错，但是杨局，如果罗小男真知道什么隐情，她作为周宁新闻界的一线媒体人，居然会被逼得要躲到国外去，而我们仅仅是去了一趟罗小男的家就出了车祸。这种案子，只怕如果我们循规蹈矩地查，就真的什么都查不出来了。"

杨军瞪着萧厉，他就知道这个小子是走野路子进来的，骨子里就不服管，面色铁青道："你知不知道全凭猜测警察没法抓人，靠主观臆想去做违纪的事，阎非作为队长居然还跟着你一起胡来，当刑侦局没有规矩？"

萧厉给杨军吼得耳朵疼，心里却想，好在把仇恨拉到自己身上来了。"所以说杨局，这个事儿你罚我就完事了，毕竟要不是我，阎非也不会想到去罗小男家里查线索，这个事儿您看要不——"

他话还没说完，杨军桌上的电话突然尖锐地响了起来，萧厉也知道这是警局内部联系用的座机，通常来说要是都捅到杨局这边来了，肯定没什么好事。

"什么事？"杨军接起电话的时候火气还没消，结果刚听两句便瞪大了眼睛，转头看着萧厉，"你再说一遍。"

萧厉心里咯噔一下，总不能是杨局因为信不过他的说辞，所以还找人去罗小男家里查过了，他和阎非有什么遗漏？

萧厉十分忐忑，他没想过要包庇罗战，暂时保管证据也只不过是因为他不愿意把任何人胡乱架上舆论的处刑台，这是一个充满着谣言的时代，毁掉一个人的一辈子只需要简单的几句话，公众人物的影响力更是惊人，一旦现在就放出那些消息，会有许多人受到牵连。

萧厉越想越慌，不着痕迹地捏紧了拳头，而这时杨军也将电话放下，神情复杂地看了他一眼："看来你没猜错。"

"什么？"萧厉微微一怔。

杨军沉声道："你前女友的公寓今早起火，虽然民众都被疏散了，但房屋损毁严重，看样子即使她真查到了什么，你们也找不到了。"

…………

罗战急急赶回巴塞罗那的宅子时，所有安保人员都在门口垂头站着，他咬了咬牙："你们这么多人都看不住她一个？"

管家结巴道："小姐是趁着我们换班的时候从二楼爬下来跑了，因为狗都认识她也没有叫，第二天保姆去送早饭的时候才发现……"

罗战想起之前他在巴塞罗那的那些日子，罗小男开始还会和他争吵，后来却也不再问他那些问题，每天倒是安静了不少，恐怕早就开始计划回国的事情。

从小到大罗小男经常做出这种出乎他意料的事，五年前和周宁的警察合作是一次，一年多以前选择帮她的前男友重查"七一四案"又是一次。罗战有时甚至觉得这是一种诅咒，就和他一样，罗小男注定也会走上这条危险的路。

做一线的新闻人，意味着要让所有不能见光的东西见光，而动了一些人的奶酪就注定会惹来是非。罗战想到之前在机场他收到的跨国短信，许多年来，这些人一直都用这种方式联系他，打开之后只有一句话。

"不要再叫你女儿和警察有瓜葛。"

这些年他选择在国外发展，放弃周宁的事业，本以为这些人会放过他，却没想到到头来竟还是放不过他的女儿。

如今这条短信还留在罗战的手机里，在巴塞罗那阴沉的天色下，罗战只觉得街道上的房屋窗子里都暗影重重，罗小男刚刚回国便有消息传来，会这么巧吗？

他想到最后竟觉得晕眩，靠在宅子门口的雕塑上缓了一会儿，脸上才渐渐恢复了一些血色，又道："阿莱，你帮我订一张回周宁的机票，这边的事情都推掉。"

管家皱起眉："可是现在也不确定小姐是不是回了周宁……"

"她一定会回周宁去，她是我教出来的，那些她觉得该见光的东西都在那里。"

罗战至今还记得小时候罗小男写的作文，说她的父亲是周宁最了不起的人，他每一次在电视上出现，都会驱散所有黑暗，也让光照进城市的每一个角落里。

这个孩子就在他眼前长成了了不起的新闻人，但最终却也是自己给她拖了后腿。

罗战心底悲凉，又对管家道："这些日子国内可能有变数，你联系一下公司的公关团队，让他们做好准备，另外回去你把公司的合同都找出来给我看一下，包括那些董事会的东西，有些事情还是要在我回国之前处理好，要不……只怕之后就来不及了。"

7

傍晚六点半，就在萧厉在吸烟室里醒脑子的时候，阎非推门进来，而萧厉盯着他头上的绷带看了几秒，最终只能毫不掩饰地翻了个白眼。

他就知道阎非是躺不住的，在上一份工作里他认识了一个工作狂叫罗小男，本以为这就是他这辈子认识的唯一一个工作狂了，结果没想到在这份新工作里，他居然还能再认识一个这种稀有生物。

阎非的脸色谈不上好，看上去简直像刚跟人斗殴回来。在过去，萧厉一直觉得自己算是病得严重的，相比之下阎非就是尊油盐不进的大佛，结果接触得越多他才越发现，阎非这个老妈子其实已经病入膏肓了。如果说他是百般在自己身上找不痛快，那阎非就是不管自己有罪没罪，一定要找个人拯救一下赎罪，萧厉现在不幸沦为这个拯救对象，就跟平白捡了个爹一样，跑都没处跑。

"你说这种一直不说话的怎么办？嘴这么牢，我都想揍他了。"萧厉烦得也顾不上支气管炎，边咳边抽烟，这都快一天了，赵统一直是一言不发。自从进了刑侦局，他就一直枯坐在椅子上，两只眼睛淡漠地看着前头，像是对外界的事务全然不关心一样。

阎非来都来了，萧厉把赵统的资料递给他，又骂道："完全不开口，之前我差点都要以为他是个哑巴。"

阎非翻看着资料，发现赵统是周宁人，离异，有一个孩子判给前妻，现在还没有联系上家人，无业，也没有前科。他皱起眉："太干净了，不像是突然会当街行凶的人，也没有前科，不是来报复警察的，只可能是被买凶，技术侦察科说他账上多了钱。"

萧厉叹了口气："十万块钱，从海外打来的，技术队还在弄。"

萧厉越想越头疼，看阎非是铁了心不打算回医院躺着了，他又把罗小男公寓被烧的事情说了一遍，阎非震惊道："东西都给烧没了？"

　　萧厉疲惫地捏了捏鼻梁，把烟掐了："会不会是罗战？那个汇款账号也是海外的，如果罗小男查到了他那些证据，又怕我继续查下去……"

　　"不太像，罗小男都和罗战在一起，要处理掉证据，他完全可以从罗小男那边直接拿到房卡，不需要弄得这么显眼。"阎非忍着头疼道，"干这个事情的可能是袁丽案的真凶，和我们一样，以为罗小男那儿有证据，毕竟之前她也去渡山了。"

　　萧厉摇摇头："可这方法也太笨了，除非这个人确定罗小男家里就有能定他罪的铁证，要不这又是买凶当街撞人又是纵火的，也太大阵仗了。"

　　阎非抱着手臂思考了几秒，脸上却突然露出恍然大悟的表情："或许就像高冠杰，对方突然有一连串剧烈的反应，说明我们已经接触到袁丽案真凶的关键线索了。"

　　左右赵统审不出东西，阎非不愿耽搁，提出要去普西后立刻便给杨局打了招呼。萧厉心里还是有点儿没底，上了驾驶座惴惴不安道："我和杨局没提罗战的事，毕竟是这种程度的公众人物，上回重查'七一四案'媒体那边已经炸开锅了，这回又要查新闻界的龙头老大，这回搞完怕是咱俩都要找经纪人。"

　　阎非因为头疼一直皱着眉头："证据你放在哪里了？"

　　萧厉道："留了电子备份之后处理掉了，虽说其他事情弄得手忙脚乱，还丢了一把顺手的刀，但我一个搞媒体的，这点素质还是有的。"

　　萧厉想了想又道："你不要误会，我知道这个东西最终必然会见光的，但是我至少要和罗小男说一声，到时候哪怕她不愿意，该做的我也还是会做，不会丢刑侦局的脸的。"

阎非见他这么有觉悟，笑道："看来以后是可以让你单独和杨局开会了。"

萧厉又问："你也没和我说清楚，咱们为什么要再去普西找一次秦霜？"

阎非道："袁丽失踪后，在某个地方生活了一段时间才死的，又被埋在渡山，你不觉得这件事听起来很熟悉吗？"

"你是觉得，她可能是被人拐走的，也是买卖婚姻的事？"

"渡山是当地公认会埋葬拐卖妇女的地方，现在不排除这种可能。"

阎非看了一眼手机："秦霜还在普西那边的拘留所里，她之前买卖妇女的事情已经交代得差不多了，我联系了李松，他会帮我们安排，今天晚上就可以见到。"

萧厉听到李松这个名字就想到那张臭脸，笑着摇摇头："李松现在都和你握手言和了，也不在普西给我们接个风什么的？我记得普西的河鲜还是不错的。"

"你指望他？"阎非不屑地别开眼，"省省吧。"

萧厉看他嫌弃的样子忍不住笑出了声，结果视线上移又瞧见阎非头上的绷带，自从两人认识，这已经不是第一次阎非在他面前顶着满头绷带跟被炸弹炸过一样……萧厉叹了口气，决定还是把话说清楚："鉴于我们马上要开始查这个不得了的案子，我还是先和你说一声，下次不要再干帮我挡刀这种蠢事了，阎非。"

阎非抬起眼："你觉得是蠢事？"

"要是再有下次，我就直接把那个弄伤你的兔崽子打死。"

萧厉语气变得极为不客气，在外头的车灯映照下，一瞬间，阎非甚至觉得此时的萧厉有点像是前两年的自己，不由得愣住了。

"为了让我做个遵纪守法的好警察。"萧厉淡淡道，"不要再有下一次了。"

阎非和萧厉走了之后不久，杨军将姚建平叫进办公室，看着面前惴惴不安的年轻人说道："小姚，应该知道我叫你过来是为了什么吧？"

在这之前，杨军仔细想了萧厉说的舆论效应，确实有理。经历过"七一四案"，阎非和萧厉就像是他手下的两颗舆论炸弹，有关他们的任何一点风吹草动都可能会被炒上网，这对于刑侦局而言是一把双刃剑，他能做的只有把风险控制到最小。

姚建平犹豫道："头儿确实和萧厉关系好，但应该不会影响他在案子上的判断……"

杨军摇摇头将手边的杂志推过去，是一本一年多以前阎非接受采访的《新闻广角》，又道："小姚，你要明白，现在阎非代表的不仅仅是自己。在队里，应该没有任何人经过审批上过杂志吧？你是阎非的副手，你的工作不仅仅是跟着他干活儿，而且你要想着在他做过火的时候拉他一把。技术已经查到罗小男定了回国的航班，等到她落地，你去机场接她，无论她是否知道她的公寓被烧，都要搞清楚她在出国之前到底调查了什么，为什么会惹祸上身，这关系到我们正在查的案子。"

杨军说着顿了顿，一字一句道："你要确保阎非和萧厉在查这个案子的时候，没有私心影响他们的判断。只要有，不论怎么样，他们都不能再继续碰这个案子了。"

8

到了普西，萧厉按照李松给的地址直奔拘留所，李松帮他们安排了会面，再一次见到秦霜，老太太干瘪的身躯套在拘留服里，整个人好像一具行走的骨架一样。

隔着玻璃，秦霜仔细看了袁丽的照片，隔了许久却是摇头："不是我过手的丫头。"

萧厉心中失望，但也没立刻就放弃，又问道："上次我们问你的时候，你说渡山上头挖出来的尸体一看就知道是冯梅，是不是这边死了的童养媳，都喜欢埋在渡山上头？"

秦霜慢慢眨眼："渡山那个地方不吉利的，就在冯丫头之前，就有人说山上会挖出小孩尸体，没人敢挖，也没人敢说，怕那些娃找上门。"

阎非皱眉道："最早渡山上会挖出小孩尸体的传言是从哪里来的？渡山这块地更早的时候是做什么用途？"

老太太道："最早咱们县里有个很大的工厂，有不少人都在那儿上班，当时我儿子还想去嘞……渡山那块地皮都是被厂子买下来的，埋了人的消息最早也是从厂里的工人那边传出来的。"

老人苦思冥想了一阵，终于记起一点含糊的名字："好像叫龙什么……"

"龙都化工厂。"阎非道，"杜峰之前就在这儿上班，上次他被带走之后，他之前的上司王朔还联系过我们问情况，他给杜峰做过出家的担保。"

秦霜点头："就是那个厂子里传出来的，说是渡山上埋了人，你们要想知道这个，直接问那个姓王的吧，之前我家儿子想进去，也是去找他的。"

得不到太多有用的信息，不久后阎非和萧厉便离开了拘留所，萧厉被冷空气呛得咳嗽起来："袁丽这个案子我们手头东西实在太少，连她究竟在哪儿死的都不知道。"

阎非道："如果是埋在渡山，大概率就是在渡山周边死亡的，带着尸体转移风险很大。明天我们可以去碰碰运气，看看有没人见过她。"

阎非带着伤，萧厉看他的脸色都怕他走两步倒在大街上，于是早早在普西找了个酒店歇下了。第二天一早，萧厉开车去渡山当地的派出所查了一下，果真，在十几年前，渡山还是一块荒山，地皮也并没有被政府收回，而是被当时的龙都化工厂买下，还在离渡山不远的地方搭建了一些宿舍。

十二年前，龙都化工厂迁址迁去了周宁，但是地皮的产权还在他们手里，有部分员工家属住在老宿舍里没有搬走，直到六年前，产权被政府收回，老宿舍楼才被拆掉，隔年，宝华寺便开始兴建。

萧厉合上文件："袁丽死亡时渡山还属于龙都化工厂，凶手会是化工厂里的人吗？"

阎非抱着胳膊："不一定，地虽然是化工厂的，但也还是对外开放的。"

萧厉说道："还是得直接问化工厂内部的人，你不是说那个领导还联系你了吗？"

"嗯。"

阎非正准备联系技术队去找龙都化工厂的王朔配合调查，而这时他口袋里的手机忽然震了一下，发来微信的却是万晓茹。在渡山的案子之后，这还是万晓茹第一次来找他，阎非怔了一下，点开之后脸色却很快微妙地变了。

阎非皱起眉："晓茹在刑侦局碰到罗小男了。"

"罗小姐，我们把你带过来确实是有原因的，你先别生气。"

"怎么，终于舍得告诉我犯什么事了？"

与此同时的刑侦局审讯室，姚建平尴尬地看着对面面无表情的女人，他还不至于没眼力见到这种地步，无奈之下只能同罗小男一五一十说了一遍公寓被烧的事。眼看着女人脸上的表情变得越发震惊，姚建平道："不光如此，阎队和萧厉从公寓出来就在路上出了车祸，阎队轻伤，这个事情，罗小姐你知道吗？"

罗小男睁大眼，加上转机，她一共赶了将近两天的路，身上甚至连一件厚衣服都没有，本想着到了周宁要先去找萧厉给他一个惊喜，结果被带来刑侦局就听到这种消息，她脸色铁青："他俩现在都在医院里？"

姚建平没有回答，罗小男心里一阵发凉，萧厉和阎非从她家出来之后就出事了，对方很有可能也是怕罗战的事情暴露，说不定就是这些年控制罗战的人……她之前一直以为自己做得足够隐秘，结果竟然还是被人注意到了。

姚建平道："现在他们正在调查之前在渡山找到的无名女尸，在你不在国内的这段时间，萧厉在渡山发现了一起特大连环杀人案，这件事你应该是知道的吧？"

罗小男自然知道，心头怦怦直跳："普西刑侦局联系过我，凶手抓到了吗？"

姚建平道："抓到了，但是只抓到了其中五具尸体的凶手，还有一具，死亡时间可能已经超过十年了，也就是现在阎队带着萧厉正在查的案子。"

罗小男皱眉："也是一起发现的？"

姚建平叹了口气："是，这也是我们请你来的另一个原因，罗小姐，希望你诚实地告诉我们，你在出国前去渡山，是因为什么？"

罗小男明白这才是今天的重头戏，这个娃娃脸讯问她的时候能看出几分犹豫，再加上阎非和萧厉从头到尾都没有露面……罗小男几乎从进这个审讯室开始就意识到，刑侦局在怀疑她和案子有牵扯，所以才要避开阎非和萧厉来单独讯问她。

如果说刑侦局已经确切得到了罗战涉案的消息，应该不会再来问她，这么看来，她家里那些证据不是给阎非和萧厉带走了，就是已经彻底烧光了，刑侦局现在对她还处在怀疑的阶段，并没有拿到任何罗战涉案的实际证据。

罗小男心思动得飞快，她虽说知道罗战的事情早晚要见光，但如果现在就让他扯进莫须有的谋杀案里，打草惊蛇，再想要查清指使她父亲做这些事的人恐怕就难了。她定了定心，说道："我之前已经和普西方面说过了，我是听说渡山有人在非法土葬，而且规模不小，就想去挖这个新闻，我去了之后发现那边真的有人在撒纸钱，本来想多看看，但是没想到雨下大了，我就只能走了。"

"那为什么你回来之后立刻就出国了？"

"我这个职业想凑出个休假不容易，我那天淋了雨，心烦气躁地去找我爸，结果他也觉得我状态很不好，问我要不要出国散散心……"

姚建平又问道："那为什么出国之后就联系不上了？"

罗小男冷哼："我好不容易有个休假，还不让自己彻底放空啊？谁能想到这个假休的，我公寓都被烧了，究竟是什么浑蛋干的？我那么多衣服和鞋都没了，你们查到没有？是不是以前被我们杂志社曝光过的那些畜生最近放出来了？"

罗小男连珠炮似的问了一串，实则心已经提到嗓子眼儿，刑侦局对她起疑就意味着对萧厉起疑，他才刚当上警察多久？

罗小男暗中捏紧了手指，无论如何，她至少得把萧厉撇清楚。

9

阎非本以为等待罗小男消息的这段时间，萧厉的状态再好也得要两包烟才过得去，却没想到萧厉这次冷静得超乎寻常，甚至没有主动给罗小男发消息，只是一言不发地跟着他继续在渡山找袁丽有关的线索。

阎非先联系了王朔，要到了几个长住渡山的老员工信息，其中有一个叫作罗英的中年女人，过去在化工厂里搞后勤，实则就是员工宿舍的宿管，现今也还住在渡山。

找到人后，萧厉给罗英出示了袁丽的照片："您过去见过这个人吗？"

罗英眯起眼仔细打量了一番袁丽，最后摇摇头："我那时候就管一栋宿舍楼，而且都这么多年了，要是我们那栋楼的我可能还记得，别的楼的我哪里记得过来？"

"你们当时一共几栋楼？"

"有四五栋吧，后来人越来越少了，最后就刘雪一个人管一栋楼，里头剩下的都是一些老弱病残赖着不肯走的，最后还赔钱了他们才肯搬呢。"

"那个时候龙都化工厂管渡山这块地皮吗？"

罗英笑道："不就是黑灯瞎火的一块荒地，晚上连灯都没有，还有不少挖出来的坑，都给埋垃圾了。倒是厂里不少搞对象的，会半夜到那边钻草丛去，后来挖出死人之后就没人敢去了，还有人说那儿晚上有鬼火呢。"

萧厉皱眉道："挖出什么尸体？在哪儿挖出来的，当时为什么没报警？"

罗英神秘兮兮地说道："当时我们那个杜主任说了，山上都是童子坟，挖出来一见光就要出事，所以后来都给收了火化去了，还找了花婆来做法事呢。"

阎非越听越觉得不对劲："是从什么地方挖出来的？"

罗英道："说是当时有两个搞对象的，去钻树林子，结果发现骨头了拿回去一看，怎么都不像猪骨头和牛骨头，第二天几个人再到那儿看，又把头盖骨给挖出来了。"

"挖出来多少小孩子的尸体？"

"当时一传十十传百的，有说七八个人，还有说是十几个人的……要我说这事儿也确实不太吉利，后来那个找花婆子的杜主任也死了。"

萧厉和阎非交换了眼神，都觉得这事儿可能有古怪，离开罗英家后，萧厉本想说他们最好再去找一下那个最后留守的刘雪，确定一下这个小孩子尸体的事，然而他还没开口，口袋里的手机一通狂震，一看是罗小男打来的语音通话，脑袋里不由得嗡的一下。

…………

"我感觉我要死了。"

几个小时后，萧厉焦虑地在电梯里打转，眼看着数字一路上升，他抓了一把头发："接下来要是老子因为闯空门的事情被分手第三次，你也跑不了。"

阎非淡淡道："和罗小男好好说，现在看来，罗战很有可能不是自愿的，作为一个一线的新闻人，忽然自砸招牌，这个事情背后一定有隐情。"

两人下了电梯，刚出门萧厉便看到罗小男正靠在窗边抽着一根细长的女烟，身上的衣服穿得很乱，脸上也难得没化任何妆，乍一看简直像是个大学生。

罗小男转头看见他，二话不讲就掐了烟走过来，萧厉现在对这种动作简直条件反射，下意识倒退一步抱住头："打人别打脸！"

他话音刚落，罗小男一头便扎进了他的怀里，动作相当用力，恶狠狠道："我不告诉你，你就跟踪我，还敢上我家去，萧厉，胆子越来越大了！"

萧厉叫人紧紧抱着，知道自己这条小命算是保住了，他叫上阎非进了屋，又轻声道："既然不急着和我算账，先休息一下，看你黑眼圈都快挂下来了。"

罗小男原本还在一声不吭地换鞋，闻言动作竟是一顿，她这一路情绪都绷得很好，但也不知道为什么，萧厉每次都能准确无误地拿捏住她的软肋。

萧厉好像没发现她的情绪变化，还在自言自语："你那些化妆品都给烧没了，我这儿也没什么给姑娘用的东西，你要有什么要买的，晚点我出去帮你买。"

罗小男鼻子发酸，过去从来没有人会帮她做这些，在萧厉之前，她的每一个男朋友几乎都是一样的，在一起的契机差不多，分开的契机也差不多，就好像她精致面具的一部分，是用来拿给外人看的，到了一个时间点便可以换，没什么可惜，也没什么感觉。

但萧厉和他们所有人都不一样。

罗小男闻言迅速抹了一把脸上已经淌出来的眼泪，低低"嗯"了一声，紧接着便低头冲进了萧厉的卧室，合上了门。

短短半小时，罗小男将自己收拾利索，出来的时候萧厉给她煮了一碗面，还倒了些热茶："反正也没外人，你先吃饱了再说吧，不够我再给你热两个包子。"

罗小男心知她那点习惯性的矜持在这个人面前几乎没什么作用，索性便也不再端着，一口气吃了大半碗面之后，罗小男终于觉得周身暖和了一些，放下筷子道："差不多了，阎非你也来吧，都替萧厉挡了车祸了，这趟浑水看来不蹚也得蹚了。"

"还需要给你们留点时间吗？"阎非靠在一边问道。

罗小男直接翻了个白眼："阎非你这个大尾巴狼少教坏'丽丽'，看在你救他的分儿上，你手底下人直接把我弄去刑侦局的账我就不和你算了。"

"你应该也知道这件事是特意避开我的。"阎非走到桌前坐下，直截了当道，"你公寓里的东西被我们带出来了，现在刑侦局还不知道你父亲的事，他们应该是察觉到你和渡山的案子有关，所以才来找你的。"

萧厉道："小男，渡山的事情你到底知道多少，这个案子现在就在我们手上，只怕也有别人盯上了。"

罗小男就知道这两个人如果去过她的公寓就一定会发现那些，也不可能放任不管，而如今既然决定要说实话，她便也没什么好隐瞒的，轻声道："这件事，恐怕要从我初中的时候开始讲起了。"

10

罗小男道："我初中的时候，我爸在欧洲和周宁两头跑，忙得像个陀螺。当时我就想，以我爸的背景，只要他想续弦就能续上，我担心他因为我的事耽误了，后来注意观察了一阵，却发现他经常会瞒着我回国，偷偷去普西。为防止他找一个不三不四的女人进门，图他的财产和名声，有一次他再去的时候我就偷偷打了辆车跟着，想看看他去见的究竟是谁。"

"真不愧是你。"

萧厉光是想象都觉得这是非常典型罗小男的做派，而罗小男的脸色此时却凝重了起来："我以为他是去城里，却没想到他去的是座荒山，小时候我还当他是压力太大，也没多想，直到这次，我开始调查我爸之后又跟着他去了那个地方，看到黄纸才意识到，固定时间去，并不是因为要见什么老相好，而是因为要烧纸……一想到他手上真的有人命，我简直不知道该怎么去面对他。"

她回忆起那天自己跌跌撞撞地走下山，紧接着又看到萧厉的车，那一瞬间的心如死灰，罗小男这辈子都没体会过，轻声道："之后的事情你们应该也猜得到，我去找我爸摊牌，紧接着他说国内不安全，带我出去就会告诉我全部的事情……"

　　罗小男叹了口气："我是溜回来的，但是我爸应该已经发现了，我也不知道他怎么想的，这方法真是蠢得不像他。"

　　萧厉眼看罗小男才刚刚红润一点的脸色又开始变得苍白起来，他不忍心问下去，赶忙道："不想这个了，你就让我们心里有数，然后就去睡会儿，女人睡不好要长皱纹的。"

　　罗小男知道萧厉就是心软，事情到了这一步还是不愿意逼她，她苦笑道："我先前说要和你断了，你就不生气？"

　　萧厉轻描淡写道："你要真想和我断，也不至于被我撞见去渡山之后就破罐破摔和你爸出国了。"

　　罗小男心头一震："你知道我为什么……"

　　萧厉无奈："我要是早点看出来，上次去你家我就应该硬闯，你到时候报警也没用，因为我就是警察。"

　　他说完，桌对面的阎非清了一下嗓子，萧厉心想这人竟然还有脸来挤对他，没好气道："你少来这套，这次去她家的主意是谁提的心里没点数？"

　　"一直追到渡山的人可不是我。"阎非凉凉地看他一眼。

　　三人僵持片刻，罗小男忽然一巴掌扇在萧厉脑袋上，恶狠狠道："他的事是他的事，你的事是你的事，去我家这个账我之后再和你算。"

　　萧厉捂着脑袋恶狠狠剜了一眼阎非，又道："所以小男，你爸他做的事你查了这么久，是他自己情愿的吗？"

　　罗小男给他这一问突然哑了火，半晌竟露出些相当罕见的迷茫神情："我不知道，但我有一种感觉，我爸这几次回国，都是有人让他回来的，我也只能这么想，因为如果不这样想，那从小到大他对我说的所有话都会变成谎言。"

她握紧了拳头："我知道无论在渡山发生了什么，我爸都一定脱不开干系，现在既然只剩下这具尸体了，那她就是我爸去见了十几年的那个人，只要能抓住这条线，就能知道我爸手上到底有没有人命了。"

两小时后。

罗小男醒过来的时候天色已经暗了。

下午她同阎非和萧厉大致交换了信息，萧厉不愿让她熬着，几乎是强制性地逼她补了觉，而如今一觉睡醒，罗小男难得产生了想要逃避现实的念头。她缩在满是萧厉气息的被子里不愿出来，半晌就听一声轻响，萧厉轻手轻脚地走进来，还未来得及将手上的东西放下，他在黑暗中一下撞到罗小男睁得大大的眼睛，整个人便直接僵在了那里。

罗小男已经很久没见过萧厉这样浑身上下冒傻气的样子，大笑起来："怎么啦？自己的房间，做贼呢'丽丽'？"

萧厉给杯子里加了些热茶："怕你又要和我说什么分手已经两年的话，很伤人的。"

罗小男听出他话里的别扭，又往被子里缩了缩，一双黑白分明的眼睛颇为无辜地看着萧厉："我们难道不是分手两年了吗？"

"说分手的从来都不是我。"萧厉静静看着她，"现在可以和我说实话了吗，为什么要分手？其实不是因为工作吧？"

罗小男没想到萧厉上来就问这个，难得有些心虚："你就当是因为工作吧。"

萧厉好笑地看着她一个劲儿往被子里缩，罗小男在他面前很少有犯怵的时候，他叹了口气：“现在知道对不起我了？你说这个事儿要换了别人，肯定老早就找新欢去了，也就是我，死乞白赖地要追着你，阎非看我的眼神都像看二傻子。”

罗小男自知理亏，也生怕萧厉再纠结在这个上头，过来抓他的手小声道：“阎非还在外头吗？”

“回刑侦局去了，我这个新人不在还行，他这个队长说休假就休假，还要不要混了？”萧厉熟悉罗小男的套路，便任由她抓住自己的手腕，结果摸到一半他就觉得不对，想抽手却已经来不及了。罗小男一把恶狠狠捏住他手上才刚长好的血痂，萧厉疼得倒吸一口凉气，跟着就不敢再动。

罗小男坐起来打开床头的灯，开始看他手上刚结好痂的伤疤，因为划得不深，绷带很早就拆了，对于相当了解他的罗小男而言，眼下这个状况显然是瞒不过去。

罗小男盯着他手上新添的血痂看了一会儿，冷笑道：“萧厉，你可以呀，我一眼没看着你，你还敢给我来这个？”

萧厉心中叫苦，抓到机会赶忙把手抽了回来，开始胡说八道：“当警察嘛受伤难免嘛，阎非那样的都满身是伤，我要是一点儿都没有以后出去还怎么混？”

罗小男冷冷看着她：“你当我是傻子，哪个罪犯逼着你把刀子架在自己手上了？”

萧厉知道瞒不过去，只能投降一般地举起手：“我错了，是我错了小男，我现在已经开始吃药了，这个伤口也不深，小男你别……”

他话还没说完，罗小男一头撞在他的胸前，力气大到萧厉甚至感到自己的心脏都震了一下，罗小男咬着牙低低说了一句“你根本不了解你自己”，紧接着，便搂着他的颈子把他用力拉了下去。

“小男，是我错了，你别难过了，真的不疼。”

被松开后，萧厉看着女人在灯光下泛红的眼睛顿时不知所措，甚至连舌头都开始打结，半天才挤出来一句干巴巴的话，却丝毫没有安慰到人。

罗小男半是委屈半是生气地在灯光下盯着他，呼吸里渐渐夹上了很重的哽咽："你到这种时候还在说自己错了，你到底知不知道是什么撑着我回国？萧厉，有人很珍惜你，也永远相信你，在这个屋子里就有两个这样的人，你怎么就是不明白呢？"

11

阎非并没有立刻回去。

罗小男和萧厉这么久没见，他现在回去也说不了案子，于是干脆便在刑侦局楼下的停车场里，将张琦交给他的资料仔细看了一遍。

在宋嘉案入档的资料里，详细列举了警方走访酒店目击证人时留下的笔录，在坠楼发生前曾有三个客人听到了走廊里传来少女的尖叫声，叫喊"你们不要过来""再过来我就跳楼了"，还有"你们能不能放过我"之类的话，声音很大，随后就传来玻璃破碎的声响，前后不超过一分钟，也因此这些客人都还没来得及出门，宋嘉就已经坠楼了。

物证方面，宋嘉坠楼的酒店没有找到任何监控视频，对三个混混的目击证词也都是当时在酒店外围观的群众所提供的，因为形象模糊，警方前后花了很多时间走访附近街道才画出了嫌疑人画像。

可以说整件事里，人证挑不出问题，带宋嘉来城里做义工的老师笔录毫无破绽，酒店前台也核实了，三名混混都是在宋嘉之后进入的酒店，他们不是这家酒店的客人，但过去经常会钻空子，在酒店顶楼抽烟喝酒，已经被酒店的安保人员赶过几次了。

现在再看，要说整件事里最奇怪的只有酒店竟然没有安装任何监控设备这一点，哪怕酒店经理事后称这是为了客人的隐私考虑，也实在是叫人难以信服。

阎非又翻到下城区火灾案的案卷，相比于宋嘉，吴同、周伯俊和赵国的死则是更加明显的谋杀案，警方不但在现场找到了助燃剂，还发现出事时公寓大门被人为地用钢条卡死了，换言之，就算是三人从深度昏迷中醒过来，他们也是绝无可能逃出去的。

在十六年前，因为警方从始至终都没有找到公寓起火案的嫌疑人，这起悬案后来也变得越来越扑朔迷离，甚至有外界猜测，是有人实在看不下去宋嘉的死，绑架了这三人逼他们认罪，最后杀人也是为了替天行道。

阎非读完最后一页，心中隐隐有种不好的预感。一切客观存在的物证都被人抹去了，剩下的都是人证，一切都做得太干净了，又老辣又缜密，几乎不像是一个人的手笔。

阎非眉头紧蹙，可以说在眼下这个时刻，一切过去的经验都在告诉他，这两个案子恐怕不是单人所为，而是有组织有预谋的团伙做的。

…………

阎非直到晚上还没回来，罗小男和萧厉吃完外卖，依偎在沙发上说话。谈到罗战，罗小男叹气道："我也试着去想过威胁他的究竟是什么人，但是这些人明显都是生意人，是手头出了事才来找他帮忙的，中间一定有第三方在两头交易，我实在想不到会是谁。"

萧厉沉默着没说话，显然对于罗战而言，真正能用来要挟他的除了罗小男不可能有别人，如果他真的是受人胁迫，那对方很有可能早就盯上罗小男了。

萧厉想到这儿不由得将罗小男瘦削的肩膀搂紧了一些，还没来得及说话，外面有人按响了门铃，萧厉心想阎非当真是出车祸撞昏了头，他过去还没见过这人马虎到不带钥匙，急急起身去开门，然而门外的人却不是阎非。

是一个风尘仆仆的中年人，穿着灰色的大衣，头发一丝不苟地梳在脑后，神情冷峻。

萧厉在震惊下一句话都说不出来，最后还是罗战先开口了，冷淡道："小男应该在这儿吧，我知道她的公寓出事了。"

"爸？"

罗小男听到门口传来的声音，转头便见罗战提着一只行李包要从门口进来，而萧厉反应很快地直接挡在罗战身前："罗先生，我还没说小男要不要见你呢。"

罗战冷下脸："我自己的女儿，我不能见，还有谁能见？"

萧厉冷笑："你强行把她带出国的时候是不是也这么想？觉得她就是个所有物？"

罗小男过去还没见萧厉有这种脾气，赶忙一把拉住他："少在这儿胡说八道，有什么事情先坐下来讲！"

随着罗战进屋后客厅里的气氛逐渐剑拔弩张起来，罗小男将萧厉拉到背后说："爸，你不要怪萧厉，国内有人把我的公寓烧了，要不是他收留我，我现在只怕是要睡大街了。"

罗战看着她，脸上却没有罗小男原先想象的愤怒，更多的是一种极度疲劳下的无奈。他这一路赶回国也几乎没有合眼，生怕罗小男突然在国内出什么意外，叹了口气："小男，我之前就告诉你了，你在国内不安全。"

罗小男没想到事到如今他竟然还在说这些，恼火道："你光说不安全，那你能不能告诉我，是谁烧了我的公寓？"

罗战深深地看了她一眼，仍不开口，罗小男知道他又打算这么应付过去，眼眶不由得发红："爸，你到底还当不当我是你的女儿，如果真的有人逼着你做这些事情，你可以告诉我，我们一起想办法解决。"

她说完只觉得手背一温，萧厉不动声色地将她捏紧的拳头整个包进了掌心里："罗先生，现在刑侦局已经查到了袁丽，所有证据都在把我们往你的方向引，如果你有什么难处真的还不能和我们说，之后可能就不会是我们来问你这些问题了。"

"萧厉！"

罗小男听到最后震惊地抬起头看着他，萧厉却没有退，轻声道："罗叔，我现在不用警察的身份和你说话，小男帮过我很多，我和她的关系你应该也清楚，我希望无论怎样，她都能受到最小的伤害。事已至此，你瞒着她解决不了问题，如果你真的希望小男好，那你现在应该选择和我们说实话，这样至少我们会知道你在这整件事里到底扮演的是一个什么样的角色，也好帮你解决跟在后头的那些尾巴。"

萧厉声音坚定，罗小男鼻子一酸，安静地抓紧了萧厉的手，罗战将她的动作看了个满眼，沉默了一会儿才道："小男，很多事情不是你想的那样，我确实做过很多不该做的事情，但我做所有事都是为了让你能从这一切里逃出去，有一段时间我甚至想要让你放弃做新闻，去做做娱乐，这样至少不会有人来找你麻烦。"

"可我只想知道事情的真相到底是怎样的。"罗小男站在萧厉背后轻声道，"不能见光的东西早晚都会见光，没有什么可以在黑暗里长存，这都是你亲口说的。"

罗小男从小到大都很少当着别人面哭，如今她实在止不住眼泪，只能逼着自己尽可能地站直一些，萧厉抓紧她的手想说些安慰的话，而罗战便在这时很轻地开了口："小男，其实我早就没办法回头了。"

他苦笑着摇摇头："开始做的时候我就想好了，未来肯定有一天我会需要承担一切，但是查这些东西的不该是你，我可以告诉你真相，但是你要答应我，永远都不要为这件事产生任何的负罪感，好吗？"

12

阎非被叫回去的时候，罗小男和萧厉还有罗战正端坐在沙发的两边，他将门锁好，又道："罗先生，我是做什么的你应该知道吧？"

"小男也不是第一次和你打交道了。"罗战冷静地看他一眼，"不必有顾虑，我选择和你们说就是准备好了要承担后果，你们之后要查什么就继续查，我只希望你们能保护好小男，就这一个要求。"

"这个你可以放心，这些日子罗小男在国外，有些人在国内都操心得睡不好觉。"阎非拉了椅子坐下，"那我就不浪费时间了，在罗小姐的公寓被烧前，我和萧厉去过一趟，在里头找到了一些罗小姐调查你的证据，这些证据目前还没有提交给刑侦局，我们希望能先听一下你的解释。"

他顿了顿又道："这些东西不会一直在我们手上，迟早是要见光的，我们现在只是不想打草惊蛇，所以才暂时保留。"

"我知道，说起来你果然和你的父亲很像。"出乎意料的，罗战看着他笑了笑，"在没有网媒的时代，你父亲经历的已经是最严重的舆论风波了，其实我很敬佩你的父亲，只可惜，很多事情的话语权也不在我自己手里，我之后在节目上说了一些不太好听的话，其中有很多不是出自我本心，在这儿还要和你道声歉。"

"什么……"罗小男听出他的言下之意，惊道，"连对阎正平和'七一四案'的报道，都是人为操控导向吗？"

阎非皱眉："是不是和高冠杰有关系？"

罗战摇摇头："我不知道，那个时候我还接触不到所谓的'雇主'，因为他们还不怎么信任我，都是直接把要求拿过来，让我照着念就行了。"

罗战又叹了口气："最早的时候我也想过不配合，但是无论我把小男送去哪里，我总能收到具体的地址和照片，他们说如果去找警察，第二天我就得亲口报道自己女儿的死讯，我不敢不信。"

阎非没想到竟然连阎正平的事情都被牵扯在里头，皱眉道："我父亲的事，到底是怎么回事？是有人要在舆论上中伤他？"

罗战淡淡道："十六年前，他们叫我做的第一件事，就是隔一段时间就要报道一次'七一四案'，最好能反复地戳外界的伤疤，让他们意识到警察的不作为。我最开始也不明白，后来才知道，这是为了加深民众对你父亲的愤懑，间接煽动对刑侦局的不满，一旦警察的公信力降低到一定程度，这些人施展手脚就更方便些。"

萧厉心里一惊，能将事情做到这一步，说明对方绝对不是一个人或者两个人，极有可能是个存在已久的组织，他问道："更方便的意思是？"

罗战苦笑："一旦不报警就有了很多私下解决的余地，错失最初诉诸司法的时间，很可能永远都讨不回该有的公道了。"

罗小男一时说不上是心疼还是懊恼："你见的那些老板，其实都不是幕后黑手吧？"

"这些人都不是，他们都只是雇主和客户，至于真正在中间给我'派活儿'的人，老实讲，我也不知道他们到底是谁。最早的时候，他们给了我一部手机，每次都用这部手机进行专线联系，后来就改成了电子邮件，每过一段时间就会来联系我，我试着去找过两次，但是我想做的事情最终都被他们发现，到头来又拿小男的性命来威胁……"

罗小男咬牙道："爸，所以最后你从台里辞职是不是也是因为……"

罗战笑笑："没错，我实在受不了再去念那些别人给我的稿子，虽然观众出于对我的信赖没有过多察觉，但我自己受不了，每天上班都感觉到自己像是个傀儡一样。"

萧厉问道："他们不是一开始就用小男的事情来胁迫你的吧？"

"当然，这些人非常了解我，甚至比我想的还要了解。"罗战无奈道，"如果一开始他们就拿小男来要挟我肯定会报警，也就不会有后来这么多事了。他们的手段远比这个要高明得多，他们让我变成了一个不能报警的人，接下来的事情，也就变得容易多了。"

十六年前，周宁广播电视台楼下。

一辆黑车在门口停了下来，按照惯例，周三下午节目录制前的三小时，罗战要到台里开始准备。相比于其他主持人，他的追随者明显要更多一些，一些年轻的女孩儿早早就等在门口，看到偶像出现便隔着围栏尖叫起来，想要签名。

大多时候，罗战即使不上节目也会保持相对统一的穿着，他就像是周宁市新闻界的一面活招牌，这个三十岁出头的年轻主持人创造了周宁新闻节目的收视率神话，播出五年以来，这档新闻节目的收视率不降反升，更是业界闻所未闻的事。

面对热情的观众，罗战只是远远对着人群招了一下手，很快便和助理一起走进了总台大厅。老电视台还有三年就要迁址，略显陈旧的大厅里有几张巨幅的照片，其中罗战的照片被放在正中间。

"战哥，前两天有个人死活拉着我要送这个信，是个女的，特别着急要见你。"助理王玲赶上罗战的脚步，给他递了一个信封，"说是信一定要亲手交给你，怕放了公共信箱你看不见，要不战哥你有空看一眼吧。"

罗战接过信拆开看了一眼，脚步竟是微微一顿："她人还在门口吗？"

王玲一愣："怎么，战哥，你要见她吗？"

"不用，你一会儿去看一眼，如果她在你就让她先回去吧，就说信我收下了，其他的事情等我看完了再说。"

罗战将信塞进西服的内袋，来信人自称是最近少女坠楼案里被害者宋嘉生母的朋友，并再三强调这个案子里有猫儿腻，因为她先后问过很多先前住店的客人，这家酒店在一年前分明还有监控，结果却在一年内撤去了所有摄像头，这里头想想也有蹊跷。

女人在信中所说的一切和罗战心中的猜测不谋而合，他在上周的节目里已经花了大量的篇幅去谈宋嘉案，在最后也希望有线索的人能来找他，结果没想到，不出几天，这就有人来了。

罗战走进化妆间的时候还是满腹心事，因为节目火爆，台里又加了不少新人，罗战对这种改变谈不上高兴。大量的关注虽然给予了他足够的社会影响力，但是也让台里对稿件的质量越发严苛，公共邮箱里塞满了公众发来的信件，但是罗战能帮上的却始终只有其中的少部分，这总让他觉得自己失去了做"民生新闻"的初心。

录节目的流程对他而言轻车熟路，几个小时后，罗战完成工作，照惯例打算步行去给罗小男买了晚饭就回家，他戴着口罩穿过一条常走的巷子，刚走到一半，黑暗里突然有人蹿了出来，一下子拉住了他的肩膀："罗战？是那个主持人吗？"

罗战自从有了些名气，常碰到一些跟着他的人，他皱着眉退出一步，女人却忽然扯下帽子口罩，露出一张瘦削又苍白的脸："我是写信给你的那个人，罗先生真的很抱歉，我实在没办法了……一直有人在跟着我，我总觉得是有人要把消息按下去，所以我只能直接来找你了。"

罗战想起口袋里那封信来："你是宋嘉妈妈的朋友？"

女人在黑暗里神经质地瞪大了眼，压着嗓子道："有人在跟着我，罗先生，这件事警察没有说实话，宋嘉……宋嘉的死就是他杀！你一定要相信我，他们在'七一四案'发生之后就没有一句实话，这次也不过就是想敷衍我们，把这件事草草结束。"

见罗战没有说话，女人用力抓住了他的胳膊，就像是抓住了最后一根稻草："你相信我，真的有人在跟着我，如果你再不帮我，我会被他们杀掉的！"

13

"那个女人就是袁丽？"萧厉忍不住问，"她是宋嘉生母的朋友？"

罗战面色惨淡地点了点头："她给我看了宋嘉的照片，如果不是常去看望是不会有的，她说宋嘉母亲过世前两人关系很好，所以才会想要为宋嘉出头，来找了我。"

阎非面无表情地看着罗战："所以从一开始，你是因为不信任警察没有报警，选择了和袁丽两个人私下去查。"

他的话里明显带着情绪，罗战也知道这火气是从哪儿来的，苦笑道："我当时太年轻，看事情也有偏颇的地方，加上做新闻，疑心病总是太重，所以也就认可了袁丽不报警的做法……现在想想，这可能是我这辈子做得最糟糕的决定了。"

罗战又叹了口气："当时'七一四案'已经被拖了好几年，随着时间过去，刑侦局在舆论上的立场越来越尴尬，闹出了宋嘉的案子更是火上浇油。我当时想，如果宋嘉案真的被定性成他杀，那对于刑侦局而言恐怕又是一桩麻烦事，一旦找不到凶手，群众不满的情绪便很容易到达一个爆发点，到时候警方就更是在风口浪尖上下不来，按照这种逻辑，那时警察帮忙掩盖真相，似乎也说得通。"

罗小男想到后来袁丽死得不明不白，已经猜到这件事并没有好好收场，问道："爸，你当时怎么会这么轻易就答应蹚这趟浑水的？"

"这个问题我后来想过很多次。"罗战想到往事脸上却并无悔意，只有淡淡的悲凉，"大概是那个时候年轻气盛吧，做了几年新闻，明明节目收视率越来越好，我却觉得自己离那些苦主越来越远了，这不是件好事。小男你知道吗？最早的时候，我和你妈妈走了很多地方，回到周宁之后我和她都想做民生新闻……我实在不愿意永远高高在上地点评那些大案要案，所以在袁丽出现的时候，我一下就觉得，找到了年轻时候的那种感觉，也就那么答应了。"

他说到最后又苦笑起来："奇怪的是，直到今天，我想起那一天居然都不觉得后悔，对于当时的我来说，这一行做得太顺了，我以为我什么都能做成，但是，世界上确实不是什么东西都能拿来见光的，因为在那之后的黑暗到底有多大，活在光明里的人恐怕根本没有概念。"

晚上九点，萧厉家的前厅里一片安静，罗战轻声说着往事："袁丽是个胆子很小的人，身世不好，她前夫家暴，把她打得浑身是伤，我很同情她，所以也想要在这件事上多帮帮她，后来还特意给她安排了临时落脚点，方便我下班后去找她。"

罗小男问道："这个女人，说的都是真的？"

罗战道："我们再去酒店的时候，确实有人说，这个酒店在一年前还是有监控的，同时酒店里的保洁也说，那几个混混都是酒店的常客，那一天他们甚至不是临时起意找上宋嘉的，有人听到他们私下说话，说了诸如'如果不愿意留着也没用'，还有'客人不喜欢这样的女孩'之类的话……我从那时候就意识到，这里头的水比我们想的要深得多，警方和我们的信息脱节。小男，换作是你，这时候会不会觉得里头有问题？"

罗小男没有说话，萧厉心里却想这种情况，换作任何一个稍微有经验一点的媒体人恐怕都要觉得有鬼。

"不可能。"阎非脸色铁青，"当时警队里的人都是很靠得住的人。"

"问题就出在这里。"罗战毫不避讳阎非像刀子一样的目光，"警方当时处于舆论劣势，就连我也很难信任你们，也是因为这样，所以我对自己看到的东西毫无怀疑……人都是自负的，我那时也不例外，整个人就好像魔怔了一样，除了在台里上班录影的那几个小时，我脑子里几乎都是这个案子，但我那时完全没想到，我和袁丽其实都在一步步走入一个陷阱，并且还毫无自知。"

罗战抬起手怔怔地看着自己的手掌，思绪就好像回到了那个下午，他们通过证人提供的线索，找到了其中一个名叫吴同的混混在下城区的一处房屋。

明明就是吴同名下的财产，警方却查不到那里，发了通缉令之后便再无回音，每每想到这件事，罗战心中便是疑云密布。他此时已经坚信这件事不能通过官方来查，于是决意要和袁丽先去出租屋看情况，争取能够拍摄到有关那三人在房屋里的证据，到时直接进行曝光，迫使警方不得不将人抓捕归案。

下午三点，罗战开车带着袁丽来到下城区的一处老居民楼前，那几年搞拆迁，这里的大多数住户都已经搬走，最终只留下一些态度强硬的钉子户，其中就包括吴同。

罗战开车到了房屋附近，这几栋楼都是 20 世纪 70 年代的老房子了，如今人去楼空，四周堆满了建筑垃圾，显得荒凉无比。袁丽惶恐道："罗先生，这不会是有人给我们下的套吧？要不还是报警算了。"

袁丽的话传到罗战的耳朵里，却是起到了完全相反的效果，罗战这些日子精神紧绷，提到"警察"两个字本能就开始抗拒，皱眉道：

"你要是害怕就别上去，我去看一看，如果人真在这儿，我们也是不可能抓他们的，还是得让警察来做这一步才行。"

袁丽还有犹豫，罗战却不愿再等了，他想到过去那些跑新闻的日子，这才是他做新闻的初心，让不能见光的东西见光，只有做到了这件事，他才无愧于自己新闻人的身份。

罗战将车子在隐蔽的地方停下，自己独自走进老楼，从一楼开始，这里的大多数的住户都已经搬离，而到了吴同所在的六楼，左手边的木门变成了防盗门，门里传来电视机的声音，像有人在，却又毫无动静。罗战站在两级台阶下等了一会儿，见始终没人出声，他伸手去扒了一下，谁知竟然直接把防盗门拉开了。

"门开了？"罗小男震惊道。

罗战脸色苍白："当时的情况太奇怪了，我曾经也犹豫过到底要不要进去，我以为自己足够理智，但是只要一想到我走了，就可能错过第一手的新闻，最终我还是就那么走了进去。"

阎非皱起眉："这是什么时候的事情？是起火那天吗？"

罗战迷茫道："我进去之后，吃饭的碗碟还散落在桌上，电视机开着，沙发上却没有人……我当时喊了一声，也没有人回答，我本想去卧室里看一下，结果就在这时，有人忽然从背后打晕了我，我在客厅里直接昏了过去。"

"是他们埋伏你？"罗小男倒吸一口凉气。

罗战慢慢摇头："我不知道，我只是隐约感觉到很热，还很闷，有人将我来回拖动，然后就被放上了车。我醒过来已经是第二天了，袁丽不见了，而我在自己的车上，车停在离我家很近的一家医院门口，我那时只有背上有一些烧伤和擦伤，但都不是很严重，我的手机没有被拿走，我还记得，我醒过来之后给阿姨打了电话，说我出差要晚点回去，叫她去照顾小男。"

罗小男脸色惨白，在十几年前，罗战在台里的时候工作就很忙，因此经常把她交给保姆来照顾，有时一出去就是好几天，她也习惯了……如今竟是无论如何都记不起有哪一次罗战回来的时候身上带着伤。

她轻声道："所以，爸，在那个房子着火的时候，你是在屋子里的？"

罗战面色惨淡地笑了笑："在当时我只知道我被烧伤了，而袁丽失踪，后来我在医院里看了新闻才知道了出租屋着火的消息……我一开始以为对方是要烧死我，但后来我才发现，原来他们三个人当时都在那个屋子里。"

14

听完罗战的叙述，一时谁都没有说话，末了罗战苦笑了一下："就是在那之后，我收到了对方寄来的匿名信，里头有我出现在火灾现场的照片，还有我和袁丽在一起的照片。对方甚至还寄过来了一段被剪辑过的录音，里头是我曾经在袁丽住处和袁丽说的话，我原来说的应该是'如果法律惩罚不了他们，我们就必须要让他们见光'，被加上其他话剪辑之后，那段话变成了我对袁丽说，'如果法律惩罚不了他们，我们就只能自己动手'，音源相当清晰，加上那些照片，目的就是为了把我扯下水。"

罗小男咬牙："可是这些东西顶多只能证明你说过这句话，到过那间屋子，根本不可能当作杀人的证据。"

"没错。"阎非道，"罗先生，如果只是这样，你可以选择报警。"

罗战眼神悲凉："还有另外一件事就是袁丽死了，他们说可以先用公寓着火这件事毁了我的名声，之后再给我扣帽子就容易多了……

这些人在我昏迷的时候取了我的血样还有指纹。在信里，他们预备将袁丽的死全栽在我头上，袁丽最后一个见的人是我，又有照片为证，加上指纹和血样，我无论如何也洗不清。"

萧厉听到这儿内心也不由得凄然，罗战最初帮袁丽只是出于作为新闻人的道义，最后却被人用袁丽的死来进行要挟，其中的因果关系光是想想就让人不寒而栗，又问道："袁丽被埋在渡山，这件事你早就知道了？"

罗战点头："在我帮他们做了一些事情之后，这些人当作奖励一样告诉我的，他们把袁丽埋在渡山，还说只要配合他们，他们手上的那些东西就永远不会见光。"

"爸，你怎么这么傻！"罗小男如今知道真相，只觉得心如刀绞，"总会有其他办法的……"

罗战说出一切，心里反倒轻松了不少，笑道："你妈妈走之前，拉着我再三说，不能让你出事，因为她知道，我们俩做的这行其实比警察安全不了多少……你妈妈离开前最担心的就是你，我答应过她，不能食言。"

罗战讲得很轻松，但罗小男却很清楚这背后的苦楚有多少，她拼命咽回眼泪："所以说你才每年去渡山吊唁袁丽，但是，这会让你惹上更大的嫌疑。"

罗战淡淡道："后来随着手上的脏事越来越多，我也想通了，或许真的是我害了她，如果去报警她或许还不会死，这些是我的自负造成的，总要赎罪。"

罗小男咬着牙说不出话来，而萧厉道："但是袁丽并没有死，她还在渡山生活了一段时间才死。"

罗战面色惨淡："你们之前说的时候我也很惊讶，甚至第一个想法就是，如果她没死，我所做的这一切不都白做了？但是后来想想这也怪不了别人，要不是我听信服从他们，事情不至于会变成这样。"

阎非道："所以罗先生，你真的到现在还是完全不知道对方是谁？"

罗战迷茫道："我有种感觉，他们似乎是某种中间机构，有客户去找他们，他们就在我和客户之间搭桥，逼着我去接单。这些年我知道他们亲自动手的就只有袁丽和我的事，所以如果查，还是得从火灾案开始查。"

萧厉看了一眼脸色惨白的罗小男，有些话却不得不说："罗先生，你应该明白如果我们开始查这个案子，对于你的声誉……"

罗战摇摇头："我这些年做了很多错事，这些声誉也都是假的，老实讲，我早就知道会有这一天，只是没想到绕了这么大一圈，最后还是把小男牵扯了进来。"

他说着又苦笑起来："不过现在的情形，我们可能已经打草惊蛇了，要不对方也不会出手来烧小男的公寓，还给我发了消息，让我不要让女儿跟警察有过多联系，一旦对方弃卒保帅，恐怕你们还是没办法把这些人连根拔起。"

室内至此再度陷入一片死寂，沉默了三四分钟后，萧厉打破了安静："既然这样，罗先生，你暂时还不能自首。"

罗小男一愣，萧厉解释道："如果你现在自首，刑侦局就会处于被动，对方弃卒保帅的方式一定是直接把当时那些证据公布于众，就像当年的'七一四案'一样，直接通过民间的渠道公布洪俊的物证，给人先入为主的概念，接下来口供即便有出入也没有办法反转，这件事从开头我们就处于劣势。"

罗战问道："你想怎么做？"

萧厉和阎非对视一眼，两个人几乎同时得出了一样的答案。

"出国。"阎非道，"把查案的主动权交给刑侦局。"

…………

罗小男和罗战在房间里说话的时候，萧厉在阳台的寒风里吐出口烟："后悔蹚这趟浑水了吗，阎非？"

"你说呢？"阎非拿着烟却不怎么抽，任由烟灰掉在阳台的瓷砖上。

卧室里隐约还能看到罗小男和罗战的影子，萧厉想，一旦罗战出国，那恐怕在很长一段时间里，他们父女俩都无法见面了。

阎非顺着萧厉的视线看过去："罗战不能一个人去。"

"你怕他跑？"

"不光是这个，还有人身安全，这件事得找信得过的人做，局里的人也不行，很容易捅到杨局那儿去，后头就全完了。"

"那你打算找谁？"

萧厉话音刚落，阳台的门被人推开，罗小男面无表情地走出来，在黑暗中也点上一根烟："我爸十分钟之后走，门口有摄像头，之后他会把那些证据都发给我。"

萧厉和阎非对视一眼，后者很是自觉地掐了烟要走，刚迈出一步就被罗小男拉住，女人面无表情道："我还没说正事儿，阎非你也要听着。"

她的声音听起来很平静，萧厉稍微放下心，故作轻松道："小男你要说什么快说吧，没看他快亮成一盏电灯了吗？"

和往常不同，这一次罗小男没有搭腔，只是缓缓吐出口烟："我爸的事，必须要见光，而且要让所有人都知道……只有在关注度爆表的情况下，才会有人投鼠忌器，不敢轻易来动你们。"

黑暗里火光明灭，映得罗小男的侧脸苍白："如果舆论需要助燃剂，那我就下场，按照我的经验，应该没有什么比大义灭亲这种狗血剧情更吸引人的了，更不要说办案的警察原来还是嫌疑人的准女婿。"

萧厉倒吸一口凉气，正要说这对于罗小男本人未免太过残酷，室内传来门被合上的声响，阎非问道："不去告别吗？"

罗小男缓缓摇头："该说的都说了，重要的是接下来该怎么办。"

黑暗里萧厉能清晰地听见她的牙齿咬在一起，发出咯吱的声响，罗小男的侧脸紧绷："这些王八蛋把我爸害得这么惨，我绝不会放过他们，这些人不想叫人查这个案子，我就偏要让每一个人在周宁的所有地方都谈论它，这个案子我会亲手写稿跟进，这样到时候牵扯出我爸才会有打脸的反转，既然他们想控制舆论，我就让他们尝尝舆论的苦头。"

萧厉叹了口气："你没必要做到这种地步，这样的话你……"

"我不重要。"罗小男语气冰冷地打断他，"旧案重提，人设翻车，大义灭亲，还有你们两个刑侦局的明星人物一起下场破案，全是引流的元素，这些人不是想叫它见不了光吗？既然这样，我就要把这个案子炒成第二个'七一四案'，到时候所有人的目光都集中在这上头，自然有人会害怕。"

阎非听到这儿终于皱起眉道："你要考虑清楚，你这样会让刑侦局骑虎难下。"

"难道你怕了？"罗小男冷冷地看向他，"这些人也是害死你爸的帮凶。"

阎非道："我不是这个意思，只是你得考虑到萧厉是你的前男友，如果牵扯到你爸，我和他很有可能会被第一时间隔离出调查，这个案子，你应该不会放心别人来查吧？"

罗小男冷笑一声："当然，舆论是把双刃剑，只要用得好，你想让外头这些人怎么想都行，毕竟新闻只是他们发泄情绪的渠道。这个事情你们就不用管了……到时候把你们架上去了，别掉链子就行。"

15

翌日一早，萧厉醒时身边的床铺已经空了，还不到八点，他打开门，罗小男已经全部穿戴整齐，正在和同样穿戴整齐的阎非说话。

"醒了？"

罗小男回头看他一眼，用那些凑合用的化妆品，她的妆看上去竟然和往常一样。萧厉心想真是见了鬼，昨晚罗小男还在他怀里嘴硬，怪他总和阎非混在一起的，甚至还为微博上他女友粉多这个事儿吃醋。结果今早起来罗小男就跟变了一个人一样，而他的睡眠向来很浅，全天下恐怕也就只有罗小男，能在他毫无察觉的情况下下床洗漱。

萧厉震惊道："你俩是给我下蒙汗药了吧，怎么就我没醒？"

罗小男看了一眼阎非："你给他下药了？"

阎非满脸无辜："罗小姐，和他睡在一起的人可是你。"

萧厉翻了个白眼："行了，一大早背着我在说什么呢？开战略会议好歹把我捎上吧。"

罗小男精神像是完全恢复了，笑道："你马上安心跟着你家队长查案就行了，我不能待在这儿，否则要是变成我俩旧情复燃，那你之后查起来就更没办法和局里交代。"

萧厉这下终于彻底清醒，干巴巴道："我们原来，没有，旧情复燃吗？"

"现在还没有。"罗小男正色，"在你们查案的期间都没有，你只是我的前男友。萧厉，你要时时刻刻记得这件事，无论之后外头怎么说我，这和你一点关系都没有。"

萧厉当然听得懂罗小男的言下之意："但是你自己一个人……"

罗小男摇摇头打断他："我还要赚钱包小白脸颐养天年呢，就少操我的心吧。这件事我一定要还给我爸一个公道，没有你们我做不成，所以你两个一定要活着，之后如果这件事成了，我一定会还这个情的。"

她说着竟九十度鞠躬，阎非直接把她拉起来："这种话就不用说了，减少外出，之后我会尽量调好帮手过来保护你。"

罗小男点头应下："为免夜长梦多，我爸明天就会回去，这件事也要麻烦阎队了。"

萧厉还没听明白，阎非和罗小男却像是达成了某种默契，阎非将一个箱子递给罗小男，后者深深看了一眼萧厉，紧跟着便毫不犹豫地开门离开，只在走廊里留下一连串高跟鞋的脆响。

"小男！"

萧厉没想到她走得这么干脆，迈步想追，又被阎非一把拉住："走廊里都有监控，之前罗小男和罗战来去已经很麻烦，之后查到这儿，你追出去更说不清楚。"

萧厉怔怔地看着已经合上的门，这次不同于两年前了，他已经很清楚罗小男身上背负的是什么，如今再让他眼睁睁看着罗小男离开，萧厉心中竟生出一种可能再也见不到的错觉，隐隐惶恐起来。

他在原地站了一会儿，问道："罗小男说要麻烦你的事情是什么？"

阎非淡淡道："我昨天说了，罗战不能一个人去国外。"

萧厉狐疑道："你找人跟着他去了？"

阎非嗯了一声："我昨天晚上考虑过，这件事不能找局里的人，经验不够，而且动静太大，每天和国内汇报，反而增加不必要的风险……我想来想去，适合的人只有一个。"

"谁？"

"我妈。"

阎非说出这两个字，萧厉瞬间睁大了眼："不行！罗战已经说得很明白，万一察觉到他已经和警方合作，这样会把你妈也搭进去！"

阎非道："我已经和妈说好了，她永远都会先顾全自己，你不用担心这个。"

萧厉完全想不通为什么阎非在这件事上会让亲近的人去冒险，厉声道："阎非你不是最讨厌把自己身边的人置于险境吗，你没有必要……"

"你不明白。"阎非打断他，"在我爸名字每天出现在报纸和电视上的时候，我妈瞒着我将那些新闻都看了，背地里不知道流了多少泪，现在这里头既然有人为主导的因素，她有权知道这背后究竟是谁在捣鬼。"

"可是……"

"我妈是一个警察，作为一个警察碰到这样的事，什么都做不了才是最痛苦的。"阎非轻轻摇头，"她也只是想给我爸讨回一个迟到的公道罢了，我不让她去，她才一辈子都过不了这个坎儿。"

说到这个地步，萧厉终于哑了火，半晌他无力道："那接下来怎么办？从理论上来说，如果没有罗战的供述，我们应该只能知道袁丽死前在调查宋嘉的案子，怎么和局里交代？"

阎非道："我早上和罗小男想过了，突破口应该还在渡山，她如果在那儿生活过，必然有人见过她，我们之前准备要见的那个宿管刘雪也还没见，今天再跑一趟吧。"

上午九点半。

阎非和萧厉前脚从刑侦局离开，姚建平后脚便被杨军喊进了办公室，他忐忑道："阎队和萧厉去渡山了，只说袁丽在周宁失踪之后应该还在渡山生活过一段时间，他们先去查袁丽在那儿可能有的社会关系。"

杨军道："确定罗小男和渡山这事儿没什么关系了？"

"看当时罗小男的反应，她之前应该从来没有听过袁丽这个名字。"姚建平到底还是不太习惯背地里和杨局汇报工作，犹豫道，"杨局，我觉得罗小男可能真的不知情，阎队已经说这两天查出东西就会带我们开组会了。"

"他到现在还是没有和你们说这个案子的进展？"杨局皱眉道。

姚建平一时语塞，他想要替阎非辩解，但是这些日子阎非确实和他们交流得很少，最后只能无奈道："可能是还缺少一个明确的调查方向吧，这毕竟是十多年前的老案子了，查起来有困难也是正常的。"

"当时倒是和我保证得好好的，结果现在呢？"杨军冷哼，"不管怎么样，最迟明天，必须要让他们把手头有的进展说一下。如果感觉一直在原地打转，那就说明光是靠他们两个没办法查出来，到时候你带人一起帮着查，我倒要看看，就这么个无名女尸案，究竟有多难查。"

"好。"姚建平无奈道，"我之后催下头儿。"

杨军看着他："阎非的事情你多上点心，你也是队里的老人了……二队的秦凡之前不是受伤了吗，我之后想让你试试带队。"

"谢谢杨局。"姚建平第一次做这样的事心中不由得打鼓，却也隐约对阎非最近的处事方式不满，警察要是连查案都不能做到磊落，那就是完全丧失原则。他想到这儿定了定心，"我会提醒阎队的，如果真的有什么容易叫人非议的，我也会阻止的。"

16

"所以伯母什么时候走？这件事你真的想好了吗？"

离渡山还有 80 多公里，萧厉在副驾上想眯一会儿却没能睡着，他想到黄海涵出国的事惴惴不安："这件事的危险性现在根本无法估量。"

阎非道："机票已经定了，不同班，住宿由罗小男这边来安排。"

萧厉总觉得这两个人背着他暗中搞了不少事："你是不是偷偷加了罗小男微信了？"

阎非道："我是光明正大加的，再说你担心什么？"

萧厉翻了个白眼："我担心什么？我当然担心你们两个鬼见愁联合起来把我搞死，这次的事儿弄不好她要没命，你要丢饭碗，真搞不懂你们这些人怎么一点都不焦虑。"

"焦虑没用。"阎非摇头，"有那个时间还不如赶紧查，只要我们能找到袁丽确切的死亡时间和地点，就有机会可以排除罗战的嫌疑，而且也离真正的凶手更近了一点。"

两人在服务区简单解决了午饭，期间阎非接了个电话，回来时脸色明显难看不少，一问之下才知道是杨局那边要听袁丽案的进展，催得很急，最迟明天就要开组会了。

萧厉闻言差点被一口卤蛋呛得背过气去，这下也不敢再耽搁了，冒着小雨一路开进了渡山，直接去找龙都当时最后一个留守的宿管刘雪。

相比于其他的老员工，刘雪就是渡山本地人，也是因为这个原因，一直在龙都的老宿舍楼里留守到最后一刻，之后厂里似乎给了她一笔钱，她便在当地盖了一栋独门独院的房子，如今一家六口生活在一起。

接连碰壁，萧厉本来没太指望能从刘雪这里得到什么有用的信息，然而没想到给刘雪看了袁丽的照片后，女人却一下认了出来："这不是原来那个住在独栋里的女人吗？"

萧厉一惊："你认识她？知道她叫什么吗？"

"我在厂里干了快三十年，谁我没见过？她原来住在独栋的小白楼里，偶尔要来宿舍这边打热水，我见过她几次，还聊过一次呢。"刘雪拿过萧厉手里的照片仔细端详，"名字我不知道，就记得她手指上有伤，拿热水瓶都费劲儿，我知道她不是厂里的人，旁边也没个男人照顾。"

"你确定是她吗？"

刘雪点头，让他们看屋子里放的先进员工证书，自豪道："老板一直叫我管宿舍就是因为我记性好，这个女的原来就住在宿舍楼旁边那个小白楼里，那边有独立卫浴，平时对外出租的，乱着呢。因为不查身份证，很多乱七八糟的人住。"

萧厉又问道："那您能具体描述一下见到她时的情况吗？"

刘雪费力回忆了一会儿，勉强道："我就见过她两三次，好像她每次都特意挑着人少的时候出来，而且我平时也不怎么见她去小卖部买东西，就好像有人给她送似的。"

阎非又问："那她在小白楼里住到什么时候才突然不见的？"

"突然不见？"刘雪一愣，"她没有突然不见，我和她最后一次碰见的时候，差不多就是厂子迁址之后一两年的事吧。那时候很多还跟着厂子干活的人都去周宁了，我当时问她，她也说她要搬走了，气色还挺好的，后来我就没再碰见过她了。"

了解完大概的情况，萧厉出门烦躁地点上一根烟："前有狼后有虎，杨局那边还在催，我们这边一个能讲的线索。"

"你觉得线索断了？"

"袁丽要是在死前搬走了，她之后的踪迹我们上哪儿查？"

"这里头有个盲区。"阎非轻声道，"袁丽为什么会在十六年前的灭口里活下来？"

萧厉心想这讲了不跟没讲一样："我怎么知道，这难道不就是最见鬼的地方吗？在罗战的描述里那伙胁迫他的人无所不用其极，怎么可能会干出这种……"

他话说到一半就哑了火，突然明白过来阎非的意思，如果对方真如罗战说的，做事狠绝不留余地，又为什么会留下袁丽这么大的一个把柄，这根本就说不通。

萧厉只觉得一阵口干舌燥："你觉得是罗战在说谎还是……"

阎非道："我们先考虑他没有说谎的情况，对方告知他袁丽已经死了，但是事实上没有，这是完全没必要撒的谎，换言之，他们极有可能也没有第一手的信息，根本不知道袁丽其实还活着。"

萧厉神色一凛："这里头本来就有两股势力，长久以来胁迫罗战进行合作的人，还有宋嘉案的凶手，他们之间也存在信息的不对等。这么看来，袁丽的死应该是宋嘉案的凶手做的，他们在灭口的时候出了个很大的纰漏，导致袁丽还活着，而那伙胁迫罗战的人以为袁丽死了，才会直接拿这个出来说。"

阎非道："还有一点很奇怪，袁丽没有报警。"

萧厉点头，刚刚听刘雪讲的时候他就觉得奇怪了，明明袁丽看起来是有活动空间的，甚至还可以自己出来打水并且和人交谈，在这种情况下她却没有向人求助，只能说明，她感觉到自身的安全受到威胁，所以才不敢。

萧厉皱起眉："袁丽如果是被要杀她的人放了，那很有可能还处在被软禁的状态，对方时刻盯着她，她才没办法报警。十年前，袁丽说要搬走应该也是一直以来威胁她的人不在了，所以她才会和外头人说，她要走了。"

他自顾自地做着分析，末了却又烦躁道："但是罗战的事情现在暂时还不能提，按照正常逻辑，我们根本还不知道她被人灭口的事情，你要怎么交代？"

"照开。"阎非却是一点不慌，"袁丽生前在调查宋嘉坠楼案已经很清楚了，同时密切关注周宁的一线主持人，可以做出她在调查宋嘉案的推测，往被灭口上引导。"

"……"

萧厉简直佩服阎非这种一本正经胡说八道的能力，好笑道："然后再顺势引出罗战，好让罗小男在舆论上造势是不是？阎大队长，你可真行啊，做起这种里应外合胳膊肘往外拐的事情这么熟练，要不是我知道你是支队队长，还以为你是个无间道呢？"

阎非凉凉看他一眼，又道："这整件事不是没有线索，而是头绪太多，不光是袁丽的案子，宋嘉的案子也全是疑点。罗战之前说，他们第二次私下去酒店走访人证的时候，人证的说辞和给警方的不一样，这件事本身就很奇怪。"

"就算警方的公信力再低，在这种事情上也没道理要对警察说谎。"萧厉叹气道，"不过罗战当年就算再神通，毕竟也不是警察，他不应该知道刑侦局内部走访时询问的证人究竟是谁，换句话说，他和袁丽去的时候见到的证人，不一定就是原来那批证人了。"

他说到最后心中渐渐有了一个联想，只觉得毛骨悚然："不至于吧，为了骗罗战上钩，这些人还特意安排假的证人在酒店等着，让罗战不再相信警察，最后掉进陷阱……"

阎非不置可否地沉默了一会儿，脸色变得凝重："做这一部分的人应该也是之后拿袁丽的死胁迫罗战的人，先引导罗战失去对警方的信任，然后又非常准确地捏住了他的软肋，这样的计划，简直像是为罗战这个人量身定做的一样。"

翌日上午，阎非准时带着队里开了小会，自从袁丽的案子被带回周宁之后，这还是第一次阎非同组里披露案件的进展。两人大致将手上关于袁丽尸体以及遗留物的信息说了一下，本来一切还算顺利，然而就在萧厉讲到袁丽是罗战的粉丝时，杨军也从楼上下来，来听他们的进度。

萧厉一看到杨军那张方正的国字脸心就跟着往上提，不无担心地看了一眼阎非，后者脸色却没什么变化，平静地继续讲述袁丽在渡山最后一段时间的行踪。

林楠奇怪道："为什么会突然丢下全部家当去渡山啊？是不是要躲什么仇家？"

萧厉道："袁丽的社会关系并不复杂，现在看来与其说是躲避仇家，不如说可能是知道了什么不该知道的，躲到了外地，但是最后还是被人灭口了。"

姚建平一下皱起眉："被灭口？"

"宋嘉的案子，不知道各位听过没有。"

萧厉又传了宋嘉案的影印件下来，简单陈述了袁丽生前曾经调查过宋嘉案的事，这时杨军也扫了一眼，说道："这个案子我看过案卷，尸体上没有被胁迫的痕迹，也找不到任何那三人强行将她丢下楼的证据。现场证人只是听到被害人的尖叫还有走廊上的声音，但是没有一个人目击到宋嘉是被人推下楼的。"

杨局抱着胳膊："所以你们怀疑，袁丽是在私下调查宋嘉案的时候被人盯上了？"

"不一定是灭口，但应该被人控制了，她并不是在失踪之后立刻死亡的。"萧厉硬着头皮正面接了杨局的话，"当时见过她的宿管也表示，她很少出门，平时的生活用品几乎都靠别人送，因此我们推断，她可能是受到他人控制，因为觉得自身安全受到威胁，所以才一直没有报警。"

杨军将他们复印的影印件拿在手里翻了几页，突然道："这个死者，她不仅仅是单纯崇拜罗战，她甚至还去过很多罗战会出现的地方。"

萧厉心里一惊，杨军毕竟是老刑警，对案子的敏锐程度就算是阎非也比不了，看了一眼就察觉到罗战可能涉案。他刚想开口，杨军却没给他机会："袁丽只是普通人，想查这样的案子必然缺少渠道，这就是她崇拜罗战并且会跟着罗战的原因。查一下袁丽最后有没有和罗战见过面，她能查到导致她被灭口的内幕，靠自己的力量不一定能做到。"

萧厉背后冷汗直冒，杨军这时冷冷看他一眼："如果有连带关系，该避嫌的避嫌，做事都要想想后果，不要让刑侦局为你们的个人行为买单。"

组会在十分钟后结束，萧厉简直一个头两个大，他倒不是信不过刑侦局的办事效率，只不过这件事牵扯过多，如果查不透，最后可能一切都会以罗战身败名裂草草收尾。

萧厉满心烦躁地上楼顶吹了一会儿冷风，不知为何，阎非站在他身边却十分淡定，正在安静地看着他养的那几盆破败不堪的植物，说道："你不要急，先等罗小男。"

萧厉白他一眼："你老实讲，你和罗小男到底商量出什么招儿了？昨天晚上你们不会真给我下药了吧。"

阎非好笑地摇摇头，眼前却又浮现出凌晨时分罗小男苍白又带着几分凌厉的脸。

黯淡的晨光下，罗小男倚在阳台上点上烟，又给他递了一根，并熟稔地帮他点了火："马上有够萧厉忙的，让他多睡会儿，更何况，有些事情我想单独和你讲。"

见阎非有些吃惊，罗小男又笑道："别瞎想，我之前说过，赚得多不黏人死得早是我的择偶标准。阎队你赚得不够多，所以不在我的择偶标准里。"

"那你还挺双标的。"阎非吐出口烟，"昨晚不愿意说是怕萧厉会阻止你？"

罗小男笑道："萧厉心太软，这个事儿还是得先斩后奏，方法很简单，如果你们领导格外在意刑侦局的在外形象，我们可以用舆论架着他做这个决定，只是这种事儿可不招人喜欢，怕是你今年的年终奖要没了。"

"让你前男友把我明年的房租免了就行了。"阎非面不改色，又道，"你打算怎么做？用舆论来捧我们？"

罗小男没想到他在这方面还挺清楚："娱乐记者那边有种说法叫捧杀，有时想要封杀一个艺人，就把他吹得天花乱坠，一时间什么活动都会找他，让民众对他的期待达到制高点，而在这时候，只要犯一点错，就会被永远踩进泥里再也翻不了身，这个法子，对你们也同样适用。"

阎非了然："外界是信任我们的，让他们产生期待并不困难。"

"说得倒轻松，你也不想想被捧上神坛的后果。"罗小男抽了半根便将烟头碾碎在烟缸里，"舆论是把双刃剑，我可以将舆论的热度炒上去，让外头对你们产生期待，逼得你们局长必须让你们两个来破案，但是相对的，如果你们最终没能查出什么名堂，可是会摔得很痛的。"

罗小男眨眨眼："会失业的，阎队长，你说值得吗？"

天台上一阵冷风吹过来，阎非回过神："你现在就做好挨骂的准备就行了，要想不被回避出调查，就得架着杨局作决定，刑侦局在舆论上吃过大亏，如果怎么选都会落人口舌，杨局会做权衡选相对伤害小的一边。"

萧厉也不傻，很快明白过来："小男是要利用舆论保我们？"

阎非道："案子是我们带过来的，本身舆论热度高，突然换人来查容易叫人瞎猜，另外经历过'七一四案'，公众对我们的信任度极高，这件事只能架着杨局逼他让我们继续查。"

萧厉听这意思，阎非似乎早就已经想好了之后的事，心中不由得又对阎非这种蔫坏的性格有了新的认知。换作寻常人，眼看着顶头上司都气炸了，哪里还有胆子在违纪的边缘疯狂试探，也就只有阎非，非但敢试探，还敢大鹏展翅。

阎非道："罗小男的报道很快就会上网，你不要避着媒体，越是风口浪尖，越不能回避。"

萧厉干笑一声："这不是出去撞枪口嘛，我……"

阎非面无表情："既然利用舆论来继续查案，这些就是必然要承受的后果。怕了的话，现在退出还来得及。"

萧厉忍不住翻了个白眼，他原本以为自己认识罗小男之后干过的事情算是出格，但现在想想，认识阎非之后干的那才都是毁天灭地的大事。拿自己钓鱼钓过两次，出车祸上热搜，当了警察，还敢架着刑侦局局长接案子，哪一件说出去不够普通人吹一辈子？

事情到了这一步，都给架在锅上了，要跑也迟了。

萧厉叹了口气，心知这个话罗小男既然是通过阎非递给他，就说明恐怕已经箭在弦上了，他无奈道："俗话说得好，天塌下来领导顶着，最后的午餐，陪你吃顿饺子去吧？"

18

翌日早上十点半。

周宁市刑侦局出官方消息的当天，整个微博瞬间炸开了锅，由于罗小男的推波助澜，周宁的众多自媒体都注意到这个从渡山遗留下来的案子，如今一窝蜂挤进了转发的浪潮里，希望在热烈的全民讨论里获得一席之位。

离开刑侦局前，萧厉想到马上可能会被人围追堵截，焦虑地在工位上转来转去，阎非凉凉道："你现在称病还来得及。"

"称什么病啊？"

萧厉没好气地瞪他一眼，心想他们和杨局狠话都放出去了，现在后悔也迟了。昨天下午罗小男那篇《最佳拍档是否能够再破奇案》上线不到两个小时转发超过了六万，杨局将他俩叫去办公室，直截了当地把罗战的问题摆了出来。

杨军道："就你们俩这个不守规矩的程度，要我怎么相信你们没有私心？阎非，你要记得你已经被记了过，如果再有任何违纪的行为，我绝不会有任何姑息。"

站在杨局办公室里，萧厉心想他一个半路出家的不干警察了也不冤，但阎非几乎能说得上满门忠烈，要是被逼得干不了这行了那可真是刑侦局的损失，他大着胆子接话："杨局，你可以信不过我，但是阎非已经在刑侦局干了这么久了……"

"还敢说！"杨局又一拍桌子，咬牙切齿道，"他要是没有私心，会把你招进刑侦局？你自己是怎么进来的，心里还不清楚吗？"

萧厉一下哑了火，阎非用眼神制止了他，淡淡道："杨局，'七一四案'的时候我给自己定了一个时限，本来这次的案子我也可以向您这么保证，但是您应该也清楚，这个时限是说给外人听的。我现在不会给您一个明确的时间，只会向您保证，既然要彻查袁丽的案子，我们就一定会将相关的所有案子都理清楚，查干净，在这个案子结束的时候，周宁会少一起悬案，这件事本身对刑侦局的形象有利无害。"

他顿了顿，又补了一句："当然，如果最终我让杨局您失望了，那我也会承担相应的一切后果，撤职全凭杨局你的意思，我不会有一丝埋怨。"

当时阎非的漂亮话犹在耳畔，萧厉如今却焦虑得掉头发："你和杨局把话都讲死了，咱们一出去肯定门口全是想要找我们的人，我万一——哆嗦嘴讲瓢了……"

萧厉紧张到极点，心想他还是不习惯变成被问的那一方，记得以前他当记者的时候，每次赶这种热闹都恨不得问出最刁钻的问题，谁想现世报来得那么快，现在他就变成任人鱼肉的一方了。

"跑得快点，不会死的。"

阎非刚说完，林楠探出头来："头儿，你们什么时候走，刚刚实习生上来说门口有很多媒体……"

萧厉简直毫不意外，咬了咬牙："来得还真快……"

"来得快也好。"阎非拍拍萧厉，"走吧，你没有做错，所以不需要心虚。"

他拉着萧厉径直下了楼，见到门口黑压压的人群，原本嘴巴一刻停不下来的人彻底哑了火，萧厉踌躇着不想出去，被阎非拉了一把才恍惚地跟着走上去。

一瞬间无数闪光灯几乎淹没了他，萧厉浑身僵硬地想要穿过这些长枪短炮，然而就在此时，一股熟悉的香水味飘了过来，萧厉一抬眼，却见罗小男就站在人群中正对他笑。

"……"

萧厉脑袋里嗡的一声，罗小男明显是早就准备好了要来，穿着她看着低调实则价格不菲的"战袍"，脚下是一双红底高跟，应该都是新买的。对上萧厉的视线，罗小男也没有露怯，反倒颇为狡黠地冲他眨眨眼，像是在打招呼。

罗小男怎么会来？这不更是撞枪口了吗？

萧厉紧张地用余光打量阎非，后者应该也注意到罗小男了，却丝毫不为所动，只是用一种相当敷衍的姿态在对其他媒体说着让一让，实际却是放任这些媒体拍个不停，萧厉知道他是故意要把自己暴露在镜头前头，也只得紧张地依样画葫芦，最后两人磨磨蹭蹭地到了车前，还不停有人要把麦克风往萧厉面前送："之前有报道称，两位是出于正义感才将这个案子从渡山接过来，因为之前在调查渡山特大连环杀人案的时候周宁刑侦局有警察受伤，请问是这样的吗？"

萧厉心里感慨这些记者的小道消息真是比谁都灵通，明明万晓茹受伤这个事情连刑侦局内部知道详情的都不多，而阎非面不改色："哪里的案子破案都是我们的职责，至于有警察受伤的事，外界有许多捕风捉影的说法，不要造谣。"

当了五年队长，阎非虽说讨厌媒体，但同时也比任何人都要懂得如何应付这些相机和麦克风，和萧厉想得不同，现场的记者似乎也都默认两人当中阎非是有发言权的那一个，从头至尾只有两三个人在追着他提问，而问题本身也谈不上有多犀利，想必是之前罗小男那篇报道已经起到了足够的引导作用，这些媒体来的目的更多的是想要造神，而不是忙着拆台。

走出刑侦局的这一路两人走得磕磕绊绊，萧厉满心都想着赶紧上车，然而就在他伸手去握车门把手的前一秒，罗小男不知从哪儿冒了出来，直接拦在了他面前。

萧厉心里咯噔一下，他没想到罗小男会来，更没想到她会将自己这样毫无保留地直接暴露在其他人的镜头面前，这些媒体明显都是知道两人之间的关系的，完全没有放过这个点，都在埋头猛拍。

静默之中，罗小男丝毫没有在意周围有许多双眼睛在盯着自己，勾起红唇朗声道："别急着走哇，想请问一下二位，这次的案件同样涉及十六年前引发过巨大社会反响的悬案，二位都是侦破过'七一四案'的人，作为刑侦局的明星人物，会不会担心如果办不好这起案子，会砸了好不容易树起来的招牌呢？"

19

萧厉的脑子一片空白，他觉得这应该也是阎非和罗小男商议好的结果，外头的媒体都知道他们认得，如今罗小男直接对他们发难，就是刻意为了之后的流量炒作。

换句话说，从罗小男提出这个问题开始，无论他们怎么回答，这段视频肯定要热搜了，萧厉甚至都能想到标题，"昔日老情人当面争锋"，总归不会说得太好听。

萧厉心中叫苦，阎非却好似没事人一般，说道："对于刑侦局而言，无论是新案旧案都是一并要侦破的，现在的侦查手段日新月异，老案子重查往往有出其不意的效果，我并不觉得这是个可以和'七一四'类比的案子。"

说罢，他扭头看着萧厉，意思竟还要他说两句，萧厉感到现场的镜头齐刷刷地扭过来，顿觉一阵口干舌燥，如今阎非和罗小男一齐把他架上来，为的就是要他直面媒体，他要是这个时候掉链子那就真完了。

萧厉想到这儿心一横，也学着阎非的口气说道："我们两个只是恰巧负责这起案子的警察，不能代表刑侦局的全体同人，如今案子来了，我们能做的只有尽力并且尽快还大众一个真相，这件事我们在做，但也希望公众能对我们有一些信心和耐心。"

"我们还要查案，各位让一让吧。"

在一片乱糟糟的喧闹中，两人终于挤上了车，阎非甚至临末了还不忘留个话口让媒体一顿猛拍，说道："案情现在还不明了，不要妄加揣测了，之后一切都以官方的消息为准。"

…………

"你们怎么想的？"

车开出一个街区后，萧厉见后头没有媒体跟着了，咬牙道："为什么罗小男会来？你们早就商量好的是不是？"

就在刚刚，微博一连给他推送了三四条消息，都是和无名女尸案有关，有传言说罗小男不顾情面，将刑侦局在舆论上架高，是为了看自己的前男友在工作上"翻车"，还有人说萧厉自从跟阎非混在一起便重友轻色，导致罗小男早就想来这么一出……

外头的推测说得天花乱坠，萧厉忍不住骂道："这些人有多会编你不知道？在刑侦局门口给人堵着乱说话，杨局看到这些东西还不得杀了我们？"

"你不要让他失望就不会。"阎非丝毫不意外，"都给架上来了，后悔也来不及吧？"

萧厉是真没想到罗小男说到做到，为了炒热度连这种手段都用上，之前这种刻意炒花边新闻的方式一般来说都是娱记用的，多方面增加曝光来吸引流量。

阎非道："这边我抽了小唐去保护罗小男，经历过灭门案，小唐现在的警惕性比原来强多了，你大可以放心。"

萧厉心想话说得容易，他们不像明星有公关团队，舆论热度炒上去了就很难下来，马上有关袁丽案的任何动静都会牵动外头的视线。如今虽说他们还没有立刻对外公布袁丽和罗战的关系，但一旦那一天到来了，罗小男如今所做的一切，都会是"搬起石头砸自己的脚"。

这种反转效应，对于当事人来说异常残酷，罗小男不同于他，进入刑侦局之后过去的账号趋近停用，她以后如果还要走这条路，给舆论这么炒过一回，可能要面对的就是无休止的网络暴力。

萧厉越想越烦："你之后打算怎么办？"

"如果牵扯出罗战，即使我们不想公开案情，杨局也会让出通报的，涉及公众人物藏着掖着很容易被人怀疑收了好处。"阎非淡淡道，"先别想得那么远，我们现在既然可以放手去查了，就要考虑一下袁丽的案子从哪里入手，今天出了案情通报，对方也一定注意到我们的动静，他们也会有反应。"

"不是从宋嘉的案子入手吗？十六年前宋嘉的案子必然是动了什么人的奶酪了，袁丽和罗战才会因此被人盯上，按照他们在调查中听到的，你觉得这会不会和……"

"和未成年人色情产业有关。"阎非毫不犹豫地接上了他的话，"一个未成年少女出现在酒店，其实很容易看出来猫儿腻，对方就是利用了这一点勾起了罗战的调查欲望。"

萧厉叹了口气："只可惜那家酒店后来已经拆除了，要不应该也可以试着挖一挖，肯定会有纰漏的。"

"不一定是酒店，有纰漏的也不只是这一点。"阎非道，"宋嘉出现在酒店不是偶然，整个酒店上下没有监控，他们会是直接从大马路上拉拽未成年人进入酒店吗？"

萧厉震惊道："你是说……"

"逼迫未成年人卖淫是一个产业链，恋童癖成百上千，有人有需求，就自然会有人提供这种服务，过去我碰到的所有类似案件，背后几乎都有完整的集团在操控管理。"阎非淡淡道，"宋嘉是福利院的孩子，没有父母庇护，很容易受害。可福利院偏偏每隔一段时间还要带孩子去城中心做义工，相隔不远就是没有一个监控的酒店，你觉得这其中会有什么关联？"

"只能说福利院也有问题，但是当时没有细查，加上大的媒体也没有进行跟踪报道，整个事件就没有水花了。"萧厉的脸色至此终于完全冷了下来，"对方恐怕也是怕罗战和袁丽查到这一层，所以最终才会下这么狠的手，选择直接将他们两人封口。"

20

距离阎非和萧厉的回应上热搜已经过去了大半天，罗小男站在老宅的窗口看着天一点点黑沉下去，终于在六点刚过，她家对面的那个小警察急匆匆地跑去路口的便利店买了快餐。

如今在空无一人的家中，她卸了妆，脸色早没了粉饰后的红润，显得无比苍白，在公寓被烧后，罗小男只能回家里的老宅暂住，这是她小时候的屋子，书桌上还有上学时的乱写乱画，而如今上头搁着一台她新买的电脑，荧光屏上是打了一半的新稿。

甚至不用去看，罗小男都知道今天下午社交网络上得有多热闹。她有意凑齐了所有引流的元素，就为让所有人的目光都聚集到这个案子上。

如今她第一阶段的工作已经做完了，保住了阎非和萧厉在专案组的位置，而接下来的第二阶段，就是她这些年最不愿意去做的事了。

按照阎非和她商议的结果，在刑侦局查到罗战和袁丽在十六年前就有联系的时候，因为罗战的身份，阎非会跟上级领导申请出进一步的案情通报。到了那时，她要做的第一件事并不是为罗战开脱，而是要跟进报道，以罗战身边最亲近的人的身份，去客观地揭露罗战这些年在媒体圈里的所作所为，让大众去评判。

换句话说，便是要不顾父女这层情分，亲手将罗战推下神坛。

荧光屏在她的脸上打出一片冷冷的光，罗小男细长的指节蜷缩又伸直，却是始终打不完那句话。老宅里静极了，钟表走动的声音都一清二楚，罗小男看着屏幕上的字，脑内却始终都是最后一天她的父亲在房间里无言站立着的模样……

那是一个寂静的夜晚，罗战一言不发地站在房间的一角，他年轻时便瘦，老了之后两颊都开始凹陷，脸上的轮廓分明，站在她面前，竟是从头至尾都不敢看她一眼。

罗小男从小到大都没见过罗战这个样子，疲惫又苍老，她本该有一肚子的话要同他说，然而看到罗战这样，她到了嘴边的话又都咽了回去，沉默许久才轻轻问道："爸，之后你准备怎么做？想过吗？"

这是一个明知故问的问题，罗战既然选择不再瞒她，就意味着给他戴上手铐不过是时间问题，而在那之前，公众会感到背叛，舆论会彻底反扑，一切的一切，都会压在这个从小看着她长大的人身上。

罗小男想到这些，吸了好几口气才把眼泪咽回去，她向来不是沉溺于情绪的人，事已至此，重要的是如何不让父亲背上不该他承受的罪名。哪怕他本身并不干净，但这不代表对方可以把污水都往他身上泼，什么罪名都让他受。

罗小男逼着自己冷静下来："爸，你放不放心让阎非和萧厉他们查？"

"他们是你信任的人吧，爸相信你的眼光。"罗战在这时就像是又变回了她小时候记忆里的那个人，目光柔和地看着她。

罗小男心里发酸："既然这样那就让他们来查，虽然自首可能会减轻罪名，但是赌得太大了，宁可先在国外避一避，今后如果警方需要你回国配合调查，你到时候再回来。"

"好。"罗战答应得毫不犹豫，"其实我说完那些之后，什么样的后果我都可以承受，小男，这件事你来替我做这个决定吧。"

灯光下罗战就像是一下老了许多岁，罗小男不敢一直看他："阎非和萧厉一定可以在你没做过的事情上还你一个清白，至于我，我得让他们一直待在这个位置上，我和萧厉以前是男女朋友，我怕他会受我连累被调离调查组，所以我，我只能……"

她眼眶通红说不下去了，罗战却已经听明白了，笑道："我说了，不管你之后做什么，你都是我的女儿，这件事本来就是我错了。小男，你在做对的事情，是爸爸对不起你，要让你亲手揭开这些。"

像是看出罗小男的情绪濒临失控，罗战上来轻轻摸了摸她的头发："没事的，你要让他们查，首先就得撇清和我的关系，如果你能亲自揭发我，他们自然也可以避嫌了。"

罗小男实在说不下去，连肩膀都塌了下去，哽咽道："爸，我真的不知道我做不做得到，这种事，真的不是我想要的……"

"它不是任何人想要的，但是你其实已经做了决定了，做了对的决定。"罗战看着她，"小男，我的路已经走完了，但是你的才刚刚开始，我从小教你，就是为了这天。"

黑暗里手机猛地发出一声震动，将罗小男从记忆里拖了出来，她擦了一下湿润的眼角，发现她的特别关注里，许久没上线的萧厉居然破天荒地发了一张图，是个很丑的娃娃，罗小男一眼就认了出来。那是以前某次生日他们一起抓的娃娃，那时他们还一起用拍立得拍了不少照片，最后娃娃被萧厉拿走，照片则都在她这里，已经被那把火烧没了。

评论里有人在猜是不是前女友送的礼物，罗小男嗤之以鼻："我送的都是皮带领结，有些人连他前女友的品位都不知道，还好意思自称女友粉？"

她发完一通牢骚，心情却是好了不少，萧厉就这样凭空安慰了她，连罗小男都觉得不可思议。明明进了刑侦局之后，萧厉已经变了很多，但每到这种时候，罗小男又觉得他根本没有变，还是那个处处为他人考虑的麻烦家伙。

萧厉还在这里。

罗小男想到这儿又做了一次深呼吸，她将两只手放回键盘，打完了刚刚没打完的话。

"是从什么时候开始，周宁市新闻界的标尺，也开始出现偏颇？"

荧光屏打在女人的眼底，化作一片冷冽的光。而这一次，她最终没有再停下来。

1

为了应付手头的案子，阎非重新分配了组里的人手，在他们成立专案组调查无名女尸案和宋嘉坠楼案的同时，姚建平和林楠等人还是负责队里的日常案件。杨局那边与其说是默认了他这种做法，不如说是在看他们能查到什么地步，如果有一丁点差池，随时能叫两人休长假。

阴雨天，阎非以前受的伤多少会隐隐作痛，当不了司机，萧厉上了驾驶座后又想起另一件事："说起来，你有没有觉得，罗战这几次回国的时机都有点奇怪？"

"奇怪？"

"罗战说他放弃国内大好的发展机会去国外是迫于压力，不想再干违背原则的事，本以为对方已经放过他，但是在五年前和两年前，对方都突然叫他回来进行危机公关。"

阎非道："你是觉得，这两次公关背后的金主，可能和威胁他的人有直接利益关系？"

萧厉点头："也可能是这两次罗小男都和警察走得太近了，对方是怕小男知道些罗战的内幕，走得太近会对警方说漏嘴。"

阎非摇头："对方如果是担心罗小男知道了什么，一早就该对罗小男下手了，这么做，倒可能是怕警方查'七一四案'的过程里查出来点什么。"

"什么意思？"

"毕竟我父亲原来坐在那个位置上，经手过很多案子，我现在越来越觉得，他的死，可能不仅仅是被仇杀这么简单。"阎非的神色冷峻，"我们先去见罗战的助手，然后再查一下五年前那次公关背后的金主，拿掉了哪几家你心里应该也有数，看看这些店背后的势力，说不定能有一些线索。"

萧厉将车往电视台的方向开去，目前对外公布的信息里虽然还没有罗战，但针对罗战的调查却不能停，他们之前联系了罗战当年的助理王玲，确认了她曾经见过袁丽后，便将人约在了广电大楼旁的茶楼详谈。

九点刚过，萧厉和阎非进入包间，王玲早早就在等待，这个十六年前的小助理现在已经是个接近四十岁的少妇，早已坐上了项目部副主任的位置，见到他们，王玲叹了口气："之前我看警方通报里说，死者生前在调查那个宋嘉的案子，我就想起来那时案发之后，战哥还曾经在节目里号召观众来信，希望能找到什么线索……也多亏了你们现在来找我，我老公在国外，我很快就要辞职过去了，要是没办法帮上战哥，我肯定会后悔的。"

萧厉问道："那个时候，给他来信的人多吗？"

王玲笑道："那时还不流行电子邮件嘛，每次公共信箱都跟要爆掉一样，当然里头也不仅仅是关于案子，还有很多表白信，我每天都在忙着给战哥处理这些。"

阎非问道："之前我们对外公布了死者的图像和姓名，王女士，你看到了吗？"

"袁丽是吧？你们之前一说我就想起来了。"王玲苦笑，"我记得她个子小小的，天天来台里要见战哥，实在是太执着，我觉得她肯定是有什么急事，就把她的信转交给了战哥，之后一段时间她就不来了，我还当是她的事情解决了呢，谁能想到，最后会是这么一个结局。"

萧厉问道："宋嘉案案发后的那段时间，你有印象袁丽再来找过罗战吗？"

王玲仔细想了一下："应该没有，战哥平时来台里的时候我都陪着他，不过我记得那段时间战哥好像生了场病，请假请得挺多，我还记得领导叫我不要让战哥太辛苦，他毕竟是台里的门面，如果叫观众看出来他的气色不好就糟糕了。"

萧厉心知那段时间多半就是罗战调查公寓被烧伤的时候，又问："他生病那段时间有什么异常吗？比如说有人来找他之类，他没见到，但是你接触到了？"

"这个我记不得了，只是战哥请假回来之后好像话变少了，而且很挑稿子，有的时候也会自己带采编稿来。"

"自己带？"

"对，战哥的水平放在这儿，领导是允许他自己挑稿子的。那段时间战哥挑稿子挑得比较严格，后来也是因为这样领导对他挺有意见，渐渐有了些摩擦，战哥才会走。"

萧厉心中将时间一一对上，在罗战回来之后不久就受到了第三方的威胁，逼迫他在舆论上进行歪曲导向，也是从那个时候开始，罗战逼不得已，只能开始"挑稿子"念。

之后王玲又同他们讲了一些罗战工作里的琐事，整个过程里，阎非几乎没说什么话，最后他突然问道："十六年前那些信箱里的来信，后来去哪儿了？"

王玲一愣："战哥不看的话，台里会统一收好，也不能随便处理掉，毕竟这也涉及台里知名主持人的形象。"

时近中午，王玲同他们聊完之后便回总台上班去了，萧厉看着女人的背影叹了口气："真不知道当年瞒得密不透风到底是好事还是坏事，之后的案情通报恐怕没这么快能开了。"

他又问："你刚刚为什么要问那些信的下落，你觉得有问题？"

阎非摇头："袁丽必然是先寄了信罗战没有看，绝望之下才直接来找人。"

两人在车上大致理了一下手头的线索，阎非道："袁丽死过两次，无论是第一次消失在周宁还是第二次消失在渡山都缺少关键的目击证人。在缺少证人的情况下，如果对方想，甚至可以说是罗战囚禁了袁丽，外头会信的，高冠杰就用过这招。"

"我原本以为高冠杰就已经够下作了。"萧厉听到这个名字就头疼，"再加上每年罗战还会去渡山吊唁，这又平白给他自己增加了很多嫌疑，本来袁丽十六年前没死他就已经清白了，现在又洗不干净了。"

阎非道："先不要乱想之后的事，一会儿你打个电话回去，让张琦配合调查一下你之前说的事，顺着夜店往下查试试。"

萧厉点头应下："那我们下午去哪儿？"

"回去拿两件衣服，还是去渡山，最近我们肯定得经常跑那边了。"

阎非看了一眼阴沉的天："我们得想办法搞清楚最后是谁让袁丽住在那栋小白楼里的，只要解开了这件事，许多事情应该就可以迎刃而解。"

他眯起眼："我现在有种感觉，龙都化工厂跟这个事情脱不开干系，就算不是完全涉案，也肯定是知情者之一。"

2

时间紧迫，萧厉和阎非径直去了渡山，据化工厂的宿管刘雪说，当年小白楼里最初一批租客其实都是龙都化工厂的关系户，但这栋楼却不完全属于龙都化工厂，有大批的黑户住在里头，时隔十年，盘查起来可谓异常困难。

要说不幸中的万幸，就是像杜峰和刘雪这样的退休员工在渡山其实并不在少数，阎非这次不愿意再惊动龙都的任何领导，只能向派出所要了一些龙都化工厂老员工的名单，用最笨的方法去挨个询问袁丽的事。

名单上一共有三十多人，为了节省时间，两人兵分两路，约好晚上六点在饺子馆碰头。萧厉难得在调查里得了自由，二话不说打了辆三轮车跑了。整整一个下午，萧厉一连问了七八个龙都化工厂的老员工，却没一个人见过袁丽，其中却反倒有人问起杜峰的事，说之前闹出被抓的乌龙后，许多人都想起他过去是厂里的关系户，在厂里干活的时候就被渡山上的小鬼吓破过胆，后来女儿丢了就彻底疯了。

萧厉在几个工人那儿反复听到杜峰给小鬼吓破胆的故事，心中有了不妙的联想，渡山曾经挖出过大量儿童的尸骨，这可能涉及极为可怕的犯罪。就像阎非说的，未成年人卖淫都有完整的利益链条在背后运作，孩子在成年人面前没有还手的余地，也因此一旦事情败露，往往会被当作道具一样直接灭口丢弃。

下午四点，萧厉问完了名单上三分之二的人，还是没有一个见过袁丽，他心知这么碰运气恐怕希望渺茫，于是干脆直奔一家小超市，去找杜峰过去的室友马俊。

他先给马俊看了袁丽的照片，依旧无果，而后聊起杜峰，马俊倒是有些说法："就他吓破胆这个事儿，是当年我们宿舍里说过的一个鬼故事，说渡山挖出来的孩子最后都会投胎到厂里工人的家里，然后年纪不大就被人拐走，再埋进山里。这个事儿原来我也不信，但后来杜峰不就是吗？他家的孩子还没成年就走丢了，都说是他以前在渡山给小鬼扯了脚，造了孽的报应。"

萧厉问道："那他年轻的时候精神状态就不好？"

马俊点头："我那时候和他住，成天半夜被他吓醒，好好一个人，跟夜游神一样。"

马俊语气中满是唏嘘，除此之外却没什么其他线索。萧厉一鼓作气查完了名单上的人，和袁丽相关的信息仍是一片空白，他失望之余只能寄希望于阎非那边有点结果，踩着点到了饺子馆，才发现阎非早已到了，身边还坐着一个皮肤黝黑的本地人。

阎非招呼他过去，言简意赅道："焦禄，他见过袁丽。"

"还是你运气好。"萧厉喜出望外，"我这儿问了一圈啥都没有。"

名叫焦禄的男人朴实地笑了一下，又吞了两个饺子，同两人说道："其实我也记不太清了，只能大概说说。我以前是厂子里的电工，后来工厂迁走之后，一开始我们还帮着看过两次电路，因为那时候有个叫周哲的地痞住在那儿，东西坏了要闹，报警也没用，给弄得没办法去过两次，就是在那个时候见到这个女人的。"

阎非问道："她当时在小白楼里是什么状况？你有没有看见别人和她待在一起？"

由于时间过去太久，焦禄记得的东西也不多："我之所以会记得她，是因为她是这么多年唯一一个要给我塞钱的，但我哪敢收哇？小白楼里住的就算不是老板的亲戚，也是一些外头背景挺深的人，我家里婆娘管得严，后来她要硬塞给我，我就赶紧走了。"

萧厉心头一动，袁丽在焦禄走之前急着要给他塞钱，或许还可能是求救，又问道："尽量回忆一下，当时她是一种什么样的状况，屋子里头有什么东西？"

如今焦禄再回想那个女人，只记得起她苍白的脸，又道："她好像很害怕，我上门的时候，她也没想到我会来，开门的时候连眼睛都瞪直了。我记得那个屋子里有男人的衣服，也是因为这个，我觉得再和她拉拉扯扯的不好，所以没敢要她的钱就直接走了。"

"男人的衣服？当时那个男人不在？"

"不在，但是那件衣服我是认得的，是厂里监工穿的衣服，我也是因为这个原因根本不敢要她的钱，厂里的监工可都不好惹。"

"果然。"萧厉听到这儿忍不住一拍桌子，"真是最危险的地方就是最安全的地方，还敢把人直接藏在厂里。"

阎非皱眉道："当时你们工厂里有多少那种监工？"

焦禄道："几十号人吧，那可是个美差，据说都只有老板的亲戚才能干的，拿钱多，都在外头接活儿，但只要小伙子，我们这样的去人家都看不上。"

萧厉越听越觉得这个工厂背后一定有问题，然而焦禄只是个电工，能提供的信息到底有限，焦禄离开后，阎非在放凉的饺子上浇上醋："龙都化工厂可能涉案，但它毕竟是老牌企业，名声很好，我们现在惹的麻烦已经够大了，不能轻易动它。"

萧厉道："我们得想办法弄到龙都化工厂当年的监工名单，这又是个麻烦事。"

"不急。"阎非喝了口饺子汤摇摇头，"我们先去见那个地痞周哲，也是住客，说不定可以问到一些袁丽的线索。"

两人吃完饭便去了派出所，说起这个周哲，当地的民警都认识，据说前不久才因为在农家乐门口撒泼被带回来过，劣迹斑斑，值班的警察轻车熟路，很快便带着他们在城中心一处路边摊上找到了这个胡子拉碴儿的胖子。

"醒醒酒。"萧厉拉了椅子坐下，将男人手里喝了一半的啤酒瓶抽走，出示证件后又给他看了照片，"这个女人，认不认识？"

3

周哲喝酒喝得正酣，眯起眼盯着袁丽的照片看了一会儿，伸手要来抓，又被阎非一把抓住手腕，冷冷道："认识还是不认识？说话就行了，不要动手。"

周哲给他捏得吃痛，酒这才醒了一点："这个女的不是以前龙哥的姘头吗？"

"龙哥？"

"就是那个化工厂的龙哥，以前住在小白楼的时候见过，很瘦。"周哲粗声粗气道，"有一回瞧见龙哥带人在外头同人打架，好家伙，一个人拿一把扳手，把人头都打穿了，后来看楼里其他人叫他龙哥，我碰到的时候也就叫一声。"

萧厉问道："他是干吗的？"

周哲哼了一声："追债的呗，他们有个姓王的老板平时会在外头放高利贷，好几个打麻将的地方都贴着他的号码，打了电话立马就送钱，但一个星期要还不上，人就找上门了。"

阎非冷冷道："说说这个女的。"

周哲醉醺醺道："你们这个事情问我没用，这个龙哥我也没碰上几回，要不我老早和他拜把子了！就是有次他搂着这个女的上楼我看见了，那个女的一看外人就往他怀里缩，肯定是他姘头，不爱见人。"

周哲说着又猥琐地笑起来："我就住在楼下，有一回我还特意去上头绕了一圈儿，还能听见他俩隔着门……"

"行了行了。"眼看周哲越说越过火，也不知道话里有几分是真的，萧厉赶忙打断，"后来那个女人去哪儿了？"

"后来……"周哲喷着酒气，"后来那个女人就搬走了呗，有天天不亮我就听到有人在楼上收东西，大概是没人养她了吧，就又去傍别的老板去了。"

带着龙哥这个线索，两人随即又去找了一趟刘雪，女人看到他们还是一如既往地热情，又是找拖鞋又是泡茶，萧厉给弄得不好意思起来，心里却想罗小男说的没错。舆论是把双刃剑，虽然这些日子大规模的媒体宣传让他们破案的压力大了不少，但同样公众对警察的印象也有所改观，"七一四案"造成的阴霾终于能够渐渐散去了。

阎非开门见山道："小白楼里住过一个监工名叫龙哥，这个人您认识吗？"

"龙哥呀……"

刘雪愣在那里，萧厉看她似乎是想起什么，又补充："瘦，还经常在外头打架。"

"这个，我认识倒是认识，但是不知道你们说的是哪一个呀。"刘雪为难地苦笑，"因为咱们厂不叫龙都嘛，那个时候厂里起外号，很多都有'龙'这个字，我现在能想起来叫龙哥的就有好几个，都是外联监工那边的小伙子。"

萧厉瞪大眼："有这么多？"

刘雪叹了口气："谁叫那个时候厂的规模大，产业又多，有的时候厂子里的员工发生口角了要闹事，都得这些监工去把事儿按下去，所以大家都要取个威风唬人的名字。"

萧厉暗想又是放高利贷又是聚众闹事，这不就成黑社会组织了吗，而且他们之前问的那个王朔好像还是这些人的头头。他紧跟着问起渡山上埋着孩子的传闻，刘雪也有印象："应该也就是十七八年前，我实在记不得具体日子了，反正后来都送去火化，也没人知道这些小孩子是怎么死的，当时老板怕影响风水，还让王朔找人来做了不少法事，弄得整个山头烟雾缭绕的。"

他们这一趟本来是来问龙哥的事的，没想到又碰了钉子，阎非也不懊恼，让刘雪在笔记本上列出她知道的监工，方便第二天开始排查。

全部事情干完已经接近十点，两人在渡山县那家熟悉的招待所住下。萧厉现在看到前台的小姑娘就心虚，上回阎非为了给他止血一晚上扔掉两三条毛巾，前台似乎总觉得他们做了些不能见人的勾当，全程直勾勾地盯着他，弄得萧厉一路尴尬到了房间门口。

阎非好笑道："你还知道上次干的事情见不得人？"

"算我欠你的。"萧厉在这件事上自知理亏。

两人进了房里，萧厉叹气："要是龙都涉案，我们现在很难不打草惊蛇。那个王朔好像也有问题，又是放贷，又是聚众闹事，往深里查肯定有很大问题。"

"已经发生过的事情抵赖不了，已经查到这儿就先别想这么多了。"

阎非淡淡说着脱掉外套，萧厉借着灯光看到他身上的疤，忽然有点好奇起来："说起来，查'七一四案'是你职业生涯里被整得最惨的一次吗？"

阎非问道："什么叫惨？"

"'七一四案'那个时候还不叫惨吗？"萧厉瞠目结舌。

阎非这一次却认真回忆了一下，说道："我刚进局里的时候，所有人都知道我爸的事，大多也不太服我能进刑警队，段局让韩队带我，一开始不怎么让我出外勤，怕有人会知道我的身份，后来是有一次人手实在不够才让我去了。"

萧厉一时愕然，没想到阎非也会有这种时候，又听他淡淡道：

"八年前，宁商银行抢劫案，我们追踪到那伙人之后，他们分开逃窜。我知道如果抓不到人，回去就还得继续坐冷板凳，跟着其中一个人一直追，后来其他人都追丢了，而我直接碰到了和劫匪对接的人，对方有八个人，都是带刀的。"

"你只有一个人？"

"我拖到了韩队他们来，醒的时候已经是一周后，医生说其中有一刀只要再往旁边一点就是心脏，白灵那个星期哭得眼睛都快瞎了，后来把我骂得很惨。"

阎非如今说起这件事极其平静，但萧厉却听得一阵窒息，他想起偶尔下雨天的时候阎非脸色会很差："那后来怎么样了？"

阎非道："我醒了之后才知道，就在我昏迷的第二天，韩队去找段局请罪，说他安排工作失误导致我重伤，还被记了过。我那个时候就意识到，如果韩队不这么做，我即便抓到了逃犯，也会有很多人说我是鲁莽或者是自讨苦吃……因为刀没有扎在他们身上，所以别人怎么说都可以。"

萧厉叹了口气，现在总算知道为什么阎非会给万晓茹背锅了："这可真是一脉相承的好习惯。"

"没有韩队，我走不到今天，可惜后来他也因伤提前退了。"阎非轻声道，"你的命自己不在乎，也有别人在乎，不光如此，还会有人替你收拾烂摊子，如果不想让这样的事情发生，就得珍惜自己。"

他看向萧厉，指了指手腕："记着你说欠我，下次还想做这样的蠢事，就想想今天。"

4

翌日一早，两人按照刘雪给的名单开始在渡山县境内走访相关人员。出发前，阎非在副驾上翻看着派出所给的资料，按照龙哥打架相当厉害这个说法，这个人十有八九是有案底的，他匆匆扫了一遍，有案底的只有两个，一个叫吴东志，还有另外一个叫黄涛，单看照片，也都符合周哲说的，瘦而精干。

"怎么样了？"萧厉买个早饭被冻得直缩脖子，把肉包子丢给阎非，"这鬼地方真是凄风苦雨，说起来你现在下雨天身上的伤还痛吗？"

"能忍。"阎非把资料递给他，"先从他俩开始。"

萧厉看了一眼资料上的人，俩人过去都因为故意伤人蹲过几年牢，又道："我们往深里挖挖，这个厂以前肯定有不少事儿，说不定是个大新闻，能做一长溜的系列报道。"

"忘记我之前说的了？"阎非知道萧厉是搞媒体的职业病发作，"想要动龙都化工厂，一定得有真凭实据，你应该知道它是什么规格的企业吧？"

萧厉叹气："我知道，十佳良心企业，我们要动它，估计外头的震惊程度不亚于我们要动罗战。"

两人解决完早饭便先去了吴东志的小吃店，阎非开门见山，拿出袁丽的照片："有没有见过这个女人？"

萧厉做好了一无所获的准备，却不想吴东志仔细看过照片上女人的脸，竟像是有点印象："这个女的……"

"这人你见过？"萧厉心中一喜。

"年轻的时候不懂事，跟着厂里那个搞外联的王朔当了什么狗屁监工，后来脑子就开始犯浑出去给人当追债的，就是那个时候见过的。"吴东志满脸惭愧地挠了挠后脑勺，"那时候年纪还小，弄了几年之后胆子大了，后来因为一点小事跟人打架拿刀把人捅了，蹲了几年才彻底清醒。"

阎非皱眉道："你在什么地方见过这个女人？"

吴东志道："我有印象，是因为她老公太不是个东西了。我们上门追债的时候，明明是她老公自己欠的钱，结果那个男的居然把她丢给我们，说没钱要剁手指就剁她的。"

"追债？"

"我们领导有的时候会放贷借钱给人家，碰上还不上的就会叫我们去，挑的都是最能打的，去人家那儿充狗熊，又是砸又是打……很多人受不了，但那还是我第一次碰到上门之后把自家老婆丢给我们的。"

萧厉紧跟着又问起杜峰，吴东志显然也认识他，照旧还是那个被吓破胆的故事，而萧厉问道："杜峰也是监工，是不是也有可能认识这个女人？"

吴东志给逗乐了："他认不认识我不知道，但是我们的工作可不一样，监工虽然就几十号人，但也分三六九等的。杜峰是二把手的亲戚，接的活儿比我们高级多了，给领导开车陪酒什么的都是他，而且分的钱也多……年轻的时候我还挺不平衡，但现在再想又有什么呀，这人上半辈子混得太好，下半辈子就总归是要还的。"

从小吃店出来，阎非抖出一根烟点了："假设将袁丽软禁在渡山的人就是化工厂的人，那么他也有可能之前就认识袁丽，毕竟袁丽老公欠债是之前的事。"

萧厉一惊："这么说袁丽在被灭口之前就认识要杀她的人？"

阎非道："只是有这个可能，我们回去恐怕得研究一下后头那个着火的案子，现在想起来，总觉得有点不太对劲。"

两人随即动身去找名单上第二个有过前科的监工黄涛，如今在县里做货车司机，见了面，萧厉照例给他看了袁丽的照片："有见过这个人吗？"

黄涛吞云吐雾地盯着看了一会儿："见过。"

萧厉没想到黄涛也见过袁丽，惊讶得睁大眼："说一下。"

"以前帮人讨债，在债主家见的，她男人没出息，自己欠了债就知道打老婆，我去了两次，这个女的都差点给她男人打死。"黄涛提到当时的事情就鼻孔里出气，"见过给不起钱磕头叫我们爷爷的，就没见过这种窝囊废打女人出气的。我去了两次，她老公每次都叫我们把她拉走抵债，还说他老婆要是坐台能赚很多钱，什么东西！"

萧厉心想两个有前科的监工都见过袁丽，就说明袁丽恐怕已经被他们这伙人盯上很久了，他紧跟着又问起杜峰，黄涛态度很是不屑："王朔手底下左膀右臂，一个姓孙一个姓杜，姓这个的混得不可能差，至于我们这些屁背景都没有的，肯定混得惨了。"

黄涛提供的线索和吴东志差不多，上了车，阎非问道："为什么一直盯着杜峰问？"

萧厉叹了口气："山上挖出孩子，杜峰被小鬼吓破胆，这两个事情联系在一起，总觉得他这个心理阴影来得很蹊跷，我们之后有时间再见一次他吧……在那之前，你不是说要再研究一下着火的案子？"

"可能还得再去见一次袁丽的房东。"阎非动作利落地启动了车子，"之后还要出通报，现在案子热度高，刑侦局不可能不回应……罗小男也说了，这件事的热度不能减，一旦掉下来，我们都会有危险。"

两人回到周宁先去了下城区的一个商业区，在十六年前，三个和宋嘉案有关的混混便被烧死在这里。本来当年那几栋老楼就面临拆迁，结果又发生大火，在那之后不久便被完全拆除了，现在已经是另一副模样。

时隔十多年，萧厉看着外头路上的行人道："对方明显是有备而来，知道公寓快拆了才把人引到那儿去，后头建筑被拆除，就算是想翻案也很难了。"

阎非手头还有一份被翻得皱巴巴的相关资料，户型图显示，着火的房子本身是两室一厅的结构，着火点在客厅，三人事后都被发现死在主卧，阎非道："你还记得罗战的描述吗？他说他被人从后头击倒之后，感觉很闷，之后他的所有烧伤都在背上，脸上没有伤，还有一些擦伤都在正面。你想一下，对方知道他是一个主持人，甚至还指望他之后要继续上节目替他们颠倒是非，在一个火场里会顾忌什么？"

"他的脸！"萧厉一点就通，"所以他觉得闷，是因为这些人用什么东西遮住了他的脸，避免他被烧伤。"

"没错。"阎非点头，"这就很奇怪，这么精密筹划的事情，对方应该会有更好的方法让他不受一点伤，但是罗战的背上还是有烧伤……他背上有，身前没有，还受了擦伤，说明对方多半是将他脸朝下拖出火场的，但凡对方是个稍微有力气的人，绝对不至于把事情搞成这样。"

萧厉听到最后眼睛越睁越大，他意识到，这就跟之前的奸杀案一样，里头存在一个逻辑误区，萧厉很快倒吸一口凉气："你是说，罗战在火场里被打晕，是袁丽做的？"

5

"袁丽如果和行凶的人认得，就可以解释对方为什么放过她了，这也是为什么我在确定了袁丽早就和龙都有牵扯之后开始怀疑她。"阎非沉声道，"还要再查一下袁丽在第一次失踪前的社会关系，如果可以证明袁丽来找罗战是带着目的的，我们说不定也可以顺藤摸瓜地找到背后的人。"

萧厉心里发凉，如果袁丽是带着任务来的，那可能从一开始她对罗战的了解都是带有目的性的，这些事都只是一个幌子，因为袁丽本身就是一个来引诱罗战的饵而已。

为了解更多袁丽的情况，两人只得又跑了一趟孙红的五金店，房东孙红虽然不明所以，但也还是如实同他们说了情况："时间过去太久，我就记得她跟我讲过，说她老公以前好赌，跟什么开厂的人借了钱赌博欠上了高利贷。她老公也没出息，自己欠的钱，有人找上门了就拿她出气，之前好像把她肋骨都打断过，弄得袁丽孩子也要不上，最后她老公死了对她来说反而是个解脱。"

　　萧厉问道："那是她住到你这儿来之前的事情？"

　　孙红点头："对，当时问清楚了，袁丽说那些人现在已经不会再来找她麻烦，后头我也确实没看过什么奇怪的人来找她，在那之后才彻底放心。"

　　萧厉心里一沉，孙红这句话讲得轻描淡写，但却透露出一个极其重要的信息，之前来讨债的人和袁丽似乎达成了某种协议，不再来了，以袁丽当时的经济能力，连电视都蹭人家的，实在不像是能还得上高利贷。

　　孙红回忆起旧事，感慨道："她最后落得这么个结局我真没想到，就很普通一人，平时也没什么过分的爱好，就是爱看她最喜欢的那个新闻节目……跟追星似的，她还说呢，要是能让主持人给她主持公道就好了。"

　　阎非一愣："主持公道？"

　　孙红点头："就你们说的那个还挺帅的主持人罗战，袁丽天天要看，好像是因为罗战很早以前讲过一个家暴的事情，替一个被打的女人说过话，她就总幻想着罗战有一天也能解决她家里的事，恨不得跑到电视台去堵人家那种。"

　　"这么说，袁丽在之前就是罗战的粉丝了……"

　　萧厉原本还以为袁丽对罗战的喜欢都是"学"出来的，但现在看来也不尽然。如果袁丽喜欢罗战本身就不是什么秘密，那这件事也有可能被人利用，毕竟罗战也不傻，要找个饵引诱他进圈套的话，诱饵的人选肯定要仔细挑选。

跑了一圈儿，两人出来时太阳已经西沉，萧厉同阎非一起到小卖部买烟，试着理了理："基本连上了，袁丽有债务在身，很有可能是个棋子，对方会找到她不是什么巧合，她会找上罗战也不是什么巧合，我们现在只差一点了。"

阎非利索地挑了个火机按了两下试火："袁丽和讨债人的关系。"

萧厉也知道现在缺的就是这个，问题在于他们已经把渡山龙都的人见了个遍，到现在也没个线索，阎非道："只能先开发布会，牵扯出罗战之后，有了舆论渲染，说不定对方会有下一步行动。"

一提这个萧厉就觉得一个头两个大："我们马上回去实话实说袁丽找过罗战，你觉得杨局是会更加疑心还是？"

"你不要轻易和罗小男联系就行。"阎非付了钱，"杨局多半已经让人查过罗战和罗小男的行踪了，既然还让我们查，就说明杨局暂时还信得过我们。"

萧厉默默看着他，他佯装失望地摇摇头，学着杨局的口吻道："阎非啊，你这么乱来可真是太叫我失望了。"

阎非根本懒得理他，两人趁着晚高峰还没有开始回到刑侦局，阎非去找杨局的工夫，萧厉得了空，去技术那边问张琦要之前他查的资料。

"怎么样？之前要你找的那几家店，有查到背后的资金是从哪里进来的吗？"萧厉同张琦的交情是从查"七一四案"就结下的，也因此如今才敢厚着脸皮叫人家查东西，张琦从桌子上翻出几份打印好的资料递过来，"你突然要查这个干什么？"

"和这次的案子有点关系。"萧厉翻着资料，几家夜店的东家没什么重叠，然而他很快皱起眉头，"注册日期怎么会这么新？这些店应该都是老店了吧？"

张琦道："几年前不扫了一次黄吗？查封了不少店，杀鸡儆猴，幸存的肯定得安分一点，这些店都是注销了重开的。"

萧厉暗自咬牙，心想这哪里是安分一点，分明就是做贼心虚才重组了。要是当时罗小男的稿子没有被罗战拦下来，刑侦局查办了这几家，还不知道能挖出来什么不能见光的东西，又问道："如果想要调之前的档案，是不是会很麻烦？"

"具体流程还得看工商局，目前在我这边查不细，得要费些工夫。"

萧厉也不敢和张琦多说，赔出个笑脸："那还是要麻烦你，尽量帮我查一下这几家店的信息，包括之前曾经可能有什么股东，在网络上有没有什么花边新闻。"

他一口气提了一串要求，紧跟着又想起之前提到的福利院，于是笑得更狗腿了："还有吧，就是十六年前宋嘉案里的那个福利院……"

张琦翻了个白眼："我说，萧警官，这可不是一杯咖啡能解决的事儿了，不能靠长得帅就在我这儿薅羊毛哇，你们又不跟我说到底在查什么，这都算是在接私活。"

"改天火锅烧烤西餐随你挑。"萧厉豪气地拍拍她的肩膀。

"这还差不多。"张琦没再同他计较，手速很快地调出相关资料，十六年前宋嘉所处的福利院名叫圣心福利院，张琦在系统里输入名字，不多时脸上却露出吃惊的神情，"萧厉，这个福利院十几年前就没了，好像就是在宋嘉案发生之后不久就被注销了。"

这下就算萧厉不说，张琦也觉察出其中的不对来："等等，你们不会觉得……"

"嘘。"萧厉竖起指头，"还没证据的事，不好瞎说，宋嘉案肯定有鬼，你能不能再查一下，当年这个福利院的规模有多大，有多少孩子在里头？"

张琦摇摇头："得和工商部门申请才能查得很具体，而且这个事儿发生的时候资料有没有入网都不一定，估计要去档案馆里翻老报纸了……奇了怪了，这个福利院怎么就像凭空消失了一样？"

萧厉心里却想还能是因为什么，福利院如果没有任何猫儿腻，不会在宋嘉案发生后立马就被注销，换言之，阎非的猜测很可能属实。渡山挖出的孩子尸体，消失的福利院，儿童卖淫，这是个产业链，势力甚至大到可以捂住周宁第一媒体人的嘴，如今他们想要翻案，对方不可能什么行动都没有。

他们究竟在等什么？

6

翌日上午十点半。

照例，在刑侦局发布无名女尸案情进展后的半小时，相关的词条便上了热搜。第二次看到自己的名字直接出现在热门微博里，萧厉的心情相比于第一次更加复杂，其中甚至还有几分悲凉。

他知道，过不了多久，相关的词条里就会多出罗小男的名字，就像她自己说的，为了炒这件事的热度，她甚至不惜把自己当作筹码来用。

"罗小男比你想的坚强得多，她既然选择了这条路，就一定可以一个人挺过去。"萧厉耳边回响着昨晚阎非同他说的话，"你还有机会帮她，不要浪费这个机会。"

萧厉面色惨淡地坐在工位上，心知无论罗小男马上要面对什么，他连眼皮都不能多眨一下，更不可能在微博上公开表态，而这时一旁座位上的阎非像是发现了他脸色难看，转过来说道："你不要太紧张，罗小男为了这一天肯定已做好打算了。"

萧厉脑子里嗡嗡作响，他当然知道罗小男是什么样的人，只是无论她要做什么，对她自己都太过残酷了。

半小时后，就和萧厉预想的一样，罗小男被堵在咖啡馆里的视频上了热搜，似乎是她有意将自己置于一个容易被人找到的地方，当那些好事的媒体在第一时间将罗战被牵扯进案件的事情告诉她，女人先是茫然地眨了眨眼，然后下一瞬，罗小男脸上长久以来维系着的精致几乎全不见了。

萧厉看着视频内心极为煎熬，咬紧了牙关才能继续将它播放下去，很显然，对方就是要拍罗小男的反应，因此将警方通报里的内容事无巨细地描述了一遍，还强调了罗战人在国外，警方无法与之联系，因此并不确定两人是否还有过再次见面……一连丢下几颗定时炸弹之后，罗小男周边的闪光灯几乎闪得萧厉眼晕，正在他怒火中烧之际，视频骤然一晃，竟是罗小男猛地张起身，动作之大，甚至把椅子都撞翻了。

萧厉心里咯噔一下，在过去，罗小男很少有这样不体面的时候，而女人就这么定定看了面前的镜头一会儿……过了足有五六秒，女人才猛地扭过头从人群里挤了出去，这一路上有不少记者都开始枉顾咖啡店的秩序将麦递到她面前，但罗小男却只是粗暴地把他们都推开了。

拍摄视频的人跟着罗小男往外跑，一边追还在一边问她对这次事件的看法，而萧厉再也看不下去，他将手机直接翻面压在了桌面上，发出一声脆响。

"不想看就别看了，这是她的选择。"阎非看着萧厉强撑着才没塌下来的肩膀淡淡道，"记得，马上你怎么做至关重要，不要白费罗小男的心血。"

之后的一整个中午，萧厉都是在魂不守舍里度过的。

在这场混乱无比的闹剧结束后，阎非被杨局叫去商讨对罗战下一步的调查方向，萧厉则悄悄溜去了市档案馆，想再查一下之前在网上查不到的有关圣心孤儿院的新闻。

因为刑侦局公布的最新进展，微博上此时已经闹翻了天，最初他还看了两条推送，标题分别是"知名主持人竟被牵扯命案，其女当场崩溃"和"刑警对峙前女友，竟状告旧时岳父"。萧厉看完就知道罗小男想要炒作的目的达到了，但要付出的代价，就是将自己直接推到了整个舆论的风口浪尖上。

在这种时候，大概整个周宁的媒体都想找他还有罗小男问个究竟。

萧厉坐在档案馆里苦笑，微博上罗战的事已经被炒到了热搜第二，离第一的热度只剩下不到两百万，很快就会登顶。

在相关热搜下，热门的评论几乎每一秒都在刷新，按照计划，在他们将罗战扯下水后，罗小男并不会以一个女儿的身份去为罗战说情，反而会跟进报道。这么做，既是为了让阎非和萧厉能自证清白，同时也是为了在大众面前保持足够的公信力，也只有这样，在未来揭露罗战背后势力的时候，她作为罗战的血亲才会仍然持有话语权，不会被人疑心是为罗战开脱。

此时此刻，萧厉只恨自己的共情能力太强，他想得心焦，最终却也只能逼自己埋头去看桌面上堆积成山的资料，不再惦记着联系罗小男的事。

…………

与此同时的罗家老宅。

罗小男在半黑的屋子里看着荧光屏上不断刷新的资讯，心知在不久后罗战应该会通过社交媒体发一则声明，承认他见过袁丽，但不会回应袁丽的信里是否存在关键线索，而将查案的主动权交给刑侦局。

这至少给了刑侦局足够的话语权，热度已经有了，没有人有回头路，她只能寄希望于阎菲和萧厉尽快查出背后的人，这样罗战才不会无辜被诬陷成一个凶手。

罗小男苍白的脸上浮上一丝笑意，寂静无人的老宅里，她轻轻将早已写完的稿子念出来："十几年如一日坚守在正义天平旁的人，真的存在吗？"

她的声音干涩却没有停顿，整篇报道将近一万两千字，罗小男拣取了罗战当主持人最后两年里曾经在节目中念过的稿子，逐字逐句地比对分析，冷静地将当时所有同步发生的时事拉出来与节目内容进行比对，让大众慢慢有清晰的概念，究竟哪一部分新闻在节目里缺失了。

"是从什么时候开始，周宁市新闻界的标尺，也开始出现偏颇？"

念到最后，罗小男的声音戛然而止，她定定地看了一会儿在问号后跳跃的光标，视线上移，电脑的荧光屏打亮了那张和罗战办公室桌上一样的全家福，照片里男人和女人正对着镜头笑得温柔。

罗小男伸手抚上照片上她父母的脸，在这一刻，她突然无比希望萧厉在这里。

七点刚过，罗家的旧宅里沉寂良久，黑暗里骤然爆发出一声痛苦至极的哭喊，紧跟着又有十几下闷闷的声响，好似是拳头撞击在地板上，也不知过了多久，那哭声渐渐变得压抑，转为了啜泣，随即便彻底听不见了。

7

罗小男发新稿不到十分钟萧厉就看到了推送，标题是《周宁市新闻界标尺的三十年》，都是同行，萧厉扫一眼便猜到了罗小男写了些什么，他不忍心点进去看，直接将手机反扣在桌上，又翻了几张老报纸，阎非的电话来了。

"你在哪儿？"阎非语气不快，萧厉知道他是怕自己撞上媒体，同他说了地址，阎非的声音这才松下来一些，"罗战晚些时候会出声明，杨局的意思是不到证据确凿，不要真把罗战给弄回国，以免外头再诉病刑侦局平白污蔑罗战。"

"外头下雨了，你一会儿在档案馆等我电话，我来接你。"

阎非丢下一句便挂了电话，萧厉在档案馆里枯坐到接近八点，还是没能从堆积如山的老报纸里找到有关圣心福利院的只言片语。这不同于当年去找胡新雨的报道，那时他们好歹知道要找什么内容，如今什么都没有，萧厉只能近乎盲目地找，效率也大幅下降。

上了车，阎非从他的表情里没看到什么好消息，又递过来一盒粥，还是温的："吃完今天晚上直接去普西，我让李松那边帮忙联系了杜峰的医院，我们明天一早就得过去，你看到罗小男发的稿子了吗？"

"看了。"萧厉下意识地撒了个谎。

阎非道："她动作还挺快，也好，让他们自己察觉到罗战的问题，比直接灌输要好，罗小男只有这么做，以后才能继续在这条路上头走下去。"

萧厉沉默地喝着粥，心里又何尝不知道罗小男是想做什么，她想为罗战发声，却又无法避开血亲这个身份，无奈之下只能选择用这种方式将自己和罗战割裂开。外人看到这稿子恐怕都要觉得她是大义灭亲，萧厉却知道那背后藏着多么沉重的东西。

晚上十点半，两人到了普西后便立刻歇下了，罗小男的事折磨得萧厉精神紧张了一天，吃了药也睡得不好，第二天一早整个人都恹恹的，路上烟就没停过。

阎非听了一晚上萧厉的胡话，并没有戳穿，将车开到地处郊外的医院，下车时天边结着厚厚的云团，风雨欲来。萧厉心中对他们马上要听到的故事有种不好的预感，杜峰曾经经历过的事情几乎将他的精神全部摧垮，想想也不会是什么好事。

　　走了程序后，护士将他们带进一间粉刷很干净的房间，杜峰穿着病号服坐在角落，见到阎非甚至还微微点了点头。

　　"你们又来了。"杜峰平静地看着他们，"还是因为之前的案子吗？"

　　"这个案子我们已经破了，不用挂念。"阎非直截了当道，"我们这次来找你，只是想问问你，过去你在龙都化工厂都做过些什么？"

　　"什么？"听到龙都化工厂几个字，杜峰的脸色几乎瞬间就变了。

　　"与其十几年日复一日地陷在幻觉里，不如告诉我们究竟渡山上发生了什么把你吓成了这样，跟我们说了之后，说不定从此以后你就能睡好觉了。"萧厉并不想浪费时间，轻声道，"杜峰，你究竟为什么会觉得，你的女儿被埋在了渡山上头？"

　　访问室里沉寂许久，杜峰的眼神却渐渐从平静变成了狂乱："我的女儿……"

　　萧厉一听到这熟悉的开头便觉得不妙，如果杜峰再发病，他们的询问就必然会被迫终止，他站起身："杜峰，现在事情还有挽回的余地，如果你告诉我们真相，至少那些孩子之后不会在九泉之下再去找你的女儿。"

　　他的话一出口，杜峰的所有动作都停了下来，睁大了眼："你说谁会去找我女儿？"

　　"那些孩子。"萧厉观察着杜峰的反应，觉得他应该没猜错，"你知道我在说什么，你见过被埋在渡山里的那些孩子。"

　　"那些孩子，那些……"杜峰脸色惨白，慢慢地抱成一团开始发抖。

萧厉看他这样便知道自己说对了，厉声道："你徘徊了那么久都不敢去面对，你难道还想要被这种心魔折磨一辈子吗？"

"我……"男人浑身一颤，"都这么久了，现在……现在还来得及吗？"

阎非淡淡道："什么时候都不晚，当年你究竟在龙都化工厂里负责什么？那些埋在渡山里的孩子，你又知道多少？"

房间里安静了一会儿，半晌杜峰慢慢地直起身："你们是怎么知道的……"

"这种事情都是以纸包火，瞒不了一辈子，你应该比所有人都清楚这个道理。"萧厉悲哀地看着他，"说吧，趁着你还有机会可以赎罪。"

杜峰将手指捏得发白随即又松开，知道眼前这个男人说得没错，这些秘密已经盘桓在他心底很久，久到他也不确定，自己还能这样坚持多久……自从女儿丢了之后，他眼前时常出现那些幻象，有那么几次，杜晓雯确实远远的和那些孩子站在一起，但他们都没有面目，只是一个个惨白的、永远不会放过他的幽灵。

"我早就知道，会有这一天了。"

最终杜峰惨笑起来，声音苦涩地慢慢同他们说起了化工厂里的旧事，二十年前，在最初被叔叔杜安康介绍进化工厂的时候，他才是个二十岁出头的年轻人。

因为性格内向，也没学过化工，杜峰走进龙都厂房的时候心里还带着几分忐忑，不断告诫自己，要是没有这个叔叔，他爸妈都是完全没有背景势力的人，只怕自己上不了学就只能回家种田，如今谋了份不错的差事已经是天大的好事，也由不得他挑三拣四的。

就这样，在最初的几个月里，杜峰被安排和其他监工一起摆平厂里的麻烦事，碰到不服管的要大着胆子来两下，杜安康说，这些都是监工的必经之路，要混好就必须这么做。

虽说如此，但杜峰也知道自己和别人是不一样的，有时候领导会通过杜安康给他派些只让他干的活儿，渐渐地，杜峰的腰包鼓了，觉得日子顺风顺水，性格也开朗了不少……他原本以为一切便会这样安稳下去，但怎么也想不到，这一切，都在十八年前的那个夜晚彻底结束了。

那天是个周四，杜峰喝了点酒，忽然杜安康慌慌张张地来到宿舍找他，说是有急事，厂里领导信不过别人，只能找他。

"这可是个肥活儿，完事都够你赚出老婆本！"杜安康将他拉到宿舍楼外的僻静地，附在他耳边道，"现在有人在闹，说咱们厂进口的那个化学剂有问题，领导说要埋掉，这个事儿信不过别人，就只能让你来做，听明白我意思了没有？"

不知为何，那天晚上的杜安康显得格外慌张，领着他走了很远的路找到一辆卡车。借着暗淡的月光，杜峰看清卡车后堆满了大铁桶，大概一个成人可以抱起来，里头也不知道是什么。

杜安康道："这些大铁罐子都没封口呢，东西在里头，为了掩人耳目才这么装的，一会儿你开车到咱们宿舍楼后头那座荒山上头去，那儿不是有个池塘吗？旁边还有个挖好的坑，你就把那些铁罐子里的东西都倒进去，一起埋了，然后再把那些铁桶放在车上带回来就行。"

杜峰喝了酒的脑子点犯晕："不是化学剂吗？这么倒不会有毒吧？"

"都封好了，你就别管了，放在铁桶里也是怕你直接接触，你到时候就直接扛着桶子倒进去就行，不要自己用手去拿那些脏东西，也不要打开看。"

杜安康最后再三嘱咐他："千万不要直接用手去拿，也不要叫人看见了！这个美差事可是我争取来的，你个浑小子千万不要叫我失望，万一到时候办砸了，那你这条命都不够赔的！"

8

杜峰讲到这里，萧厉其实多少已经猜到那些桶里是什么了，他暗自心惊："你当时没有起疑心？"

杜峰木然地摇头："我当时喝了酒，整个人都飘着，再加上之前他们给我发的钱确实不少，我也就没多想，谁知道……"

时隔将近二十年，那一晚的事如今仍然时不时出现在杜峰的噩梦里，他做了几个深呼吸，这才声音发颤地继续说了下去。

在当时的龙都化工厂，渡山是只有搞对象的人才爱去的地方，山上荒草丛生，也没什么路走，但因为厂里的宿舍都是双人间，不方便的时候，总有人爱往山上钻。

杜峰上山的时候已经接近凌晨，整个山头黑漆漆的，只能听见虫叫。深夜的冷风一吹，杜峰喝的酒跟着醒了大半，等到了地方，脑子已经完全清醒了过来。

放在卡车后头的一共有七只铁皮桶，都是厂里最常见的那种，上头用盖子草草掩上。杜峰试着抱了一下，也不算太重。他心里虽然好奇那里头放着的究竟是什么，但想到杜安康千叮咛万嘱咐不能打开来看，杜峰还是按捺住了心思，一连将三只铁桶里的东西直接倒进了坑里。

山上没有灯，他也看不清倒进去的东西在坑底是什么情况，只是机械地想要把事情干完，随着夜深，杜峰又倒完两只铁桶，而就在他去拿下一只的时候，意想不到的事情突然发生了。

他手边的桶轻微地摇晃了一下，紧接着，铁桶里又有什么东西轻轻拍打了铁皮，那声音在深夜里异常清晰，直叫杜峰背后起了一层鸡皮疙瘩。

也就是在这一刻，杜峰无比清楚地意识到，在铁桶里放着的绝不是什么化学药剂，而是某种活的东西，甚至还没有断气。

杜峰这下再也不敢轻易将铁桶里的东西往坑里倒了，他大着胆子用手电往铁桶里照去，只见铁桶里放着的是一只麻袋，而就在手电筒照上去的时候，麻袋里似乎还有什么东西在轻微地挣扎。

"救……"麻袋里传出来一个微弱的声音，听起来相当稚嫩，且已经虚弱至极。杜峰伸手去撕扯麻袋被扎紧的口，然而当他看清麻袋里的东西时，他当即便吓得大叫一声，向后摔倒在地上。

麻袋里是一双黑白分明的眼睛，睁得大大的盯着他。

深夜里的渡山上不见一个人影，杜峰被吓得浑身冰冷，在地上坐了一会儿才让狂跳的心脏平复下来。他又大着胆子去看，发现那里头是个至多十岁的孩子，脸上有烧伤的痕迹，浑身上下都是血，就这一眨眼的工夫，孩子的眼睛复又闭上，眼看就要不行了。

杜峰咽了口唾沫，又去拉扯剩下两只铁皮桶的麻袋，然而那里头装的东西带给他的惊吓却有增无减……每个麻袋里都有一具血淋淋的孩子尸体，都已经死去多时了，其中一个女孩子甚至还睁着眼，满脸都是害怕和痛苦的神情。

事情到了这一步，即使不去看杜峰也猜得到，恐怕之前被他丢进坑里的都是……他心中惶恐，第一反应是要去找人救剩下的孩子，然而还没上车，一种更为可怕的念头在他心中冒了出来。

他之前在不知情的情况下已经往坑里丢了几具尸体了，如果去找警察，对方会不会以为他也是共犯？杜安康千叮咛万嘱咐他不要打开，说明他肯定知道这里头是什么东西，一旦自己报警，可能还会把杜安康拖下水，到时候他又该怎么和家里交代？

一时间种种念头接踵而来，绊住了杜峰想要离开的脚步，他最后满怀忐忑地走到那个装着活人的铁桶前，想要再确认一下女孩的状况，然而让他没想到的是，就这么短短几分钟里，女孩子小小的脑袋垂到了一边，手还维持着想要爬出麻袋时的动作，整个人却再也不会动了。

杜峰至此彻底慌了，他心里非常清楚，正是因为他什么都没做，所以这个孩子才会送命，如今即使他不是做这一切的凶手，但从孩子咽气的那一刻，他就再也洗不清了。

接下来该怎么办？

杜峰被山里的风吹得浑身都发起抖来，他还不到三十岁，还没有娶老婆，手上就已经沾上了人命，以后的日子还要怎么过？

几经纠结，杜峰心底突然没来由地生出一股邪火，左右现在这些事情已经落在他的手上，既然讲不清楚，就让他们永远不要见光就好。

想到这里，他也不知哪里生出的力气，恶狠狠便将几个麻袋从铁桶里提出来扔进了大坑，然而就在扔那个才死去不久的女孩时，不知怎么，他忽然脚下一滑，整个人直接便掉进了坑里……

"我现在都记得那个感觉，后头几个麻袋扔下去的时候是敞着口的，有个孩子从里头掉了出来，我摸了一手的血，拼了命才爬出来。我生怕那些孩子再拉我下去，往里头铲了很多石子，把土填上，然后就下了山……"

时隔将近二十年，杜峰再回忆起那一晚的事情仍然直打哆嗦，在那一晚后，他确实也得到了一大笔钱，上司王朔更加青睐他，但是那些孩子的样子却永远都磨灭不掉。无数个夜晚他从噩梦中惊醒，恍惚间就能看到那个在他面前合眼的孩子站在床头，渐渐地，现实和虚幻的边界也开始变得模糊起来……

杜峰浑身发抖："我知道的，他们一定会来找我，那些孩子的尸体后来还是给挖出来了，在那之后不久叔叔就死了，都是报应……等到我有了孩子的那天，他们也会来带我的孩子走，因为，是我杀了那些女孩。"

这句熟悉的话一出，萧厉不由得一怔，之前他们因为李富明的案子审杜峰的时候，他就说过这个，然而那时他们还以为他说的是埋在山上的那些女人，却不知道，杜峰说的其实是将近二十年前的旧事。

"在那之后，厂里头还有给你安排其他这样的工作吗？"阎非问道。

杜峰没有回答，整个人好像又陷入了那场永不会结束的噩梦里，将手指上的皮撕得出血："他们把我的孩子带走了……晓雯……"

"杜峰？"萧厉又叫了他一声，男人却已经没了回应，只是目光呆滞地看着角落，就好像那里站着什么人一样。

"我很快就会来陪你们了。"过了许久，杜峰忽然低低说道。

9

从医院出来，萧厉只觉得头都隐隐作痛，两人一时都不知道该如何评价他们刚刚听见的事情。

直到这时，萧厉才算彻底搞明白杜峰的负罪感从何而来。将近二十年前，杜峰帮龙都的高层秘密处理掉了一批孩子的尸体，这件事在杜峰的心底埋下了扭曲的种子，又因为无法见光而持续发酵，最终女儿的失踪成了压垮杜峰精神的最后一根稻草，在那之后，他便彻底疯了。

萧厉叹了口气："这下坐实了龙都工厂谋杀孩子，宋嘉案看来和他们脱不开关系。"

阎非皱着眉不说话，萧厉看他一脸凝重，问道："怎么了？"

"杜峰的精神状态，证词不一定能用。"阎非沉声道，"要证明龙都做过这些事得有物证，但是现在连孩子的尸体都找不到，全凭杜峰说，恐怕很难立案。"

萧厉弹掉一些烟灰："杜峰至少给了我们一个方向，现在可以确定龙都化工厂在这件事里的角色了。我之前已经让张琦帮我去查圣心孤儿院的背景，只要能和龙都化工厂扯上一点边，当年宋嘉案背后的元凶之一就基本可以确定了。"

"我总觉得事情有点奇怪。"阎非道，"我们都已经查到化工厂家门口了，而且之前还直接联系过王朔，对方还是没有任何行动，这说不通。"

回周宁的路上，萧厉得了机会好好将罗战在深夜发的声明读了两遍，作为周宁一线的媒体人，罗战的团队非常专业，从头至尾只肯定了他见过袁丽这一件事，同时还警告了周宁众多媒体，希望不要以讹传讹，如果有严重侵犯到罗战名誉权的行为出现，可能要面对从欧洲发来的律师函。

萧厉用小号刷着热搜，经过一晚上的发酵，他自己的热搜从十几掉到了二十多，虽然如此，里头的讨论却至今没有停下。

"要是杨局看了这些，肯定立马把我踢出专案组。"萧厉越看越烦，把手机一合，"你说杨局不至于现在已经关注了我的微博吧，我们把他气成这个样子，他要是转头去微博上搜肯定会原地爆炸的。"

阎非冷冷地说道："你和杨局中间还隔了一个我，现在压力都是我给你扛了，有我在你怕什么？与其想这些没用的，还不如想想下一步。"

"不是说了吗，有个姓孙的，天天带人出去讨债。"萧厉早已想好，"这个描述一听就是个经常打架的监工头子，之前黄涛也提过，这人是王朔手底下的打手之一。有了姓，问问刘雪他们应该就很容易问出来了，不管是不是，但是至少还可以往下查。"

阎非点头:"下午回去我还要再去找一下杨局,确定一下罗战给出回应之后刑侦局要不要有相对的反应,找他找得勤一点,杨局才不会太找我们麻烦。"

萧厉心想阎非也是深谙越是风口浪尖就越是要多去领导面前刷存在感的道理,然而这个时间等着也是等着,索性便叫阎非把他放去档案馆,不管是不是碰运气,但能找一点是一点,说不定就真能碰上和圣心福利院有关的线索。

下午三点,阎非独自一人回了刑侦局,在杨局那儿没聊多少,罗战的声明并不让人意外,又或者说任何公众人物碰上事都会给出这样的回应。杨局再次叮嘱阎非要和相关的人员划清界限,罗战带来的舆论效应十分可怕,自从上了热搜之后,上头也给他打了电话,叫他注意这件事的动向,不要再变成"七一四案"那样的闹剧。

从局长办公室里出来,阎非意外发现姚建平竟然在走廊上等着,似乎也是要来找杨局汇报工作的,两人打了个照面,姚建平脸上写满了尴尬,却还是叫了他一声。

"进去吧。"

阎非不愿耽搁,淡淡应了一声要走,姚建平却又叫住他:"头儿,我能再和你聊两句吗?好久没碰上了。"

姚建平的语气犹豫,阎非心知肚明他要同自己说什么,没有拒绝,两人一起上了顶楼,阎非给姚建平点了烟:"工作还好吧?"

"最近也没什么案子,顶多是些小飞贼。"姚建平在冷风里吐出口烟,他这些日子想了很多,自从公布了最新的案件进展,刑侦局再次被推到了舆论中心,然而不同于当年重查"七一四案",这一次外界关心的,竟然全都是萧厉是否会偏袒自己的前女友。

他问道:"头儿,你看这两天的微博了吗?"

"看了。"阎非淡淡道,"媒体向来都是唯恐天下不乱的,什么都

156

能炒。"

姚建平看出阎非并不愿意直面他的问题，皱起眉道："阎队，你真的不觉得把破案和私人关系扯在一起有什么问题吗？萧厉的身份摆在这里，不管他有没有私心，外头永远都会非议的。"

他至今不能接受阎非会默许这一切变成一场哗众取宠的闹剧，如果萧厉继续待在专案组里，那这样的非议只会继续下去，见阎非不说话，姚建平鼓起勇气："头儿，我真的觉得相比于萧厉我更……"

"你希望萧厉退出专案组，但是这么做不会平息舆论的。"不等他说完，阎非便打断了他，"我知道你的意思，嘴长在别人身上，他即便没这么做了外头的非议也不会停，不但如此，还会坐实了他有私心这件事，越炒越厉害。"

姚建平没想到阎非居然会拒绝得这么直截了当，他脑子一热："头儿！那你现在这么做，难道没觉得别人会说你任人唯亲吗？"

话出口的一瞬间姚建平便觉得后悔，但阎非甚至连弥补的机会都没有给他，直接掐了烟道："我们确实是在给媒体牵着鼻子走，但是如果事事顾忌别人怎么讲也就不用查了。舆论把我们架到这个位置，就算我们避着走，他们也总会有别的说辞……萧厉退了，他们会说萧厉心虚，我退了，我就会真的变成任人唯亲。小姚，只有一件事可以真正让刑侦局在舆论里立住脚，就是查到真相，萧厉可以做到，你现在让他退出，是信不过他。"

阎非的声音冷下来："这件事里牵扯到的麻烦是你想象不到的，小姚，你以后如果想要当队长，至少要有做这种判断的能力。下次不要再让我听到从你嘴里说出这个，如果你真的还信任我，就不要再怀疑萧厉，也不用再劝我，我知道我在做什么。"

他说完，最后深深看了姚建平一眼，什么都没再说，直接转身离开了。

10

第二次去档案馆，萧厉仔细想了一下，在将近二十年前，周宁做得最大的报纸应该是《周宁日报》，上头时常能看到一些诸如募捐善款，或者新建筑落成之类的新闻。

按照之前他们查到的圣心福利院的成立时间，就算是有相关的新闻，也应该是在差不多十八九年前。萧厉有了大概的目标，抱了七八本老报纸在座位上一张张翻，心里劝慰自己，相比回去面对杨局，这个活儿已经算是舒服了。

这已经不是他第一次干这种大海捞针的活儿，如今没有阎非帮忙，萧厉翻完四个月的旧报就开始觉得眼前发花，他闭上眼捏了捏鼻梁，神情恹恹地又翻过一页，这时报纸一角突然冒出的"福利院"三个字让萧厉精神为之一振，然而再细看却发现说的并不是圣心福利院。

那是一篇有关十八年前周宁春芽福利院突发大火的报道，幼童在玩耍时点燃明火，最终导致福利院建筑完全被烧毁，报道中，工作人员称这场悲惨的意外让福利院损失惨重，他们会尽快让被成功救出的七名孤儿找到合适的收养家庭。

七名，这个数字让萧厉心头一跳，他骤然想起之前杜峰说的，在那个铁桶里，他看到的女孩面部有烧伤留下的血痂。

萧厉越想越是心惊，仔细将老报纸上的内容看了两遍，渐渐觉得那上头的每个字都恐怖异常，杜峰埋铁桶的时间差不多就在这场火灾发生后的几个月，如果说铁桶里的孩子就是从火场里救出来，那这又是另外一家平白消失的"福利院"。

萧厉在座位上僵了一会儿，发微信让张琦再帮忙查一下这家春芽福利院的注册还有注销日期，很快张琦消息便来了，春芽福利院是在火灾发生前两年成立的，而这场火灾发生之后的三个月，福利院就彻底关停，同时里头的孩子也都"各自找到了归宿，开始了新的生活"。

萧厉心里发凉，他将新闻的内容拍下来，通知阎非赶紧来找他。

"他们这个勾当不止干过一次。"半个小时后，阎非在车上看完萧厉手机里的内容也不由得眉头紧皱，"但如果只有这种程度，能不能立案都成问题，全都是证据不足。"

萧厉咬牙："这算起来至少有十几个孩子，或许还有更多我们不知道的。"

"一件一件查。"阎非道，"刚刚我打电话问过刘雪了，她说她现在还是没有办法对应上我们说的人，但是知道一些人以前曾经借过工厂贷的，让我们可以去问问。"

他递过来一张记着潦草笔记的纸，上头用笔圈着一个名字，朱雅晴。

萧厉觉得奇怪："刘雪能算得上龙都化工厂的百科全书了，怎么会连一个这么有名的人都不知道？而且又带着我们兜了一个弯子……"

不光是萧厉，阎非心中也早觉得古怪："有问题，我们也已经上了她的当了，毕竟如果要查龙都化工厂，不可能完全避开它过去的员工……还是先查吧。"

阎非按捺住心里的不安："我们现离这个龙哥的真实面目只差一步了，还是先查吧。"

两人按照技术侦查科给的信息去找了这个叫作朱雅晴的女人，按照刘雪的说法，朱雅晴从年轻的时候就喜欢打扑克，有一回在厂里借了王朔放的贷，半个月还不上就被开除了，后来还惹了一帮人去她家里又打又砸。

阎非在局里没有查得太细，到了之后才发现朱雅晴竟然是坐在轮椅上的，女人注意到他的视线笑了笑："那时候送医院送迟了，他们看我是个女人，没下狠手，后来还给留了点钱让我上医院去，也算是仁至义尽了。"

萧厉问道："你说的他们，是龙都化工厂的那些监工？"

朱雅晴叹气："钱是我自己借的，龙哥已经给我面子了，要不是……"

"龙哥？"她还没说完，萧厉的脸色骤变。

朱雅晴给吓了一跳，说道："就是当时他们管讨债的老大，王朔底下的二把手孙龙德，他说我是个女人，虽然还有其他方式可以还债，但是他不想那么对我，长痛不如短痛，还不如用一条腿抵债得了，免得之后还要受更多的罪。"

"孙龙德……"

终于得到了这个来之不易的名字，萧厉却隐约有种熟悉感，他还没想起来，阎非便道："他是不是很瘦，颧骨很高，而且还有一颗金牙？"

朱雅晴奇道："对，你怎么知道？"

"之前奸杀案的时候走访过，十年前因为放贷又殴打女性进去了几年。"阎非已经想起来了，上次孙龙德之所以会被排除嫌疑，就是因为在奸杀案案发当晚他就在龙都化工厂里，"他现在还在给化工厂工作。"

朱雅晴道："他和龙都几个大领导走得都很近，其他被他追债的人就没我这么好运了，好像有人被逼得跳了江，我听说还有女人被他弄去当'小姐'了……"

萧厉实在想不到一个化工厂会有这么大的势力，又问道："孙龙德当时会经常去你们宿舍楼旁边的那个小白楼吗？"

"小白楼？"

"又或者是孙龙德平时有没有什么传闻，和女人有关的？"

朱雅晴苦笑："和女人的话，我就记得，当时龙哥那些小弟和我说，要是换了以前，恐怕孙龙德对我下手不会这么轻，好像是因为他找了个女人，所以才会对我心软。当时有两个人和我这么说了，然后立马就被孙龙德打了，好像他很不希望有人谈论这件事，这个事我记得很清楚。"

萧厉心头一动："这就对了。"

一切都能串起来了。

两人从朱雅晴家中出来，萧厉道："现在可以确定，袁丽的前夫欠债，袁丽被来讨债的孙龙德看上，之后因为袁丽崇拜罗战，在宋嘉案发后被当作棋子去引罗战入套，事后孙龙德没有将人灭口，反倒将她藏在龙都眼皮子底下，直到他入狱，袁丽才重获自由。"

他们从不同人的口中终于拼凑起一个完整的故事，但可惜的是，他们现有的证据最多可以指证龙都化工厂非法放贷或者故意伤人，但是更加严重的犯罪，他们一点物证都没有。

阎非眉头紧锁着不说话，萧厉看出他的心思："还是没有物证。"

阎非道："不但没有物证，而且事情还有点奇怪，孙龙德是厂里大老板身边的红人，你觉得这样一个人，刘雪会不知道吗？"

萧厉神情一紧："她果然有问题。"

"刘雪过去是厂里的优秀员工，难保现在不会为这些人做事，她并没有给我们错误的信息，只是让我们绕了很多弯子，这个事情就算我们不找她，找厂里的其他人也是一样的。"阎非沉思片刻，"你之前去找张琦查的东西才是切实的物证，只要能找到一点证据，我们就有机会直接把龙都这尊大佛挖开。"

萧厉明白阎非的意思，外头会选择相信罗战还是龙都化工厂，很大程度取决于谁才是更大的恶人。罗战注定是洗不白的，但是如果能证明龙都化工厂做过更加灭绝人性的事，那即使对方放出对罗战不利的物证，舆论最终也会偏向他们这边，刑侦局就不必顶着和大众意见相反的巨大压力去调查了。

"我再去催一下这个丫头。"

萧厉立刻走到一边去打电话，而阎非也趁此机会给黄海涵打了一通语音，刚刚确定了黄海涵和罗战的安全，萧厉那边便把手机放下，冲他挥手："张琦有进展了。"

11

张琦给萧厉发来了五年前被罗战包庇的那几家夜店的注册材料，因为相对时间没有那么久远，张琦稍微费了些工夫便从工商部门那里找了出来，如今将所有的股东和法人都列给了萧厉。

萧厉脸上露出喜色："圣心福利院的事情太久远了，估计还要等几天，但是这个已经能看出一些问题了。"

"龙都塑胶。"阎非在股东名单里看到一个熟悉的名字，"应该是龙都的子企业。"

萧厉道："还有其他这几家夜店的股东，如果往下查说不定都能和龙都化工厂扯上关系，五年前第三方要求他回国摆平罗小男的事，果然还是因为龙都出事。"

"无论这个第三方是谁，他们和龙都应该都有很深的渊源。"阎非将手机递回去，"你让张琦抓紧时间继续查圣心福利院的事，这个事拖得长怕是要夜长梦多。"

事情到这一步，两人都有种不对劲的感觉，他们查了这么多，但是竟然没有一点和儿童大量死亡有关的有效物证。唯一一个亲历的当事人杜峰还因为精神问题，证词存在被推翻的可能性，这究竟是对方做得太干净，还是他们在被牵着鼻子走？

萧厉不甘心干等消息，和阎非又去了一趟孙龙德的棋牌室，然而这一次棋牌室门口却贴上了暂停营业的告示，再问周边的邻里，似乎棋牌室已经有半个月没有开门了，孙龙德的手机也打不通，一直是关机的状态。

萧厉在棋牌室门口张望了一会儿，无奈窗帘都被拉得很死，完全看不见屋里的状况，他疑惑道："怎么会突然就停业了？总不能是得到什么风声跑了吧？"

阎非心里全是不好的预感，之前罗战一步步走近圈套也是这样，没有物证，全凭袁丽和一些其他证人的证词……如今他和萧厉跑了一大圈，就好像是在重蹈那时候罗战查宋嘉案的覆辙。

刘雪的存在，从某方面来说，也是在控制他们查案的节奏。

阎非皱眉："这些人从根本上和罗战是在同一条船上的，虽说在最极端的情况下让罗战背锅，但是罗战现在被扯下水，对他们也没有任何好处，既然这样，为什么会没有后续的行动？"

"不就是这个事儿想不通吗？"萧厉感到头痛，不同于行动极度情绪化又是单人犯案的高冠杰，他们现在面对的是有组织的犯罪团伙，对方如果要出手，就势必会考虑清楚利害关系，不会轻易地被他们牵着走。

阎非拿出手机给唐浩打电话，这些天为了保证罗小男的安全，唐浩一直在罗小男家附近驻扎，阎非第一次打过去对方没有接，还想继续打的时候，姚建平的电话先来了。

姚建平语气很急："阎队，之前那个把你撞进医院的赵统，本来流程都快走完了，结果今天突然开口了，说什么他做这些都是被人买通的，还点名要和你交代情况。"

"我？"

"这个事儿杨局很关注，他之前就觉得这个车祸很蹊跷，你还是赶紧回来吧。"

"好，我知道了。"

阎非挂了电话，一旁的萧厉奇怪地看着他："什么事，一脸要杀头的表情？"

阎非顾不上和他多说："赵统撂了，说他撞你是有隐情的。"

"总不会是突然良心发现了吧？"萧厉一脸莫名。

"对方撞你的时间点太巧了，一会儿别跟我回去，找地方等消息。"阎非面色凝重，几乎是风驰电掣地往回赶，他将萧厉丢在附近的咖啡店，嘱咐如果等不到消息，不要轻易回队里。

在那场车祸本身就很蹊跷的情况下，开车的人这么长时间不开口，在这个节骨眼上又突然招供，怎么想都像是一个套。

阎非越想越不对劲，他和萧厉前脚刚离开罗小男的公寓，后脚公寓就被烧了，明明这么长时间来对方有无数机会可以毁灭证据，但是偏偏选在那个时候，说明这件事本身就是为了设计他们做的，对方在等待着合适的时机引爆这颗炸弹。

上了楼，赵统已经被林楠带了回来，阎非心知如今给架上来了，也容不得他退，进了审讯室开门见山道："你非要我来才讲，要交代什么？"

赵统上上下下将他看了几遍，像是在确认他的身份，之后他的神情忽然慌张起来："我不应该撞你的，当时给我钱的人说要撞另外一个，我没想到你会突然冲出来。"

"那你为什么要撞萧厉？买凶的人怎么说的？"

"他就说去撞那个人就行了，而且不用太重，不能把人撞得重伤，我本来是打算靠近的时候踩刹车的，但没想到你会突然冒出来。"

阎非听得一头雾水："什么叫作不用太重？对方是谁？为什么要

这么做？"

赵统的神色越发古怪："我要说了的话，他说不定会找人弄死我，以他的名气都快一手遮天了，做什么都行，你们能保护好我吗？"

"一手遮天？"阎非听到这儿已经隐约意识到什么，厉声道，"你说！买凶让你去撞萧厉的人到底是谁？"

"我真的没想撞死他，那个花钱的人说这就是个苦肉计，我撞了那个人，他才能保住饭碗啊，要不等事情闹大了他也撇不开干系。"

赵统越说声音越低，最后像是鼓起勇气，抬起头看着阎非："之前听看守所的人说了，警察最近也在查他，我怕我要是再瞒下去，家里人怎么死的都不知道，所以我还是告诉你们吧……当时叫我去撞那个警察的，就是罗战，那个主持人。他……他给了我十万块钱让我去做这件事，说是只有这么做才能保住被撞那个人的饭碗，还说，无论如何都不能告诉别人，否则我老婆和孩子也死定了。"

12

罗小男睁开眼的时候只觉得头痛欲裂，记忆的最后，她似乎正打算出门去上班，然而就在走出老宅后不久，按在她鼻子上的白布猛地夺去了她的意识，紧接着她便出现在了这里，手脚都被紧紧地绑在一起，嘴巴也发不出任何声音，只能感觉到身下的坐垫在随着颠簸有规律地震动着。

她在一辆车上。

罗小男强忍着昏沉抬起头，前排上坐着的人看上去居然和她差不多，同样也是短发西装，正在和邻座的男人说话："那个警察确定打晕了就行吗？"

男人嗤笑一声："废话，要不叫你穿成这样干什么，打晕他的又不是你，是后座这个娘儿们，你担心什么？"

女人烦躁道："老板兜了这么大一圈，最后这个女的不还是要弄死的吗，干吗还要带回去？最近要搞的事情够多了，还有那群小孩，养着就够麻烦了，现在还要处理掉。"

男人叹了口气："谁叫他们这回搞出来的动静这么大，万一真给查出来厂子里有点什么，咱们的下场都跟那个姓孙的一样。"

罗小男模糊地想，被打晕的警察是指那个姓唐的警察吗，阎非派他来保护自己，如果他还在，自己就不该出现在这儿。

罗小男实在没力气挣扎，干脆闭上眼，听前排两个人继续说话。

又开了一会儿，车子也不知道轧到了什么，猛地颠了一下，男人骂了一句："你别开这么快，万一给查了，我们后座上还有个人，到时候连藏都没地方藏。"

女人没好气道："这不是没办法吗，后备厢里也有人，再说咱们都开到乡下了，又没电子摄像头，你怕什么。"

罗小男心里一惊，没想到就在这层薄薄的坐垫之后竟然还有人，女人道："那个倒霉蛋估计也不知道自己老婆孩子都要死了，一会儿你烧得干净点，可别步那个姓孙的后尘，要我说以前混得再好有什么用，最后还不是臭了都没人知道？"

她说完不久车子便停了下来，罗小男微微睁开一点眼睛，发现男人从副驾上下去了，而女人也跟着一起下了车。两人似乎在后头忙活什么，很快后备厢里便有什么重物被卸了下去，以至于整个车都微微地颠了一下。

那是个人。

罗小男脑子里虽然昏沉无比，但在这一刻却仍然清晰地意识到了，被从后备厢里卸下去的肯定是人，就是刚刚女人口中所说的"那家伙的老婆和孩子"，而如果她现在不反抗，恐怕下一个就该是她了。

罗小男想到这儿几乎立刻奋力挣扎起来，她的手腕被绑得很紧，稍微一动便是剧痛，但是如今罗小男也顾不得这么多。她拼命挣了两下，不等胶带有任何松动，外头的男人突然说："后座那个女的好像醒了，你去处理一下。"

后座的门几乎立刻便被人打开，一个女人探进身子，罗小男这时也终于看清她的脸，是个至少四十岁的女人，戴着假发，穿着和她几乎一样的衣服，还化了妆。

女人看着她哼笑："脸蛋还挺不错的，可惜了，我看比那群小孩好卖。"

罗小男在胶带后发出一声愤怒的叫喊，几乎浑身都扭动起来，女人作势要打她，外头的男人出声制止："不能留下外伤，按照老板的意思，之后警察如果找到尸体，她看上去得像是自杀，要不一切就完了。"

罗小男猛地睁大眼，女人冲她笑笑："也是，你的作用大了去了，不知道你那个男朋友会不会亲自来救你，之前你们演的那出还挺感人的。"

她说完又去口袋里掏东西，罗小男见她拿出白布便开始剧烈挣扎，她已经弄明白对方打算干什么，找人化装成她的样子打晕警察，紧接着将她绑走，这件事便变成了她主动出逃。

对方不但要拖罗战下水，还要连着她一起除掉。

罗小男拼命扭头要避开女人手上的那块布，正在她奋力挣扎时，外头却突然传来男人的叫骂："命还挺硬的。"

紧接着又是一声惨叫，罗小男听着浑身的血液都凉了大半，原来还要来捂她口鼻的女人啧了一声，从后座上退出去："拖两个人进焚化炉还要我来帮你呀？"

这个地方非常安静，加上车子的隔音效果很差，外头那个女人的哭声清清楚楚传来。这些人不知对她做了什么，女人的声音听起来痛苦异常，男人似乎又在她身上狠狠踢了几脚，女人痛到极点，嗓子嘶哑得近乎破音。

"行了。"中年女人不耐烦道，"马上这个姓罗的还要带走，都已经查到家门口了，弄不好咱们都得死，你赶紧，不要啰唆了。"

男人啐了一口："属狗的还咬我，一会儿把她活着丢进炉子算了。"

"赶紧拖进去，重要的是马上要做的事，我一会儿发消息，要是赶不上去见阎非你自己和老板交代！"

罗小男这时在座位上蹭了几下，终于将嘴上的胶带蹭掉一小块，在女人又一次钻进后座的时候，她厉声道："你们到底是什么人！要对我干什么！"

从她的角度，只能隐约看到在车外那个男人拖着什么走了，而远处似乎有一座高耸的建筑，塔顶非常高，罗小男冷冷道："你们是威胁我爸的人？"

"你爸可没受人威胁，他一个人在国外好着呢，他也知道自己犯了什么事，是去躲风头的。"女人慢条斯理地在白布上倒上一些液体，"你爸做这一切都是他自愿的，他杀了人，你和你男朋友帮他遮掩，还把警察骗得团团转，谁叫他们办案的时候也有私心，就这么简单。"

罗小男听到最后不由得一惊："你们连萧厉都打算……"

"你们搞得声势还挺大的，有点不太好办，不过谁叫外头人也等着看你们出错，这件事有反转，可比你大义灭亲这出戏要好看多了。"

女人说着直直便要将布往她脸上盖，罗小男骂道："我爸不会认他没做过的事！"

"这得看他爱不爱你这个女儿了。"女人扯过她的头发，力气非常大，罗小男痛得咬牙，随着意识渐渐消散，她听到女人笑道，"祈祷你这觉醒来，你爸还没以死谢罪吧。"

13

罗战定定地看着面前电脑屏幕上的视频，全部的血色都渐渐从脸上消失不见。视频里罗小男已经意识全无，正被对方绑在椅子上，身上还被缠上了一些类似引线的东西。

这么长时间了，他已经很清楚对方的手段，即使他配合了，罗小男也不一定完全安全，但现在他没有任何的筹码，如果不按照对方说的做，罗小男恐怕立刻便有生命危险。

这些畜生……

罗战将指骨捏得发白，对方只给他两个小时，只有发布了他们要他发的消息，他才能初步保证罗小男的安全。

偌大的办公室里没有旁人，罗战看着视频，慢慢却觉得一阵狂怒席卷上心头。这场噩梦纠缠了他二十年，他一再避让，最后竟然还是将罗小男扯了进去，还是说他一开始就不应该配合这些人……

如海啸般的情绪叫他暂时失去了理智，短短几秒内，罗战将桌上的东西通通推了出去，一时间文件遍地，最后他喘着气瘫坐在椅子上缓了一会儿，伸出颤抖的手捡起了地上的相框。

照片上的罗小男刚刚在国外毕业，戴着毕业帽正对着镜头笑得一脸骄傲。

罗战在静默中枯坐许久，眼前却又浮现出袁丽流泪的脸，最终他捡起翻倒在一旁的电脑，冷静地开始在文档中编辑对方要他发的文字。

他得给罗小男争取时间，之后的事，萧厉和阎非会去救她，这些年轻人的眼里还有他早就失去了的东西。

罗战手上的动作飞快，很快便打好了一整段话，按照对方的要求，他要详细地"告知"外界他是如何因为嫌弃警方的无能，决定自己惩治将宋嘉害死的三个混混，之后却又因为袁丽要告发他，所以又决定杀了袁丽灭口。

罗战甚至觉得好笑，对方已经连他的因果逻辑都编好了，为了增加可信性，还在其中添加了大量细节，这样的说辞放在娱乐圈，简直像是专业的公关公司搞出来的东西。

时间正在一分一秒地过去，罗战打上最后一句："我的良心不容许我再继续说谎，也不能让我的女儿还有她的朋友再为了我做无谓的遮掩。原谅我，没有勇气去面对一直以来支持我的广大观众，我会自己了断，只希望这一切的罪恶也随我而去。"

打完最后一个句号，罗战检查了一遍，设定了时间，发送时间是一个小时后。

他早就输了，但是那不代表罗小男也会和他一样。

罗战合上电脑屏幕，在这一刻竟感觉到无比轻松，他看着照片上女儿幸福的笑脸，竟是忍不住笑了笑。

"你什么意思？"

萧厉在咖啡馆里坐得都不耐烦了，终于等到了阎非的电话，却不是什么好消息，阎非言简意赅："回家拿东西，枪不要拿，把车丢在公寓不要开，之后几天都不能回去，另外把脸遮好，赵统招供只是第一步，对方很可能要反扑了。"

萧厉很少见阎非慌成这样，他不敢托大，立刻便往外走："赵统只是一面之词，杨局就信啦？"

阎非道："不仅仅是一面之词而已，你不是说吗？真的有人给他打了钱，他现在说罗战买凶让他开车撞你，是为了用苦肉计保住你在专案组的位置，毕竟如果你都当街被追杀了，所有人就会相信你是不带私心地在查罗战的案子……现在队里还在查赵统妻女的下落，但看这个拿至亲要挟的做法，不眼熟吗？"

萧厉骂了一句，迅速打了辆车，又听阎非道："你赶紧去查一下龙哥，要注意安全，我们现在没时间了，再拿不到证据背锅的就是我们。"

"你呢？"萧厉听这意思阎非似乎不打算和他会合，不禁觉得奇怪。

阎非沉默了一会儿："我要去看一下罗小男的情况，小唐没有接我的电话，也没有回电话，刚刚我在局里的时候罗小男约我见面，我有种不好的预感。"

萧厉脸色一僵："什么叫作……不行，小男要是有危险我也得去！"

"我们没有时间了萧厉，只能分头行动，如果罗小男这边有事危险性会很大，你来不一定能解决，对方是直接联系我的，多余的人去也会节外生枝。"

"什么叫作危险性很大我解决不了，之前口口声声说相信我的是谁啊？"

萧厉想到罗小男出事脑子就没法正常运转，但此时阎非的声音却坚决异常："萧厉，现在是我们不能连累刑侦局，如果有更多时间，可以和组织上讨论，但是我们现在没有时间了……只能根据推测找到什么是什么，你比我要擅长这个事，而相对的，如果罗小男出事了，我救她更有把握，你也要相信我。"

"……"

萧厉给阎非弄得哑了火，冷静下来想，阎非不愿意连累刑侦局必然已经交了枪和证件，还要为了他去救罗小男，事到如今他实在没有任何立场去和阎非计较。萧厉咬牙："保持联系，都已经这样了，你不能再出事。"

"好。"

挂了电话，萧厉回去匆匆拿上了之前从罗小男家里拿出来的证据，甚至还不等他离开，手机骤然震动了七八下，都是新闻的推送，而当萧厉看清内容后，他的脸色骤然生变。

"突发！知名主持人罗战网络承认犯下命案并意欲畏罪自杀。"

同样的推送出现在阎非手机上时，他刚刚停下车。

这种结果并不意外，赵统既然开口指向罗战，就说明对方做好了准备要让罗战背锅……龙都的行动逻辑正在渐渐浮出水面，不久前他也接到唐浩的电话，说是在罗小男家外被人打晕，而似乎把他打昏的人就是罗小男本人。

唐浩在联系支队之前出于信任先告诉了他这个消息，阎非却知道这绝不会是罗小男的手笔，罗小男没有理由要跑，对方还特意留了唐浩这个警察当目击证人，就是为了造成罗小男自己出逃的假象。

这样一来在刑侦局那边，恐怕他和萧厉就更待不住了。

阎非没有和唐浩多说，只怕之后杨局会让他们做更为难的事。他挂了电话，将车停在了罗小男在微信里所说的烂尾楼外，以他多年从警的经验，罗小男会突然约他在这种地方见面，本身就很不对劲。

他们之前明明说好，绝不会在计划开始后碰面的。

阎非如今交了枪，身上只有刀防身，但这一趟不来也得来。他从烂尾楼堆满建筑垃圾的正门走了进去，几乎一眼就看到，罗小男脸色苍白地坐在烂尾楼最深处的一张办公椅上，坐姿异常端正。

阎非四下望去，偌大的空间里看不到有别人，而罗小男注意到他，发抖的声音发出回响："你总算来了，阎队。"

阎非慢慢朝她走近，发现女人身上并没有任何绳索，但披着很厚的外套，姿势僵硬。阎非心中越发不安起来，罗小男道："我救不了我爸了，你是来抓我的吧阎队长？萧厉蒙了你，是不是感觉很挫败？"

阎非靠近了一些："罗小姐，我没听懂你在说什么。"

罗小男语气生硬："萧厉帮我烧了公寓，但可惜我爸的心理承受能力不行，他撑不下去，我活着也就没意义了，如今事情变成这样，都是我们咎由自取。"

阎非此时已经意识到她在背对方给她的稿子，轻声道："他们人在哪儿？你指给我。"

罗小男却不理他，只是重重地吞咽了一口："你别再过来了！"

她胳膊微微一动，连带着身上的外套都敞开一个角，底下是一个方正又简陋的盒子，罗小男眼眶通红地看着他："陪着我和我爸一起死吧。"

"你……"

阎非猛地睁大眼，他看到罗小男动作飞快地拿出了什么，要躲开为时已晚，一声巨响后，他身子一晃便跪倒在地，抬起手满手是血。

"罗……小男！"

阎非咬着牙捂住伤口，女人走到他面前，这一次，枪口是直接指着他的脑袋的。罗小男脸色惨白，握枪的手指都因为发抖而蜷曲。

"别怪我，阎队。"

14

枪响过后，罗小男胸口剧烈起伏地看着倒在地上的阎非，一小摊血正在他身旁慢慢地散开，耳麦里有人道："再开几枪，确定人死了你才能走，把枪打空。"

罗小男浑身发抖："我现在就算确认了，你们也不放心吧？"

"叫你做什么就做，不要耍花样，别忘了东西随时都能炸。"耳麦里声音冰冷。

罗小男浑身一颤，颤颤巍巍地抬起手，一时间偌大的废楼里回荡着数声枪响，做完这一切的罗小男就像是脱力一般，一下子跪倒在阎非身旁的血泊里，崩溃地哭喊道："已经死了！要我说几遍你们才信！你们自己来看，我没力气了，而且也没子弹了……"

"真是麻烦。"耳麦里传来男人不耐烦的叫骂，"打空了吗？"

"空了，我跟你一起下去。"

"要我说直接一起炸死不就完了，还非要等到看到她老子的尸体才能动手，那得等到什么时候？万一中间再出点什么事情不得节外生枝？"

不多时一男一女快步从废弃工厂外进来，正是之前将罗小男带走的那两个人，罗小男哭得满脸都是眼泪，哆嗦道："他没带人来……"

"还算聪明，要不全尸都留不下来。"

女人哼笑一声，走过来要探阎非满是鲜血的颈子，她手伸了一半，罗小男之前还带着哭腔的声音却忽然变得冰冷至极："那你想留个全尸吗？"

女人心下一惊，转头就见罗小男手中黑洞洞的枪口对着自己，下一秒，她的脑袋几乎是被子弹近距离直接爆开。在女人身后的男人见状立刻转身狂奔，一边跑还一边在手上摆弄，罗小男心知那是起爆器，咬着牙连开两枪却都没中，眼看男人就要跑出废楼，一只血淋淋的手一把抓住罗小男的手腕将枪夺了下来，阎非伸直手臂瞄准，一声枪响后，男人一声不吭便扑倒在了地上。

"只有……这两个？没其他人了？"

阎非疼得几乎说不出话，满头冷汗地四顾去看，偌大的废楼里不见有第三个人影，罗小男此时已经顾不得这些，她咒骂了一声，在他身边跪坐下来："当时绑我的就这两个，他为了完成任务弄开了计时，已经开始动了。"

她撕开身上的棉袄，果真底下灯已经开始闪烁，没有倒计时，他们甚至不知道还有多长时间会炸。阎非勉强直起身去看她身上的装置，从外表判断应该就是用雷管做的土炸药，这种简单的爆炸物他们过去一年当中总要碰上几次，甚至还有工地讨薪不成就用这个威胁老板的，阎非也不是第一次见。

　　罗小男脸色惨白："这线怎么都是黑的，连个红蓝都不分，你不会要剪吧……"

　　阎非因为失血视野都开始模糊，罗小男的第一枪虽然尝试着避开要害，但毕竟不是专业的用枪人员，加上距离太近，那颗子弹到底还是结结实实地打在了他身上。阎非狠狠咬了舌尖才恢复了一些清醒，喘道："不要乱动，对方不是专业人员，这个炸弹很好拆，你记得我说的话，马上照做就行。"

　　罗小男也发现了阎非的情况堪忧，轻声道："抱歉，刚刚我必须要至少开一枪，要不我们两个都得被炸死，他们要拍成视频上网的。"

　　从一开始她就知道，对方因为担心爆炸风险必然是站在楼外，同时也不敢用任何监控设备怕留下证据，自然不会看得太清楚，因此只有第一枪必须要打在阎非身上做个样子，之后只要拿到手机录下枪声，多放两声给对方听，让他们以为子弹打空就行了。

　　罗小男自认为和阎非在这方面还算默契，但糟糕的是她刚刚那枪似乎还是将阎非弄得动弹不得，如今阎非别说拆弹，连站起来都困难。

　　"先别说这个了……听好我说的话。"

　　阎非费力地挪到她面前，罗小男身上的爆炸物是用黑色的大力胶绑在一起的，还能看到一旁露出的雷管，他咬着牙道："马上拆完雷管之后，炸弹就没有起爆能力了……但是必须立刻把雷管和爆炸物分开，一会儿拆下来之后，你要立马带着雷管跑出去，跑的时候托着，不要捏，出了这个楼，挑没人的方向，能扔多远扔多远。"

"这么简单？"罗小男睁大眼，两人都满头是汗，她看阎非像是支撑不了多久了，心一横道："那就赶紧！要不你一会儿昏过去了我就更没救了。"

阎非头晕得厉害，几乎要看不清楚那些连接在雷管上细细的线，罗小男见他盯着看了很久都不动手："喂，你还好吗？"

阎非喘了口气，两眼通红："你这一枪跟直接要我的命也差不多了……"

罗小男看阎非脸上的肌肉因为强撑几乎都绷出线来，她心中又是愧疚又是无奈："你要真拆不了就走吧，去帮帮萧厉，好过和我死在一起。"

"别说话了，我来了就不能让你死，别动。"阎非额头上的汗珠滚落下来落在满是血的手背上，他轻轻地撬起雷管的一个角，因为咬舌太过用力，他几乎满嘴都是腥味，而中枪的腰腹此时已经什么都感觉不到了。

他的状况确实拖不了太久。

罗小男大气也不敢喘，见阎非将整个雷管都抽了下来，最后他割断胶带，哑声道："跑，拿着雷管出去！"

罗小男就在等这句话，脱下炸药后立刻接过阎非手上那节看上去毫不起眼的小东西从废楼里冲了出去，见到光的一刹那，她用力将手里托着的雷管扔了出去，一声巨响后，雷管在远处一块灌木丛中爆炸，起了烟。

罗小男在一瞬间感到晕眩，她用力抽了自己一个耳光，咬牙想，既然这些畜生没能搞死她，之后她就绝不会轻易放过他们。

几秒钟之后，罗小男彻底冷静下来，她回到废楼，发现阎非已经在原地昏死过去，她伸手要扶，却被阎非身上的血沾了满手。

罗小男心里发凉。

这个枪伤，该怎么办。

15

"知名主持人罗战于今天下午在社交媒体上发布消息，称他在十六年前犯下命案，并不希望女儿罗小男再帮他遮掩，甚至透露刑事侦查局也有公职人员涉及包庇犯罪……"

出租车后座上，萧厉将头顶的帽子又压低了一些，广播里的内容相比于网络上的要慢上一拍。早在一个多小时前，就有人在网络上放出了罗小男还有罗战去他家的视频监控，监控被人剪过，前头是他和阎非回去，而后又出现了罗小男和罗战，明显就是要将他们四个一网打尽。

这样的东西不难搞到，但是在这个时间被放出来，无异于一场舆论的海啸，一时间他们四人的名字都在热搜上不说，刑侦局贼喊捉贼这条热搜更是冲到了当天热度第二。

公众人物犯错向来是大忌，更不要说罗战身为法治新闻主持人知法犯法，舆论就更不可能放过他，在大多数"大V"都下场的情况下，一时间罗战几乎变成了人人喊打的存在。

萧厉自诩做过许多年自媒体，对于网络恶评多少已经习惯了，然而如今却发现他过去承受的那些在眼下根本不能算什么。他和阎非的热搜下有一半评论都是要法办他们，而罗小男和罗战那边则更惨些，还有人专门为罗小男开了一个"又当又立"的话题。

刑侦局在半个小时前已经出了通告，暂时将阎非和萧厉停职，但这缓解不了网友的愤怒，甚至还有人怀疑官方是要保他们，出这样的声明只是缓兵之计，也是一种公关手段。

为防止之后进一步连累刑侦局，萧厉将证件和配枪都丢在了家里，他看着外头的街道，还不知道那里有多少人投身于网络上这场舆论战。如今对方能逼着罗战发出这样的东西，必然是因为他们抓到了罗小男，而罗小男此前给阎非发消息则更像是个陷阱，阎非过去会遭遇什么他根本不敢想。

罗战生死未卜，黄海涵没有消息，罗小男和阎非也都下落不明，萧厉拔了手机卡不敢联系任何人，只觉得心底一阵又一阵的绝望上涌。

在这种时候，他应该要做什么。

萧厉脑子里"嗡嗡"直响，就在他看着手掌出神之际，出租车司机将车停了下来。

"哥们儿，现在还没营业呢，要喝酒晚点再来吧。"

酒吧铃铛一响，男人懒洋洋的声音立刻响了起来，去日本待了一年的任泽伟抬头看见萧厉正在把口罩摘下来，神色一僵，气得冲出来就要揍他："你个死小子，我都从这儿辞职几年了，还要和你家属一起祸害我！"

萧厉如今焦头烂额，而后他就像突然意识到什么："什么家属……小男是不是联系你了！"

任泽伟冷哼："老子就文了两条胳膊而已，又不是黑社会！还叫我去找个能上门的医生，要不是以前做保镖的时候碰巧有这样的资源，有个老朋友愿意帮我，老子都要去找兽医了。"

"医生……"萧厉脸色发白，干巴巴道，"小，小男受伤了？"

任泽伟将门锁好，给他倒了杯酒："我看不像，说话中气十足，都不像是要来求我。"

萧厉一口酒差点呛进嗓子眼："不是她那就是阎非了！他们人在哪儿，你问了没有！"

"你傻呀！"任泽伟又抽他一巴掌，"这种事情知道的人越多越不好，你不想想你们现在的处境。萧厉呀，我看你还不如就当个写软文的，平时夸夸火锅店也饿不死，现在弄成这样，你说你图什么？"

萧厉平时的伶牙俐齿这时候全没了，他僵了一会儿，半晌却是一口将酒闷完，感到整个喉管都开始灼烧，低声道："伟哥，我还有要查的东西，这几天恐怕要麻烦你了，之后我一定把我这几个月的工资都进贡给你。"

"你个臭小子。"任泽伟早料到他要这么说，从认识萧厉开始他就知道这人是麻烦体质，叹了口气，"你去后头的酒窖，记住，不要去联系罗小男，平时出入不要从前头走，还好你最近都没联系我，要不我看很快就会有人找上门。"

"谢谢伟哥。"

萧厉来不及和任泽伟多说，如今能查龙哥的只有他了，必须抓紧时间。他一头钻进酒窖，逼迫自己将事情理了一遍，阎非之前说，他们走访的所有证人都可能是对方的棋子，像刘雪甚至还是优秀员工表率，这些人受制于老东家的可能性很高，他们最终将孙龙德推出来，如果这是计划的一部分，那孙龙德恐怕已经凶多吉少了。

萧厉忍不住骂出声，孙龙德是和袁丽有直接联系的人，如果死了，对他们而言是个大损失，到时候就没有关键的人证证明袁丽涉案。

萧厉的嗓子已经因为抽烟过度而嘶哑不堪，但他又点上一根，逼着自己清醒。阎非说他们现在只能猜到哪步是哪步了，萧厉哪能想到最后居然要指望他的"瞎猜"，脑袋里根本就是一团乱麻，他狠狠嘬了两口烟，余光瞥见被他随手丢在床上的 U 盘，那里头都是罗小男收集的有关罗战过去受贿的证据，也是目前他手上最大的一张牌。

萧厉心头一动，龙都直到五年前都还在涉足色情产业，那十六年前的未成年人色情产业后来还在继续做吗？

早在宋嘉案发生之前，周宁的春芽福利院就发生过类似的事件，当年福利院对外的说法是幼童在玩闹中不小心点燃了窗帘，但是如果说，是孩子不堪忍受福利院里发生的虐待所以蓄意点火，一切似乎就能说得通了。

这个事情怎么感觉好像在哪儿听到过？

萧厉眉头紧皱，一旦把这些事跟福利院里可能存在的虐待勾连，那幼童举止出现异常，很可能也意味着福利院本身有问题，给孩子的身心都造成影响。

自从进了刑侦局，他碰的大案一共也没几个，其中只有灭门案跟未成年犯罪有关。

萧厉顺着这个思路去想，忽然记起之前在调查灭门案的时候他们连带着查了近年发生在周宁的未成年伤人事件，其中提到过一次，周宁一家福利院一年前曾经有过幼童刺伤管理员之后坠亡的事，还是林楠去跟的。

鸿心福利院。

那个案子萧厉也有所耳闻，一名十岁男童在刺伤管理员之后跳楼身亡，随后管理员也因为伤势过重去世。事后福利院的院长出面道歉，表明平时他们没有注意到孩子们之间的霸凌现象，并表示在这件事过后，会尽快给福利院里的其他孩子找到好的去处。

萧厉越想越心惊，这个鸿心福利院的情况和他在档案馆里看到的春芽福利院一模一样，而只要在网上稍稍一查就会发现，所有和鸿心福利院有关的新闻都在出事后两个月左右戛然而止。

鸿心福利院里的孩子，最终去了哪里？

萧厉呆呆在原地坐了一会儿，犹豫片刻，最后还是给张琦发了消息。现在刑侦局被外头的舆论所迫，要干的第一件事应该是证明他们的清白，但是这么一来一去太耗时间，等到他们自证清白，恐怕对方早就溜之大吉了。

他们不能就这么等着，要趁着对方有所行动反将一军才行。萧厉渐渐冷静下来，迅速打下了一排字："如果还信得过我，拜托，帮我查一下去年出事的鸿心福利院现在还在不在，当时福利院的股东有没有再投资其他的儿童福利院，把有关这家福利院的一切信息都给我。"

萧厉想了想，又补了一句："真的是人命关天的事……而且是很多条人命。"

16

阎非在将醒未醒的时候听见身边有人在拧水，他迷糊地喊了一声白灵，紧跟着突然意识到面前这个女人是短发。

是罗小男。

"我们在哪儿？"阎非艰难道，他知道自己在发烧，而且烧得温度还不低。

罗小男将冷毛巾压在他头上："在一家民宿，我和萧厉以前帮过他们家老板，不至于会把我们点了。"

"子弹呢？"

"取出来了，我自己干的事当然要给你善后好，医生刚走不久，但是嘴巴严不严不知道。"罗小男过意不去，轻声道，"不好意思呀，我还以为自己避开要害了。"

"你知道就好。"

阎非试着想要撑起一点身子，但四肢都使不上任何力气，罗小男按住他："省省吧，物理降温了大半夜，明天早上应该会下去。"

"从哪儿找的医生？"

"老朋友那儿找的，也不能算是个医生，现在做医疗器械的，你身上中了枪，我们还弄死两个人，后头一屁股的麻烦追着，我可不想再上微博热搜了。"

罗小男将他头上的毛巾扶好，而阎非看了一眼床头的时间，凌晨三点，离他们遇险才过了十个小时出头一点。

女人坐在床边动作熟稔地给一支烟点了火："现在对方要玩的把戏已经很明显了，把我们三个都拉下水，我是暗中要给我爸洗白的孝顺女儿，萧厉是被爱情冲昏头脑一心为我的两面派警察，你是被萧厉蒙骗的刑警队队长，一石三鸟，把我们三个都除掉。"

阎非看着面前这个脸色苍白但神色冷峻的女人，简直和之前在废楼里演戏时判若两人，他皱起眉道："你爸……"

"你昏迷的时候阿姨回信了，说我爸暂时没事，他瞒着保镖想要出去，黄阿姨看到微博上的情况不对，把他拦住了，应该都安全。"罗小男神情这才缓和一点："谢谢你呀，要是没有你妈陪着，我又一下联系不上我爸，简直不知道会出什么事。"

阎非听闻黄海涵没事也松了口气，罗小男又道："阿姨没和我说得太详细，但我听了我爸的语音，他也没想到对方会突然来这么阴的一手，只可惜他们到底还是太贪了，不但要我死，还要拉着你一起。"

阎非如今脑袋里昏昏沉沉，但想起之前的事还是感到一种奇怪的违和感："对方明明手里有对你爸更不利的证据，这些东西一个都不放，为什么？"

罗小男哼了一声："你也觉得像是个草台班子是吧？"

阎非大致把他们查到的有关龙都化工厂的事情和罗小男说了一下，罗小男冷冷道："他们抓了我之后，车的后备厢里还有人，应该是什么人的老婆和孩子，我看应该就是赵统的家人了。事情到这一步，都用这么下作的手段却还没有放出证据，那只能说明一件事，这些东西不在他们手里。"

阎非道："你是觉得这些证据，其实在第三方手里，第三方没有插手？"

罗小男沉思了一会儿："其实很简单，第一阶段是十六年前宋嘉案案发，作为背后的推手，龙都化工厂去找了第三方，第三方给他出了建议和实施办法，两方合作各做一半，袁丽是龙都找的人，但是我爸出事后取得那些威胁性证据的都是第三方；第二阶段，第三方一直和龙都保持联系，但是这么多年威胁我爸做那些脏事的人都是第三方，两方达成协议，在龙都有要求的时候，第三方也会帮忙，例如五年前那次就是；紧接着就是第三阶段，袁丽的尸体被找到，我们开始调查当年的命案，这一次，我们很难从对方的行动里看出第三方帮忙的痕迹，以至于所有事情都流于表面，虽然也有之前的影子，但是存在巨大漏洞，应该是龙都的手笔。"

阎非之前还只是觉得古怪，如今在他们废楼遇险之后便也看得很明白，他们的对手虽说摊子铺得大，但动起手来却没什么经验，也因此烂尾楼里这么关键的步骤，对方居然只来了两个人。他说道："他们可能也是意识到，龙都化工厂这个客户保不住了。"

"有底气直接放弃龙都化工厂，就说明龙都这艘船即使翻了，我们也可能没法从龙都的嘴里知道这伙人的真面目到底是什么，但这也是好事，我们现在只要专心对付一个龙都化工厂就行了。"罗小男面色沉静，半晌却又好笑似的看向阎非，"我们两个现在都困在这里，把查关键线索的活儿交给萧厉，说真的，阎非你放心吗？"

阎非一愣："你难道不相信他？"

罗小男冷哼："话讲得好听，他进刑侦局的时候我让你看好他，不要再让他手上添一道疤了，结果倒好，他手上那是什么？你给我解释一下阎队长？"

阎非淡淡道："那你想不想知道萧厉这次是因为什么才在手上划刀子的？"

"……"

罗小男就知道阎非果真骨子里就不是什么好东西，翻了个白眼："以前他可不敢直接来我家翻东西，阎非你老实讲这是不是你给他出的主意？"

阎非毫不客气："罗小姐，你要这么翻旧账，我好像还没跟你算当年你让萧厉写我花边新闻的那一笔。"

罗小男难得给噎了一下，没好气道："行了，这次我还得谢谢你来救我，之后要我还什么人情，等到完事之后再说。"

阎非扬起眉："我来救你你还冲我开了一枪，罗小男，这不该算两份人情？"

"阎非你还得寸进尺了。"罗小男给气笑了，"老娘长这么大都没这么照顾过人，连萧厉都没享受过，怎么？我前男友给你骗去干活我还没找你算账呢。"

阎非同她吵了两句，末了摇摇头："不说没用的了，你来这个地方开我的车了吗？"

"当然没有，看你们领导对萧厉也好不到哪儿去，当然要防着点。萧厉应该会去任泽伟那儿，他也不傻，不会顶着那张全民公敌的脸在外头乱逛的。"女人叹了口气，"之后打算怎么做？风口浪尖刑侦局应该是回不去的吧。"

"杨局是个注重刑侦局声誉的人，现在回去会让他为难，我们也会施展不开。"

"施展不开？"

"杨局没有叫人来跟我，但是那不代表他就不会查我的行踪。"

罗小男一副果然如此的神情："然后呢？"

"刑侦局找到尸体和炸药自然会查身份和来源，不一定会完全站在对立面上。"阎非看她一眼，女人的脸色在灯光下惨白到透明，"这些都是之后的事，你现在应该睡一会儿，我们俩只能有一个病号。"

"你以为我不想啊？"罗小男皱眉，"还不是因为民宿没有标准……"

她还没说完，阎非眼底已经浮上一丝戏谑："罗小男，你还担心我会占你便宜？又或者你在担心你会占我便宜？"

罗小男又给他噎了一下，说到这份上，她要是再拧巴反倒真跟心里有鬼似的，想到这儿她迅速绕到床的另外一边，动作飞快地蹬鞋上床："你自己别忘了换毛巾，要再烧上去老娘跟你没完。"

罗小男实际已经困得不行，上了床很快便没了声音，阎非见她睡熟，将原本裹在身上的衣服扯下来两件给罗小男盖上，又望向窗外的黑夜。

之后的事情，就要看萧厉了。

17

萧厉几乎一夜没睡，他满心惦记着张琦那边查的东西，可怜的睡眠质量根本没办法得到保证。凌晨三点，在再一次补觉未果后，萧厉干脆坐了起来，决定趁夜再去一趟龙哥的棋牌室，就算孙龙德这个人现在已经凶多吉少，但他也是最能证明罗战清白的人，如果还活着自然再好不过。

萧厉自认为身手不如阎非，但是在警校练了这么久也不至于手无缚鸡之力，现在事情已经到了这种境地，他就算是赌也得赌一把。

萧厉从后门打了辆车直奔孙龙德的棋牌室，他悄然绕到后窗，却发现上次来还拉得很紧的窗帘如今却被拉开了小半，同时连窗子都没有关死，敞开了一条缝，里头漆黑一片，什么声音都没有。

萧厉戴手套攀上了窗子，因为动作没有阎非那么利索，这一下险些直接跌进去，他在黑暗里堪堪稳住身子，只见所有麻将桌都被收拾得很干净，烟缸里连烟头都没有，而在被尘封的冰冷空气里，萧厉很快便闻到了一股不寻常的气味。

他当警察已经有段时间，这样的味道对他来说相当熟悉，萧厉手心出汗，寻着这股恶臭的气味朝棋牌室的里屋走去，刚进卧室，就见孙龙德倒在一团乱的床上，四肢明显已经僵硬了。

看尸瘢情况，人至少死了四五天了，胸口位置还插着一把匕首，血都已经放干。萧厉借着手机惨白的灯光扫了一眼，背后登时出了一层冷汗。

做了警察之后，萧厉自认为枪法不行，也学着带东西防身，之前在阎非出车祸的时候他把随身的刀给丢了，萧厉本来一直以为是太慌乱不知道丢在哪儿，谁能想到最终会出现在孙龙德的尸体上头。

这种状况，傻子都知道对方是想嫁祸给他，萧厉心底邪火直冒，正是无处发泄，背后黑暗里突然有人说道："别动了萧厉，把手放在我能看到的位置。"

萧厉险些给这声音吓得跳起来，回头却见姚建平拿着枪慢慢从黑暗里出来："萧厉，我不想对你动手。"

萧厉心里纳闷，姚建平总不能是早在这儿等他了，疑道："谁告诉你我在这儿的？"

"微博上传开之后，刑侦局官博收到很多举报信。"姚建平性格老实，即便到了这种境地，却还是本分地回答了他，"杨局让我盯着你这边，半个小时前队里收到举报信，因为提供的信息非常准确，所以我就过来了。"

萧厉看着姚建平手里的枪，心里叫苦不迭，论身手他不一定比得过姚建平，现在让姚建平相信他更是天方夜谭，毕竟身后这具尸体身上还插着他的刀。他咬了咬牙："小姚，罗小男的事情并不是外头传的那样，这件事很复杂，有人想要把罗战推出来背锅，如果我们不往下查，真正的黑手就再也抓不到了。"

姚建平紧盯着他："萧厉，我不是不相信你，现在杨局的意思也不是要抓你们回去做什么，只是现在外头传成这样，你们至少要负责对外澄清，否则刑侦局该怎么自处？"

萧厉实在不知道该怎么解释，现在只要跟着姚建平回去，他们一定会丧失查清这件事的最好时机，对方在罗小男和阎非身上一击不成，必然想着收敛爪牙，等到那个时候，是不是又有无辜的孩子要被埋在某处不知名的山头上？

萧厉咬了咬牙，举起双手："小姚，阎非已经受伤了，你知道吗？"

姚建平一愣："阎队他真的受伤了？"

萧厉趁机又向他走近了几步："小姚你想想，我要是大白天来被人发现那无可厚非，我大半夜的来这儿结果还有人专门盯着，特意通知你来抓我，这件事不可疑吗？"

姚建平不说话，神色间似有些动摇，萧厉最后向他走了两步："这件事很快就要真相大白了，但在那之前……"

他紧盯着姚建平的动作，心知姚建平是跟着阎非一步步练出来的，身手虽然好不到阎非那样，但也绝对能算得上是警校的尖子生。

他如今只能赌一把。

萧厉心里默默掐算着距离，见两人离得足够近了，他心下一横，在瞬间暴起，一把抓住姚建平的枪，而就和他想的一样，姚建平的反制招数来得很快，萧厉的反应速度不及，虽是把枪夺了下来，整个人却给姚建平一下按倒在地上，他吃痛道："小姚！你真的要放我走，要不就来不及了！"

"你还知不知道自己是个警察！"姚建平气得声线都变了，伸手要去摸手铐，然而也就在同时，萧厉看清在姚建平身后的黑暗里有个手拿铁管的人突然箭步上前，他甚至还来不及喊，来人便已经拿起铁棍，对着姚建平的后脑狠狠打了下去。

萧厉没想到黑暗里会突然冒出第三个人，如今只能拼尽力气推了一下姚建平，本来对方的铁管会直接砸在姚建平头上，如此一来却只碰到他的背，姚建平被砸得惨叫一声，整个人踉跄地倒在地上，来人见状竟也不管萧厉，又拿刀向姚建平捅了过去。

萧厉心思动得极快，知道要是叫这个人得逞了，只怕这件事最后也会变成是他做的。他猛地上前将对方撞开，刀尖在他身上狠狠划了一下，萧厉疼得闷哼一声，用力拧过来人手腕在一旁的衣橱上狠狠撞了几下，直到那把刀掉在了地上。

"兔崽子是在这儿等着我。"萧厉这下都不用猜，就知道这个人就是一直在这里盯他梢的，之前的窗子也是这个人开的。余光里萧厉瞄到枪就在他脚边，而对方似乎意识到大势已去，见状竟然夺路而逃，萧厉心里揣着一股邪火，捡了枪便不管不顾地追上去。

萧厉在警校里的体能算不上好，如今在肾上腺素的刺激算得上是超水平发挥，眼看那人一头扎进了旁边黑黢黢的小巷，萧厉本来还想追，然而这时他突然反应过来对方真正的目标是姚建平，如果这时候他被引开了，一旦姚建平遭遇不测，那一切就都完了。

萧厉犹豫了几秒，再抬眼男人的身影却已经消失在黑暗里，他咬了咬牙，最终折返回了屋里，对方下手很黑，虽然避开了要害，但是姚建平还是给砸得昏死了过去。萧厉看着床上孙龙德的尸体心乱如麻，正在进退两难之际，棋牌室外却突然传来人声："就是这屋儿，刚刚突然有人惨叫，吓死我了……你们要不开门看看吧？"

萧厉心里咯噔一下，没想到一片混乱里竟然还有人报了警，这种时候要是给带回去他还得再解释一桩谋杀案，等到能再查罗战的案子估计黄花菜都凉了。

现实容不得他多想，萧厉从棋牌室的后窗直接翻了出去，他在黑暗里一路狂奔，直到肺都快炸了才停下来。一片寂静里，萧厉扶着膝盖喘了一会儿，没听到后头有人追来，同时却又觉得有哪里不太对劲。

18

有什么东西硌着他的腰。

萧厉面色一僵，将那东西拿出来才发现是姚建平的枪，之前他从姚建平那里拿来之后根本没有时间还回去，如今竟就这么带了出来。

萧厉脑子里"嗡"的一下，忍不住咒骂了一句，他已经交了枪和证件，又被停职，现在根本算不上个警察，在这种节骨眼上他居然拿了办案刑警的警枪，简直是给自己找麻烦。

萧厉一瞬间丧气得不行，他以前还没觉得自己做事不过脑子，但如今却恨不得把自己脑子挖出来看看，到底是哪根筋搭得不对……想想也知道，这种错误如果阎非在这儿绝不会犯，也就是他才会在一屁股麻烦追着跑的时候还给自己惹了一身腥。

萧厉越想越气，最后竟忍不住狠狠抽了自己一耳光，疼痛让他冷静了一些，很显然对方不可能光是对阎非和罗小男下手，孙龙德这一出就是给他准备的。烧毁罗小男的公寓还算轻，再加上灭口，那事儿就大了，这个尸体被丢在这儿，恐怕就算他不想着深夜去探棋牌室，过两天也会有人将孙龙德的死捅给刑侦局，还是要把他拉下水。

那个时候对方打算怎么做？也让他"畏罪自杀"？

凌晨的风吹得他浑身冰冷，时近五点，萧厉打车回到了酒吧，一头钻进酒窖，几乎浑身都在痛。他给自己草草包扎好伤口，心想他这辈子还没被人冤枉得这么惨过，到现在他才知道，原来之前阎非吃哑巴亏吃得这么惨。

　　萧厉精力已经快到极限，如今却只能逼着自己思考，姚建平信不过他，孙龙德又已经死了，现在该找谁去证明袁丽是当年被派来找罗战的棋子？

　　萧厉手心里满是冷汗，一切希望都在他这儿，然而他现在不但有杀人的嫌疑，还抢了姚建平的警枪。这件事原本就是他连累了阎非，到头来阎非为救罗小男还弄了一身伤，如果他有什么三长两短，到时候自己又该怎么和黄海涵交代。

　　"你真的不知道自己错在哪儿吗？"

　　头痛欲裂之际，耳边萧粲的声音又开始隐约地响起来，而萧厉手边现在什么药都没有，不光如此，之前救过他的人也都不在，他只能靠自己扛过去。

　　萧厉盯着酒窖地板上的纹路，用力将额头抵在指节上，在心里默念着过去大夫和他说的，要在一切开始之前将悲观的念头掐断……他反复告诫自己，然而无济于事，当他的余光扫见那把警枪，挫败感便像潮水一样将他淹在里头。

　　已经来不及了。

　　萧厉重重地喘了一下，开始能听见各种人叫他的名字，他无计可施之下只能狠狠地咬了一下舌头，随着一阵剧痛，他满嘴都是腥味，紧接着下意识地捏紧了手腕。

　　那里还有两道新添的疤。

　　"还有人很珍惜你，也永远都会相信你，你怎么就不明白呢？"

　　"你的命自己不在乎，也有别人在乎。"

罗小男和阎非的声音很快就湮灭在无数噪声里，萧厉微微一怔，看着手腕上的疤……现在如果再在同一个地方倒下，这些人做的事就都白费了，阎非和罗小男救过他，现今就算真的是他做错了，他也得想办法解决之后的事情，去救他在乎的人。

萧厉扣紧了手腕上的伤疤，随后将最后一点没掉落的血痂都撕了下来，靠疼痛让自己彻底清醒。黑暗里，他冷静地盯着新生的疤痕看了几秒，随即利落地将姚建平的警枪插到了枕头下，倒下补觉。

就这么挨到了早上八点，萧厉终于等来了张琦的微信。

和他想的不同，这一次，鸿心福利院并没有凭空消失，只是改了名，现在叫宏信福利院，至今仍显示每个月有固定的善款汇入，同时院内还有十二个孩子没有被领养。

张琦在微信里说，鸿心福利院是在一年前男童伤人坠楼后才改名的，显然是不想让大众过多地关注，然而不同于一般的慈善机构，它从不对外宣传，就连募捐渠道都很难查到。

福利院的善款是从哪儿来的？

九点刚过，萧厉放下手机，离开酒吧直奔鸿心福利院的登记地址而去。

那是离九龙山不远的一处独门独院，距离龙都化工厂搬迁后的新址也不到五公里，一年前的案情萧厉越想越觉得可疑，如果真的是霸凌，那为什么最终刺伤的会是管理员，而不是其他孩子？

虽然孩子不会说谎，但是一旦这件事背后存在集团操控，那这些孩子的证词也可能是大人给的模板和套话。

那些消失的真相，很可能还在那个福利院里。

…………

"所以他是在调查这个福利院？"杨军看着座位上的技术员，"你不要有心理负担，昨晚的事情现在除了那把刀，没有任何证据指向萧厉，郭兆伟看了死亡时间，萧厉极有可能有不在场证明，但我们需要他自己回来做解释。"

张琦叹了口气："按理说这个时候如果他真的心虚，绝不会还缠着我叫我查这查那的，这太容易暴露他自己了。"

"没错，而且杨局，昨晚攻击我的那个人上来就是想要杀我的。"一旁还挂着拐杖的姚建平现在还在后怕，"要不是萧厉推开我，我现在可能已经死了……"

杨军静静听着他们说，心里却想起那日阎非离开前说的那个名字。

龙都化工厂。

"我们现在没有任何不能被推翻的证据可以证明龙都犯罪，但是之后您在调查我们的过程里，很有可能会碰到这些人，那时便是他们露出马脚的时候。"阎非站在他面前平静道，"我离开刑侦局，意味着这件事无论是好是坏，都会变成我和萧厉个人的决定和行动，这对刑侦局有益无害，如果有了证据，我们一定会第一时间回来向您澄清。"

当日阎非交了枪和证件之后的一席话，最终也成为杨军放他离开的原因。

见杨军始终沉默，姚建平以为他仍是疑心，又急道："杨局，萧厉说的没错，他大半夜去孙龙德的棋牌室，仍然有人知会了刑侦局，这件事本来就很可疑，他一定是在紧急事态下才拿走我的枪的。"

姚建平原来只是不认同阎非和萧厉的工作方式，但远不到觉得萧厉会杀人的地步。如今阎非生死未卜，这几天万晓茹每天都要来八楼问情况，有几次弄到眼眶通红，他看得更是不好受。

"还有罗小姐。"这时头上还缠着绷带的唐浩也说，"她是从背后打昏我的，我最后只看清一点她的衣服，其实根本没有办法确定那到底是不是她。"

技术侦查科的小办公室里，所有人都脸色凝重，杨军似是有所察觉，出声安抚道："我说了，现在要带他们回来不是为了定罪，查东西可以，但是为了调查，他们个人付出的代价已经太大……阎非受了伤，萧厉的状况也好不到哪里去，没有刑侦局的协助，他们根本就是独木难支。"

他说罢看向一旁的林楠："这个福利院你们也跟着去看看，如果再碰上第三方袭击你们或者袭击他，要把人抓回来取证，至于萧厉，你们把他带回来，之后通过他，应该能知道阎非和罗小男的下落。"

"可是杨局……"

姚建平还想反驳，杨军却摇了摇头："你们不用太担心，我不至于会因为外头这些人胡说八道就随便对自己人开刀，这件事里头有鬼……"

他想到这两天外头突然暴涨的负面舆论和龙都化工厂，面色骤然变得冷峻："我心里也很清楚。"

19

一阵寒风吹过，萧厉裹紧了身上的衣服，隔着荒芜的街道望向另一边的三层建筑，随着出租车的离去，这一带的路上竟连辆车都没了。

萧厉心下忐忑地往马路对面走去，此时唯一的底气就是后腰里插着的枪。他心里很清楚，像龙都这种规模的企业，除了这种见不得光的勾当必然还有许多其他利益收入，如今在接连失利后恐怕会弃卒保帅，转而将手上现有的把柄销毁。

而这个福利院，可能就是把柄本身。

萧厉大着胆子走到铁门前，发现大门没有落锁，整个院落里更是空空荡荡，只有秋千和弹簧马静静地摆着。已经到了这儿，萧厉心想横竖一刀，索性直接从正门溜墙角进了院子，这个地方四处都是摄像头，但没一个是开着的，他绕到福利院的侧门，从窗口看进去，偌大的空间里竟然一个孩子都没有，像是早就人去楼空。

孩子都不见了。

萧厉心里一惊，这下也顾不上别的，一脚便踹开了本就被草草锁上的门，只见福利院里所有家具都还在，但无论是工作人员还是孩子都不在楼内，而冰箱里还有没有清理掉的残存食物，保质期甚至还没过。

为了确认情况，萧厉上到二楼，所有孩子的卧室门上都有两重锁，不止如此，孩子的房间窗户也都上了锁，从里头根本无法完全推开。

萧厉挨个房间看过去，发现房间里都只留下席梦思和简单的家具，似乎对方有意要将这些孩子存在的痕迹全部抹去一样，萧厉细细检查过所有角落取证，最终在床板下和衣柜内部都发现了一些红色的儿童涂鸦，在手机光照下显得相当狰狞。

之前那个儿童伤人的案卷他还记得，十岁男童是从三楼刺伤管理人员之后一跃而下……按照这个描述，萧厉本以为三楼应该是类似于活动室之类的阁楼，却不想上去之后整个楼层竟被分成数个隔间，每一间门口都装着密码锁，一条长长的走廊经过所有的客房，通向另一头的窗子，至今窗户边还拉着绳子禁止人过去。

一年前警方来走访的时候，不可能没看到这些房间，然而当初房间四壁贴着的软装却没有引起林楠他们的过多怀疑。时隔一年，当萧厉心里带着揣测再来看这些房间，他却本能地发现了很多不对劲的地方。

其中一间纯粉的房间被称作爱丽丝的乐园，四壁都是布满蕾丝的软装，如今已经被洗得发白，其中一些地方甚至也已经掉皮，很像是被人的指甲生生抠掉的。

萧厉伸手摸过那些凹凸不平的地方，暗暗觉得心惊，这是非常小的手掌抓上去弄出的痕迹，而且都在非常低的位置，寻常孩子如果站着玩闹，恐怕根本不会碰到这些地方。

在他来之前，分明已经有人粗略地将这个地方打扫过了，因为窗子紧闭，消毒水的气味至今还浓得呛鼻子，许多地方也都还能清晰看到抹布擦过的痕迹。

在福利院三楼，一共有五六个这样的"活动间"，这些隔间乍一看并没有任何的异常，常人来了也只会觉得是给孩子们准备的游乐场，然而结合迄今为止他们所有的猜测，萧厉却只觉得毛骨悚然。

这哪里是什么主题游乐园，这根本就是主题"娱乐房"。

也难怪福利院要开在这么偏远的地方，那些门上的锁还有院子里的摄像头，并不是担心有人侵入，而是担心孩子们往外跑。

萧厉如今只恨自己的联想能力太强，光是站在这间屋子里都好像能听见孩子的哭喊尖叫，他将所有东西都拍了照，刚下了二楼，就听到楼下传来一些轻微响动："这地方怎么没人了呀？记得之前很多孩子的。"

这是林楠的声音。

萧厉一惊，随即在心底骂了一句，张琦这个丫头，反侦查能力也太差了。

另一人压着嗓子道："还带着执法仪呢，你专业一点行不行？"

萧厉仔细听来人的脚步声，很快发现似乎来的只有林楠和唐浩，看样子杨局也不想对他和阎非动真格的，但是现在刑侦局在被舆论推着走，要是回去了，只怕杨局就更是两难。

萧厉定了定神，慢慢地退回房间，正琢磨着该怎么出去，而就在这时，一只冰凉的手突然从后头一把捂住他的嘴，有人在他身后轻轻说了句"别乱动也别说话"，紧跟着就将他拖进了屋子里。

萧厉听出阎非的声音，又闻到来人身上淡淡的血腥气。他不敢挣扎，就任由阎非将他拽进了屋子，随后罗小男轻轻将门带上，又轻轻对他比了个噤声的手势。

萧厉完全不知道这两个人是从哪儿冒出来的，阎非看上去像是被炸弹炸过一样，萧厉看着他就感觉一股邪火往上蹿，咬牙道："你怎么搞成这样？这群兔崽子弄的？"

阎非摇摇头："没时间了，小唐联系我说杨局要带你回去，他们现在都带着执法仪，不要出声，我们马上带你出去。"

罗小男轻声道："他们知道我们在二楼，但是不确定你在不在这儿，我们带你绕出去，底下的人就当不知道你来过……都取证了吗？"

萧厉点头："孩子已经被转移走了，如果刑侦局来查应该能查出不少东西。"

三人简单沟通了一下便开始慢慢地往楼下走，执法仪同时带声音和画面的传输功能，阎非也不知道之前杨局是怎么和林楠和唐浩交代的，直到三人从正门口溜出去，那两人还在客厅里搜人，像是完全没注意到这边的动静。

萧厉跟着罗小男和阎非跑过街，离得远了，他才敢放开声音问："这么搞不会给他们惹麻烦吧？"

"杨局要是真有心抓你回去，不会不发通缉令，也不会只派两个人过来。"

阎非走快了就开始喘和咳，罗小男一把搀住他："我都说了这个事情我来就行了，伤成这个样子，你的行动能力跟我有什么差别。"

三人一路到了一个街区外的一个荒芜停车场，里头停着一辆车，也是向民宿的老板借的。在车上，三人第一次互相交换了这两天的信息，萧厉惊讶于对方竟然要用这么蠢的方式弄死罗小男和阎非，罗小男冷哼一声，又带着几分歉意看了一眼副驾上闭目休息的阎非："他弄成这样怪我，本来想避开要害的，结果差点把他打死。"

萧厉现在才知道阎非身上的枪伤是罗小男搞出来的，不由庆幸还好刚刚没撂什么狠话，他以前承诺过谁再伤害阎非，他肯定要和那个兔崽子玩完，想想要是在不知情的时候说了，现在大概罗小男也已经把他弄死了。

阎非道："罗战没死，我和罗小男也逃了出来，对方已经败了。"

罗小男冷冷道："这个计划本身就谈不上多缜密，我要是他们的大老板莫贺军，在国外看着他们这些操作想死的心都有了……现在差的就是铁证。娱乐圈传两个人的绯闻口说无凭，但要是能拍到两个人同进同出酒店就不一样了，我们现在身上都不干净，靠我们说，外头不会信的，龙都也翻不了船，除非我们直接拍到他们犯罪，还要抓现行。"

她说着从后视镜里看了一眼萧厉："你刚刚说那些孩子才刚被转移走？"

萧厉道："冰箱里的面包还在保质期，就是前天买的，应该是他们意识到局势失控所以才把孩子转移走，只要能找到这些孩子在哪儿，我们说不定可以直接让所有人知道，龙都化工厂的真面目到底是什么。"

20

三人回到民宿，萧厉看着房间里乱成一团的床铺，心情一时有些复杂，而罗小男动作利索地收拾着地上散落着的纱布和绷带，像是丝毫没有注意到萧厉的古怪神色："你不知道我把他拖上车的时候就跟条死狗一样，还好司机信了我说的话……"

阎非捂着腰清了一下嗓子，罗小男回过头注意到萧厉在盯着床看，脸色登时僵住了，阎非这时淡淡对萧厉说："你放心好了，我就算占你便宜也不会占她便宜的。"

罗小男和萧厉几乎同时翻了个白眼，眼看罗小男恨不得当场上去给阎非两脚，萧厉无奈道："说正事，现在上哪儿去找那些孩子，我们现在可没有刑侦局的资源。"

"有媒体在盯着，现在刑侦局的处境也很两难，杨局可能正在和上级领导沟通，但如果这个时候他们的首要任务不是把我们带回去，会被当成是给我们洗白。"阎非脸色苍白地坐在一边，"一次性消失了十几个孩子，要同时处理这么多人不是件容易的事情。"

萧厉点上烟："我觉得奇怪，以这个龙都化工厂心狠手辣的程度，为什么会放杜峰活着？"

阎非道："他们不知道杜峰发现了桶里的尸体，后头王朔一直在盯着他，得亏了渡山的案子把他扯下水，要不从警察开始接触他之后，杜峰的安全就无法得到保证了。"

萧厉吐出口烟，皱眉道："他们后来肯定有更好的处理这些孩子的办法，至少会吸取第一次的教训，应该不会再用掩埋的方式。"

"不用掩埋……"罗小男抱着胳膊，沉默半晌忽然说道，"那天在车上，他们说要把后备厢里的人丢进焚化炉里。"

"焚化炉？"萧厉脸色一悚，"他们不会胆子这么大，敢直接在化工厂的焚化炉里烧人吧？"

　　　　刑侦局疑似放走疑犯。

　　与此同时的刑侦局三楼，张琦看着热搜上的词条在工位上坐立难安，本来林楠和唐浩查过福利院之后已经有了转机，据说在二楼和三楼都发现了疑似孩子的血迹，也已经通知了检验科的人过去……她怎么都想不到，这才两个小时不到，之前林楠和唐浩两个人放跑萧厉的事情竟然就上了网。

张琦也是到现在才知道，周宁的这些媒体到底有多无聊，竟然真的会有人尾随林楠和唐浩从刑侦局一直到了福利院，发现两人无功而返之后写了篇刑侦局对自己人放水的东西放上了网。这个事情如今像是捅开了马蜂窝，林楠和唐浩如今都面如菜色地站在局长办公室外，听杨局在里头接各种电话给他们收拾烂摊子。

再这么下去真的要发通缉令了，萧厉身上的案子讲不清楚，杨局要想把人带回来，除了发通缉令没有别的办法。

张琦越想越焦虑，早知道干刑侦的难做，但也没想到能多灾多难到这个地步，就在她急得要掉头发的时候，口袋里的手机猛震，她一看险些直接骂出声。

萧厉在这个时候还敢给她发微信。

张琦迅速猫进了洗手间里："大哥你网络2G啊，才通网？知不知道现在都在说杨局包庇你们，都要发通缉令了，你还敢给我发微信？"

对面很快回道"最后一个忙，搞完绝不烦你"，完了还配了一个阎非的表情包。

张琦翻了个白眼："那快说！趁着杨局还没传达什么命令下来，有什么事赶紧的，马上我就要跟你们势不两立了。"

萧厉把他的要求发了过来，这次却没再叫她查什么福利院，而是让她去查一下龙都化工厂底下有几个厂区，最好还能查到哪个厂区现在还有焚化业务。

张琦完全搞不清楚状况，但眼下已经不剩多少时间了，趁着杨局还没发话，她一溜烟回到工位迅速查资料，十分钟不到就，给萧厉发过去，办公室里的电话就来了。

这是他们老大办公室的电话，通常来说只要响了就不会有什么好事。

张琦心里一沉，她知道，果真还是要发通缉令了。

"这丫头手可真快。"

萧厉却已经毫不关心外头的舆论走势，他仔细翻看了一下张琦发来的资料："因为业务扩展，龙都还有一些零散的工厂建在周宁周边，包括两个垃圾焚烧厂，十年前，垃圾焚烧业务公办之后，现在已经废弃了。"

阎非皱眉："我们现在没有时间试错了，如果局里发了通缉令，我们的时间就会更少，必须一次性就找对。"

他转向罗小男："那天那两个人被从车上拖下去的时候，你还看到了什么？"

罗小男回忆道："能看到有很高的烟筒，我看不清楚，但肯定比平房要高，高很多。"

"立北区靠近城中心，应该已经不存在高耸的烟筒了，这种东西只有在老城区那边才有。"萧厉脑子转得很快。

"动用这种大型焚烧设备，如果在城中心的话也过于冒险，赌一把吧。"

阎非要起身，又因为动作急了牵动身上的伤口，咬着牙轻吸了口气，萧厉无奈道："老哥，你都伤成这样了，这种冲锋陷阵的活儿就别亲力亲为了好吗？赶着送死呀？"

阎非一愣："你们应付得了？"

"也不能一直应付不了吧。"萧厉摇摇头，"说相信我真的是讲漂亮话啊？"

阎非道："刑侦局暂时帮不了我们，杨局和上级沟通反应也需要时间，现在只有我们三个，少一个都会很危险。"

他说着又想起身，结果萧厉压在他肩膀上的力气骤然变大了些，阎非因为受伤，竟然一下给他直接按坐了回去。萧厉笑道："好牌要往后头放，我坑你坑得够多了，脸也没这么大，欠不起这么多人情，更不想害死你。"

阎非还要说话，罗小男却看不下去了："又不是生离死别，再弄下去我都快觉得我才是电灯泡了。姓阎的你也别太操心，我们重要的还是取证，足够曝光就可以报警，我和萧厉最近都是风口浪尖上的人，随便发条微博就能吸引全网的注意力。"

罗小男将利害关系摆清楚，阎非却还是放心不下："福利院的后续处理很潦草，如果他们真想直接杀了那些孩子灭口，不会差你们两个。"

"就是因为他们已经狗急跳墙，才不能一把梭哈出去。"萧厉松开手，"只要那些孩子真的在那儿，我一个身上背着案子的人犯吸引来警察不也刚好？重要的是取证和拖延时间，阎非你现在的状况，不如先给我们当后勤吧……不是说杨局那边正在帮我们和上级沟通吗？"

阎非沉默不语，萧厉知道他好操心的老毛病又犯了："我说我欠你的，记着呢阎非。"

"好吧。"阎非这才终于妥协，"不要逞强，我会等信号。"

"说不定都没你出场的机会。"萧厉见他松口，也知道事情经不起耽搁，简单商量了对策后便立刻和罗小男出发了。

走廊上的脚步声渐远，阎非看了一眼萧厉留下的枪，又上微博翻了一下关于刑侦局包庇的新闻。媒体虽然没什么证据可以指证林楠和唐浩放跑了萧厉，却还是用几张林楠和唐浩开车离开刑侦局的照片把这件事说得天花乱坠，甚至拿出萧厉当初进刑侦局的事儿来炒，说是杨军给他放的水，还引发了一片人的赞同。

不难想象，这个时间点刑侦局里恐怕正是焦头烂额，然而即便如此，阎非还是将杨军的微信找了出来，他在脑中过了一下要说的话，随即按下语音键，冷静道："杨局，我是阎非，有个事情想要和您说一下。"

21

"遗书写好了吗？"

驾车前往垃圾焚烧厂的路上，罗小男几次扭过头萧厉都在专注地盯着手机，她笑道："写好了念给我听听，我想知道你把遗产分给谁，我还是阎非？"

萧厉给她逗笑了："我又不是去送死写什么遗书，就是担心那些孩子……"

罗小男道："一次性烧十几个人，这种大规模的作业必须要等到晚上。就算真赶不上，现在过去说不定还能找到一些遗留的证据……这么多条人命，如果真给这群丧心病狂的弄没了，老娘要让这群王八蛋一个都跑不掉。"

罗小男一路飞驰，最终将车停在下城区一片荒芜的平房前，时过境迁，如今这里的居民搬走了大半，工厂也已经锁了许多年了，萧厉指着远处高耸的烟筒："应该是那个。"

罗小男在距离还有一公里的地方便将车停了下来，老旧的焚烧厂是个巨大的水泥盒子。两人到了正门口，一眼就看到了地上崭新的轮胎印，萧厉伸手将女人拉到身后，两人一同溜到了外围的玻璃窗下头。

荒废多年，工厂的窗子上早已有多处破损，起不到任何隔音的作用，萧厉竖着耳朵听了一会儿，很快在一片死寂当中听到了一个男人在说话。

"走。"罗小男确定了有人后立马开始爬窗子，萧厉心想罗小男在某些方面简直比他还适合当警察，而两人就这样循着声音的方向走到一半，那声音忽然断了，不多时就见一个穿着灰色夹克的中年男人从满是灰尘的室内大步流星地往外走，像是去打电话。

"王朔。"等到人走远，萧厉轻声道，"以前是杜峰的上司，这事儿后头少不了他在搅局。"

两人小心摸进刚刚王朔待的房间，只闻到一股呛人的烟味，室内一片昏暗，罗小男绕过一张破烂的办公桌，忽然小声呼喊："萧厉！"

"怎么？"萧厉跟着过去，很快也倒吸一口凉气，只见一个满脸都是灰的小女孩双手都被捆在办公桌的桌腿上，嘴里还塞着东西。

女孩儿呜咽着不说话，看身上似乎还有不少新添上去的伤，罗小男解开紧紧捆在小女孩手上的绳子："没事，我们马上带你出去。"

"怎么只有她一个。"萧厉心中升起一种不好的预感，拿出手机想给阎非发条微信，结果这个地方竟然一格信号都没有，也难怪之前王朔要出去打电话。

眼看小女孩害怕得说不出话，罗小男将她抱进怀里轻声道："我们先出去。"

罗小男想将孩子抱起来给萧厉，然而这时小姑娘却忽然拼命挣扎起来："不行……会死的，别走姐姐，会死的……真的会死的。"

萧厉蹲下身："先别哭，告诉我们谁会死？"

小女孩哽咽了许久才语无伦次道："我是最后一个，他们把……把其他人都带到里头去了，哥哥姐姐，你救救他们吧。"

女孩紧紧抱着罗小男的胳膊，本来罗小男想给她拍一段视频传到网上，但如今不但这个地方没有一点信号。无奈之下罗小男只得转向萧厉："要不你先抱着她出去吧，我进去看看能不能拍到什么证据……你也没带枪，我们俩谁进去都一样。"

萧厉听她说得坦然差点给气笑了："如果其他孩子都在里头，你一个人打算怎么救？要进就一起进要走就一起走，都这种时候，还想搞什么大女子主义？"

罗小男还想反驳，结果萧厉却一下捂住她的嘴将她拖到桌子底下去，萧厉轻声道："救人要紧，之后的事情我来想办法。"

在昏暗的光线下，萧厉的神色少见地冷峻，几乎有点像阎非了，罗小男看得微微发怔，终究还是点了头。

十分钟之后，罗小男和萧厉小心翼翼地绕出办公室，往后头的厂房里走去，两人本想分头去找一下其他孩子在哪儿，却不想一瞬间四周亮如白昼，黑暗的厂房四角点起了灼亮无比的巨型白炽灯，有人在罗小男身后冷冷道："别乱动了，要不我现在就会打爆你男朋友的脑袋。"

罗小男这才发现他们周围不知何时已经站了八九个人，其中有两人拿着枪，不远处的王朔笑道："你们胆子还真不小，竟然真的直接上门了。"

萧厉被枪顶着，冷笑一声："我倒是不知道你们搞化工的还有军火生意。"

王朔扬起下巴，手底下的人上来先来摸手机，罗小男的手机刚被掏出来就被丢在地上踩碎，来人在萧厉身上摸了半天还没找到东西，皱眉道："藏哪儿了？"

萧厉耸耸肩，一副不打算合作的样子，紧跟着他后脑一疼，整个人叫枪托砸得跪下去。罗小男见状怒道："现在警察在通缉他，你们把他打死了准备怎么圆谎？"

又有人上来将萧厉上下仔仔细细搜了一遍，确定他身上没有任何录音设备和手机后，来人狠狠捣了萧厉几下："手机呢！"

萧厉被打得缩成一团，满嘴是血道："还挺聪明，知道我们是做什么的，你们这些丧心病狂的畜生不会杀得只剩外头那一个了吧？"

来人揪着他的领子还要打，这时王朔却止住打手："先别弄了，有问题。"

他让人暂时把工厂里的信号屏蔽器关闭，紧跟着看了一眼手机，发现两分钟前，萧厉发的两条定时微博都已经上了网。他的大号许久没有发过东西，不到两分钟，两条帖子转发已经过了五百，并且在以肉眼可见的速度往上疯涨。

在萧厉的两条更新里，一条讲了他们查到的所有关于龙都化工厂的丑闻以及三人遭到陷害的经过，而另一条则更加直接，只有简单四个字，"我在这里"，附有一个定位，还圈了周宁市刑事侦查局的官方账号。

王朔看微博的这段时间，萧厉的微博转发已经过了两千，而此时离得不远的罗小男心几乎已经提到了嗓子眼，在可能还有孩子存活的情况下，她和萧厉都没办法轻易离开，只能用这种方式来公布真相。

萧厉撑起身子咳道："就算你们利用刘雪跟我们绕了这么久的弯子，我们还是查到了，难道就这样你们还要……"

"证据呢？"王朔冷冷打断他，"宋嘉的案子已经结案了，你说在渡山上挖出尸体，尸体呢？还有鸿心福利院，龙都没有直接投资，只是被骗得每年都捐善款，至于袁丽，那可能是孙龙德的个人行为，你说的这些，证据都在哪儿呢？"

萧厉冷笑："都到这种地步还要装无辜？"

王朔笑着摇摇头："这可不是我问的问题，而是网上这些人问的，你现在没手机看不到是吧，要不要我读给你听？"

罗小男心里一紧，而萧厉咬了咬牙，他们来这一趟就是因为没有证据，如果之前能够拍下那个孩子的视频传上网，这些也不至于会变成空口无凭。

"现在说这些东西转移视线做什么？先把之前罗战的事情交代清楚哇，罗战自己都承认了，公众人物就可以这么搬弄是非吗？"

"之前'七一四案'的时候我就发现了，老把我们当枪使，嘴上吹得那么好听，结果碰到自己的岳父就开始胡扯造谣了是吧？"

"都发定位了，说不定有诈，还是说已经疯了？"

王朔面无表情地读了几条，萧厉正要发作，余光里却见之前被他们救的小女孩迈着很小的步子从门口走了进来。

"你是在等着这个做证据吗？"王朔将女孩手里的手机拿了过去，萧厉注意到，手机屏幕一片漆黑，竟然像是早就已经关机了。

"你……"萧厉在震怒下瞪大了眼。

王朔拍拍女孩的头："做完这些，你应该就可以不用像其他人一样进炉子了。"

22

小女孩身子越发紧绷，眼泪掉个不停。萧厉见状已经明白过来，厉声道："一年前警察找上门，你们也是这么让他们说的是不是？其他孩子呢，还活着吗？"

"你现在还有工夫操心这群小兔崽子？"王朔将女孩推给旁人，又让人将角落里的信号屏蔽器重新打开，"你女人说得没错，现在整个周宁都在找你们，你们也确实不能死在这儿。虽说跟计划有出入，但外头这些人可比你想的要健忘多了，我们可以等风头过一过再把你们弄死。"

他给手底下的人使了眼色，立刻便有人要上来按萧厉，而这时门口却骤然传来一声枪响，对萧厉动手的人应声跪在了地上，捂着膝盖惨叫起来。

王朔没料到门口留了人还会有人进来，慌忙躲到一旁的柱子后头，萧厉见状也管不了那么多了，飞扑向一边的罗小男将她拉到自己怀里去，紧跟着来人两枪又解决了两个人，偌大的厂房里只能听见王朔咬牙切齿的声音："是阎非，他没交枪，先解决掉。"

整个废弃工厂里空空荡荡，萧厉和罗小男所处的位置不好，几乎找不到任何可以做掩体的东西，萧厉无奈之下只能将罗小男护在身后，在对方的威逼下往角落里退了几步，扬声道："阎非，看见灯没有！先打灯！"

"闭嘴！"

来人一枪便打在他脚边，但萧厉的声音就像是给了阎非指引，随着一阵混乱的枪声，角落里的两盏白炽灯应声而灭，王朔气急败坏地说道："他就一个人！你们是干什么吃的！"

他话音刚落，便有子弹落在离他不远的地方，王朔脸色一僵，一把便把小女孩抄在了手里，用刀抵着她的脖子："出来！不然现在我就让她死在这儿，而且最后还得算在罗战头上！"

女孩在王朔怀里抿着嘴不敢哭出声音，萧厉见状咬着牙骂了一句："畜生。"

厂房里安静了几秒，除了受伤的人倒地呻吟，就只能听见王朔在叫嚣："出来！还是说你想看这个女孩和你的搭档死在这儿？"

他用了几分力气，刀锋随即割进肉里，将年幼的孩子逼出了一声绝望的哭喊，这时门口也终于传来一个冷冽的声音："你放开她。"

阎非从厂房的正门跨了进来，手里拿着姚建平的那把警枪，极快地看了一眼萧厉的方向，又冷冷道："刑侦局已经查到了福利院，王朔，你要是现在杀了这个女孩，龙都不可能洗得干净，你的大老板也不可能放过你。"

"……"

罗小男在萧厉身后无声地捏紧了他的衣服，萧厉抓过罗小男满是冷汗的手，轻轻在她手掌里写了几个字。

萧厉冷冷道："真当刑侦局查不出来你们那点破事？孙龙德的死，那个烂尾楼里的炸药，这些东西都是可以查的。"

"那也要看舆论会不会信你们。"王朔冷笑一声，"你们还没发现吗？刑侦局到现在除了通缉你们连屁都不敢放一个！反正都已经这样了，让你们消失就行了，要是找不到尸体的话，应该也不用管什么尸体上的伤痕了吧。"

萧厉心里一凉，龙都做事本来就没有第三方缜密，失去理智后恐怕根本不会去管后果，就听王朔说道："先废他一条胳膊看看。"

阎非脸色一变，还没来得及说话，用枪指着萧厉的男人枪口一抬，萧厉只觉得腰上叫人猛力一推，紧跟着罗小男随着枪响发出一声闷哼，就在快摔倒的时候又被萧厉捞进了怀里，萧厉咬牙道："小男你干什么！"

"你的胳膊留着还有用。"罗小男捂着胳膊脸色惨白。

萧厉见她身上的衣服红了一大片，冲王朔骂道："你到底想怎样？"

王朔冷笑："给你们这些警察搅和的，老子手上多了好几条不该多出来的人命……还敢查福利院发定位。阎非，你最好把枪扔了，这样你们还能多活几天，要不为了赶时间，我现在就会要了你们的命。"

一片安静里，只有小女孩在王朔怀里呜咽不停，半晌只听一声脆响，阎非将手里的枪扔了出去，王朔给手下那帮战战兢兢的年轻打手使了眼色，这些人这才敢一拥而上，将阎非按得跪倒在地。

王朔将小姑娘丢给身旁的人，走过去用刀拍了拍阎非的脸，冷笑道："你爸当年就给厂子添了不少麻烦，结果你也不是个省油的灯。你说这么老的案子，都十多年了，非要翻它做什么？自己找死真怪不了别人。"

阎非被人捣在腰腹的伤口上，整个人疼得直不起腰，闻言却还是咬着牙道："我爸被杀……跟你们也有关系？"

"想搞死他的人多了去了，想搞死你的人也不少，你们父子可真是一样难缠。"

王朔冷笑，拉着阎非的头发逼他抬起头，跟着又狠狠砸在他的伤口上，终究是将阎非逼出一声痛哼。远处的萧厉看不清状况，焦急道："我发了定位刑侦局至少冲着我们会过来，姓王的，你是真的想被抓？"

"有那些媒体在，你们领导恐怕也不会这么轻易就赴你的约，谁叫你们三个就跟烫手山芋一样……就算说实话，别人也要想想接不接得住，在外头反应过来之前，我在这儿陪你们玩玩的时间还是有的。"

王朔的笑声在偌大的厂房里扩散开去，还不等他笑完，原先还蜷在地上的阎非忽然咳了几声："杨局……你都，听见了吗？"

王朔一愣，紧跟着就像是意识到什么，让人在阎非身上搜了一遍，没有手机，却有一只比电子表大不了多少的设备，上头闪烁着灯，明显正在工作。

"你……"王朔认出这东西，脸色几乎立刻就变了。

刑侦局内，执法仪传送回来的图像被投射在大屏上，虽然像素不高，但还是能将画面上男人惊讶的表情显示清晰。站着近二十个人的厅里静默一片，姚建平咬牙的声音清晰可闻，而站在最前头的杨军脸上的肌肉因为愤怒而绷成一片。

"信号怎么会……"

王朔的声音因为电子传输问题断断续续地回荡在技侦的大厅里，

他猛地扭过头去，面容变得狰狞起来，随即执法仪的画面一转，显示出的却是嘴角沾血面色苍白的阎非，躺在地上虚弱地看着上方笑了一下，而下一秒执法仪的镜头便狠狠砸在他的头上。

刑侦局里的视频信号瞬间就断了。

23

王朔的咒骂声响起，萧厉便知道他们的计划成了，他先引王朔露出屏蔽器的位置，然后阎非乱枪破坏屏蔽器，如今信号已经传出去了。

萧厉看准时机，抓过面前枪手的手腕，对着一旁另一个年轻打手的腿开了一枪。

由于阎非将对方大多火力都吸引了过去，如今他们这边只剩下两个人，萧厉一连串动作几乎将在警校里学的所有本事都用上，就地将两个人解决后，他抬手对王朔的方向连开四枪，人群被枪声吓得散开，萧厉看到阎非一动不动地躺在哪儿，脑子一热，径直便往那边冲了过去。

另一个枪手对他开了两枪，子弹擦过他的肩膀，萧厉却像是对疼痛置若罔闻，反手一枪将人放倒，紧跟着下一枪便打在了王朔对阎非举起的刀上。

"把这几个兔崽子弄死！"男人惨叫着捂住手腕，萧厉趁机又对他的腿开了一枪，现场随即混乱一片，王朔气急败坏地大喊，"把他们都弄死！"

不能让阎非在他面前死了。

萧厉也不知弹匣里还有多少颗子弹，但这么一路冲到阎非旁边都打空了。几名年轻的打手似乎被他的气势唬住，一时不敢接近，而萧厉趁机将满头是血的阎非扶起来，试鼻息人还活着，他又喊了两声，却没有得到丝毫的回应。

"站着干什么！把枪拿起来，他们要是不死，你们回去也得死！"

短短几分钟里，现场只剩下四五个站着的人，王朔气得大骂，余光里却瞥见从刚刚起就一直没有任何动静的罗小男正从死去的打手身上摸手机，艰难地用一只手操作，王朔意识到要发生什么，几乎是扯着嗓子喊："先弄死那个女的！"

"你敢！"萧厉厉声道，他因为阎非的伤势攒着一股邪火，半身是血地拿着长刀站起来，"你要是敢动她……敢动他们两个，我马上就把你碎尸万段！"

另一边的罗小男这时把握准时机，直接登录社交软件开了直播。王朔看出她要干什么，这下也顾不上让手底下的人动手了，直接自己去拿枪，而萧厉扑上去和他缠斗成一团，同时远处已经传来罗小男发抖的声音："我是罗小男，正如大家所见，我现在身处龙都化工名下的垃圾焚烧厂里，就在这儿，龙都的人打算将我们……"

她话还没说完，身后骤然传来几声枪响，罗小男条件反射地矮下身子，而刚刚进直播间不久预备看热闹的观众也被这动静惊到，登时有大片的弹幕在左下角滚动起来。

"说起来她怎么还有脸开直播，又来立牌坊了吗？"

"刚刚那是什么声音？"

"枪？"

"是阎非的枪吗，他不是已经停职了，果然刑侦局在保他们吧？"

"你没看到吗，那后头那两个人是在砍萧厉吗？"

有几个眼尖的观众很快在罗小男背后的黑暗里看到了缠斗在一起的几个人影，罗小男似乎是在跑动，整个镜头都摇晃得厉害，评论里便更加热闹了。

"别跑了呀？这么跑看个鬼啊？"

"那个后头的人是不是萧厉呀，阎非呢？"

"他们真的在那个工厂里呀！萧厉说的那些不会是真的吧？"

"别跑了！要直播就好好直播呀！"

无数弹幕滚动着叫人眼花缭乱，甚至还有不明真相的人在给罗小男砸礼物，突然间，罗小男却掉转了屏幕，镜头上出现她苍白沾血的脸，女人厉声道："你们可以不用相信我，但难道还不相信你们自己的眼睛嘛！"

她将手机再次转过去，这下靠得更近了，所有人一下就看到镜头外有个中年人正拿枪对着罗小男的方向徒劳地扣动扳机，很快那人意识到自己在镜头里，猛地低下了身子，而罗小男镜头一转，又照到萧厉正被人按在地上，手里捏着对方拼命要刺下的刀，满身都是血。

"阎非已经受了重伤，下一个就是我和萧厉，除了躲在屏幕后头胡说八道！你们究竟能不能睁开眼睛，看看事实真相到底如何！这难道就是你们要看的公正嘛！"直播间里将近两万人此时都能听见罗小男沉重的呼吸和轻微的哭腔，女人咬牙道，"你们看到了，这就是龙都化工厂的业务负责王朔和他的手下，具体的内容都在萧厉的微博里，如果我们死了，这里的秘密就会被永远埋藏，真相就在这儿，你们自己选择信或者不信。"

她说完将手机丢在了地上，也不顾还有几万人在线，冲上去帮萧厉。如今偌大的厂房里只有两三个人还站着，女孩子哭个不停，剩下的人似乎意识到大势已去，有两个丢下刀跑了，只剩下一个年轻的打手正和萧厉缠斗成一团，罗小男见状从旁捡了把刀，一声惨叫过后，年轻的打手也跟着倒在了一边。

"我叫你留着胳膊也没叫你拼成这个样子！"

罗小男恶狠狠上去把萧厉扶起来，但后者却像是已经意识不到自己满身是血，抹了一把脸麻木地四顾看了一圈，喘道："王朔呢？"

罗小男跟着抬起头，地上横着六七具尸体，王朔却不见踪影，她正想说是不是趁乱跑了，这时萧厉却突然喊了句"阎非"，他在这一瞬间几乎像是没有受伤，全凭本能地向前一扑，在枪响前直接挡在了昏迷不醒的阎非前头。

"萧厉！"

罗小男发出一声短促的尖叫，萧厉身子晃了一下便捂着腰跪了下去，藏身在柱子后头的王朔还想要再扣动扳机，但是警枪弹匣里本身就只剩下一发子弹……王朔见状骂了一句，摔了枪一瘸一拐地往厂外跑去，罗小男起身要追，萧厉一把拉住她："别追了，我们三个……总得有一个活着吧。"

罗小男一摸他的腰，骂道："你跟阎非真是有缘分，中枪都中在一个位置，很快就有人来了，萧厉你坚持一下，别瞎想。"

萧厉咳了几下，嘴里都是腥味："你赶紧去看一下，除了那个孩子，还有没有别的孩子活着。"

"可是……"

"放心，杨局他们很快就会来了，事情到了这一步，市局也不会不管我们的，你再通报一次我们的位置，快去。"

萧厉满头都是冷汗，肾上腺素的作用消退后，他身上的刀伤都开始尖锐地作痛，而腰上的枪伤则更是糟糕，萧厉敢说自己这辈子都没受过这么多伤，要不是罗小男在面前，他几乎疼得就要喊出声。

罗小男拗不过他："我去检查一圈马上回来，孩子多半不在这儿，这个地方只是他们引我们的一个诱饵。萧厉，你答应我不能睡着，千万，千万不能睡着。"

"小男你别肉麻了，否则……按照电视剧的套路，我就死定了。"

萧厉疼得眼前发黑，他怕吓到罗小男，强撑着最后一丝精神和

她说话，好在罗小男并不是矫情的人，得了他的保证便急急捂着胳膊
跑开了。

随着罗小男的脚步声远了，萧厉在冰冷的水泥地上喘了口气，
恍惚想到阎非说他心脏旁边中过刀，还不知道那要疼成什么样。他耳
边"嗡嗡"作响，眼皮却是越来越沉，头上的天空不知从什么时候开
始离他很近，萧厉最后艰难地转过头想要看看阎非有没有醒，却发现
他连阎非头上的血珠都看不清了。

"我就说我应付得了吧。"萧厉喘息着笑了一下，他头晕得厉
害，到最后甚至没有意识到自己已经闭上了眼，"这一次算是扯平了，
阎非。"

24

在一片黑暗里，萧厉一度以为自己已经死了。

熟悉的噩梦追赶着他，叫萧厉一路从暗影绰绰的老房子里冲了
出来，随即梦境的一角刺进一道光线，那是输液杆的金属反光，而
萧厉的视线顺着透明的注射管看向窗外，强烈的日光让他忍不住眯起
眼，这才恍然反应过来，原来自己还在人间。

"你醒了？"

萧厉这边刚刚动了一下手指，靠在床头单手刷手机的罗小男就
抬起了头。

萧厉喉咙跟烧了火一样："别告诉我我昏了一个星期了，又或
者……已经一年了。"

"想什么呢？"罗小男给他倒了点水喂到嘴边，"刑侦局营养可以
呀，要换了以前够你昏一个月了，现在居然一星期就醒了。"

萧厉浑身包得像是木乃伊一样，好在四肢都没什么问题，他躺

214

了一会儿，慢慢想起来他昏迷之前的事，皱眉道："王朔那个兔崽子呢？"

"抓到了，你们领导反应很快，应该是阎非那出之后就立刻和省厅那边开了会，也没管舆论调动了周边的派出所，还好，人没跑远。后来我们也找到了孩子，大多数都还在车上，他们是想把我们处理掉再处理孩子，谁能想到我们三个都是敢死队的。"

罗小男冷哼："还有跑的那几个也都抓着了，最小的一个才19岁，赌博欠了钱，说是必须要跟着王朔干，要不回去就得断手断脚，当时在棋牌室堵你的那个也才21岁。"

萧厉问道："龙都那边是什么反应？"

"当然说是王朔的私人行为，还警告网上不要乱诽谤。"罗小男冷冷道，"这两天微博上都翻了天了，现在就等着王朔开口了。"

"什么叫作只要王朔开口？"萧厉昏沉的大脑此时慢慢恢复清明，震惊道，"我都昏了四天了，王朔还没开口？"

罗小男摇摇头："嘴巴很牢，而且还有一点很奇怪，王朔在几个月前和老婆离婚了，女儿也跟着他老婆，但是现在完全联系不上他家人。"

"你是说他和赵统的情况……"

"现在还不好讲，但是这个事情龙都不可能洗得白。"罗小男轻声道，"我也把我爸那些证据都交给刑侦局了。"

萧厉一怔，他本以为罗小男可能做不到这件事，结果没想到这个女人就这么轻轻巧巧地在他昏迷的时候把事情给办了……萧厉一时不知该说什么："小男，你都想好了？"

"因为黄阿姨在那边，刑侦局看在阎非的面子上，没有再派人去。"罗小男脸上看不出什么情绪，她像是不愿意多说，摇摇头道，"先不说这个，这件事其实总的来说解决得还不错，除了……"

萧厉对上女人欲言又止的眼睛，突然意识到，打从自己醒来之后，罗小男从头到尾都没有提过阎非的情况。

晚些时候，在萧厉的再三要求下，他终于得以坐着轮椅去了一趟对面的病房。罗小男推着他穿过走廊，守在门口的唐浩一见到他，腾的一下站起身，就差没给他鞠躬了："萧厉哥，实在抱歉！"

萧厉看出年轻的刑警脸上堆满了愧疚，心想阎非执法仪的那出直播估计把队里吓得够呛。他们当时虽然猜到了对方可能有埋伏，但也没想到王朔会下作到用信号屏蔽器这种东西，本来以阎非的枪法，如果不需要打空那几枪迷惑对方，让王朔失去对信号屏蔽器的关注，一开始应该能解决掉更多的人……这样他也不会被弄得这么惨了。

说到底，他们的计划成功也纯属运气好，但凡王朔提前发现屏蔽器被打爆，他和阎非就只能和对方硬刚了，萧厉想到这儿摇了摇头，笑道："行了，要不是你和林楠有良心，在福利院放我一马，说不定那些孩子都救不回来。"

"可是……"

"别废话了，让他进来。"

病房里传来阎非不冷不热的声音，唐浩闻言赶忙给萧厉让出一条道，罗小男推着萧厉进去，就见阎非头上连带着眼睛都缠着绷带，正在听电视里的新闻："醒了？"

萧厉将阎非打量了几个来回，本来没见到人的时候他都已经开始想象阎非在街边拉二胡了，结果这么一看，除了眼睛被绷带缠了和平时也没什么区别。萧厉松了口气："果然武功再高也怕菜刀是句真理，怎么每次安排都是你伤得重，阎非你是有这种体质是不是？"

罗小男笑道："你也别说他，你俩伤得半斤八两，那天在医院还以为要双双殉职，你们手底下几个小朋友都要哭出声了。"

萧厉让罗小男把自己推得近点，伸手在阎非面前晃了晃："一点都看不见了？"

他话音刚落，阎非一把抓住他的手腕，用了点力气萧厉就开始嗷嗷叫唤，阎非凉凉道："有些事情不用看见也能做。"

萧厉心想阎非果真只是瞎了不是傻了，好不容易把他铁钳一样的手甩开，没好气道："就你这样以后准备怎么办啊？"

"刑侦局又不是没人了，很多事情不需要我亲力亲为，正好歇一歇。"阎非语气平静，甚至还自己摸索到水杯喝了口水，"房间里现在有谁？"

萧厉道："就我，小男，还有唐浩。"

"好。"阎非淡淡道，"小唐你先出去，别让人进来。"

唐浩很快照做，阎非听到关门的动静，又说："王朔还没开口，我们也还没完全洗干净，得想办法一次性堵住所有人的嘴。"

萧厉一愣，看着自己被裹得像是木乃伊一样的腿："就我们俩现在……"

"你傻呀！就是要现在，趁热打铁。"罗小男直接没好气地打断他，"一看你就没有阎非会卖惨。"

萧厉反应过来，都说会哭的孩子有奶吃，他们虽然不能这么明显地卖惨，但阎非现在的状况是个明眼人都能看得明白，只要想办法把自己弄到媒体面前……

阎非好笑道："你坐轮椅有点过，养两天，到时候想办法弄出点曝光吧，之前你没醒没法说，现在既然醒了，就要把这个事情提上日程了。"

萧厉听这意思，阎非打这个算盘已经有一会儿了，他原本还觉得阎非原来这么精干一人现在两眼一抹黑多少会有点难受，结果没想到阎非转头就开始拿自己的失明当枪使。萧厉简直甘拜下风："你可真行啊，阎非，根本不把眼睛当回事，你就不怕之后一直这么瞎着吗？"

"大夫已经说了，治疗得及时，他其实不是完全看不见，只是现在不见光比较好才缠上的，之后视力会慢慢恢复。"罗小男替阎非作了回答，又叹了口气，"你别瞎操心他了，阎非手底下的小朋友说你这下一次性把五年份的工伤受了个全。你们领导也来看过，好像也没想到你能这么超水平发挥，还表扬你来着，说这次虽然单打独斗逞英雄不对，但是到最后知道让阎非联系刑侦局，和组织上商量，还算是懂点纪律。"

萧厉心知罗小男是在安慰他，但如今阎非这个情况，他心里总归都横着口气，皱着眉没接话，罗小男见状没好气道："喂，有些人脑子里又要开始打结了。"

"内疚啊？"阎非闻言扭过头，像是早有预料，直接把手边的电视遥控器递了过来，"内疚就帮忙换个周宁新闻台，正好我眼睛不行，你手脚能动。"

萧厉原本正沮丧，听到最后心中却莫名有种不好的预感："你不会是……"

"不要有负罪感，在我妈回国之前，我总不能委托你女朋友照顾我。"

阎非话说得十分坦然："怎么样，帮个忙吧，室友？"

25

"你说我们该怎么讲？"

两天后的傍晚六点，萧厉坐在阎非床边敲电脑，时不时就要焦虑地咬一会儿指甲："我们没有立刻上报罗战的事，到底该怎么讲比较能让人信服？这次的案情这么复杂，案情通报上头总得交代吧。"

阎非剥着橘子："实话实说。"

萧厉就知道他会来这句，没好气道："那我们明知道罗战身上背着这么多事，在周宁做了十几年黑公关，知法犯法我们还让他跑出国，这不给外头骂死？"

阎非给他递了一瓣橘子："既然没做亏心事，最好的公关就是说实话。"

"你忘记前两天自己在微博上挨过的骂了吗？我可是挨个都看了，你那些小迷妹给你到处澄清都没人看。"萧厉想到三天后就焦虑得不行，从根本上，他们吸取了"七一四案"的教训，但如果把这件事放在台面上，那岂不是默认了刑侦局的行动是受媒体所摆布的？

萧厉越想越不对头，删掉了两行字："不行，显得刑侦局太被动，我们全程都是被人牵着鼻子走。"

阎非道："刑侦局已经被舆论和媒体绑架太久了，杨局自从坐上这个位置就一直瞻前顾后，这种局面也该有所改变了，这就是最好的时机。"

"但是我们也在拿舆论当枪使，你忘了袁丽的案子一开始是我们靠舆论硬生生催杨局接的吗？还有罗小男用舆论保我们的事，你也打算直接讲出来啊？"

"萧厉，你从小就这么耿直吗？"阎非好笑地扭过头来，"无论是袁丽的案子还是罗小男出来捧我们，最终的热度都是公众给的，这是舆论自我选择的结果，即使无人导向也一样，就像你考了一百分，会强调是老师的功劳吗？"

"你口气倒不小。"

阎非说完，罗小男提着饭进来，听到最后一句还是忍不住笑了，而萧厉本想也找罗小男商量一下，然而罗小男却不等他说完便摆摆手："你们刑侦局的事情，我一个外人看总归不合适，再说从我把证据交给刑侦局的时候就已经做好心理准备，你们说的总不会比外头那些下三烂的媒体更难听了吧。"

萧厉看着罗小男脸上故作轻松的笑，一时好像心底噎着一块儿，整个病房里安静了几秒后，罗小男叹了口气："行了，你俩写这个我在旁边也不好办，我出去买点水果，一会儿再回来好了。"

她说着便径直推门出去，留下萧厉坐在那儿不知所措，阎非这时候好似压根没失明，伸手推了他一下："做不下去就追。"

萧厉这才如梦初醒，他在电梯间追到罗小男，不由分说将她扯上了天台。白天这儿偶尔还有康复期的病人，如今太阳落山，长椅上空无一人，萧厉呼出口寒气："小男，你心里有事不要再瞒着我了行不行？我又不瞎。"

罗小男看他冻得哆嗦，上去将他的衣服拉链拉紧："怎么，我们又没复合，凭什么什么事儿都要和前男友说的？"

"……"

萧厉给她噎得面色一僵，罗小男看着他这样又笑："我没瞒你，我挺好的，丽丽，我爸之前对我说，他的路已经走完了，但我的才开始，他在欧洲的杂志还有视点，我都必须要接过来才行……萧厉，恐怕我还是得再当一段时间你的前女友。"

萧厉怔怔地看着她，明白过来罗小男是要跟他说什么："小男你……"

罗小男往楼层边缘走了一点，在楼顶的冷光灯下看着他笑了，眼角发红："这次我没有骗你，真的是因为工作，我好好想过了，以我们俩现在的状况，外头都会盯着我们曝光，得要过一段时间。"

她说到最后惴惴不安："萧厉，你还愿意等吗？"

几天后。

在周宁市刑侦局发表了将近三千字的详细案情通报后，萧厉挽扶着阎非下车进入刑侦局的镜头被堵在刑侦局外的媒体抓拍个正着。

将近十天前，罗小男那一出惊爆眼球的直播这些天叫人翻来覆去地看，网友从中又挖出了许多细节，包括罗小男手臂受伤、萧厉身中数刀浴血，还有阎非重伤昏迷……因为后期刑侦局又在龙都化工厂业务经理王朔的车里发现了失踪的福利院孩子，舆论转向转得彻底，甚至许多之前刚刚对三人转黑的人，转黑的微博都还没删掉，就又开始"心疼"了起来。

如今就像是为了印证之前网友的猜测，阎非和萧厉直接出现在了镜头里，而两人的身体状况明显都算不上好，阎非眼睛上绑着绷带，萧厉在身体露出部分也有多处的伤，很显然，这些日子在网上流传的两人在救人过程中受了重伤的传闻属实。

"我说，咱们这是不是也太做作了，明明有地下停车场，还非得停在地上。"扶着阎非走进刑侦局大厅后，萧厉远远看了一眼外头还在不死心抓拍的媒体，笑道，"阎非，你是看不见，但外头好像过年一样，我俩真实火了，以后要是不干这行咱俩不如搞直播带货，可赚了。"

"做这行能善终的不多。"阎非淡淡道，"你还没抓几个人，等你再干两年，出门买包烟都能碰到想弄死你的人。"

萧厉闻言打了个寒战，而这时姚建平从楼上下来："拍摄的人都准备好了，杨局也在，头儿，你现在……身体可以吗？"

萧厉心想这一出就是阎非申请的，他怎么可能会不行，按道理寻常一线刑警很少会公开接受媒体采访回应舆情，但这次事情毕竟闹得太大，就和之前的"七一四案"一样，阎非不久前直接和杨局申请了这个机会，一来是希望可以直接回应外界的一些谣言，二来也是想要改变刑侦局在媒体面前被动的局面，希望能给全国起到一个表率作用。

"既然我和萧厉已经被抬到了这个地步，那不如丑话都交给我们来说。"不久前阎非直截了当地将这些话放上了台面，"就算出了通报，也不会有多少人知道造谣的后果……我们不能每一次都和这些媒体斗智斗勇。"

萧厉也不知道为什么杨军会同意阎非的请求，但如今报告打上去，省厅那边的领导也同意了，似乎也想借这次机会扭转周宁市刑侦局多年来在舆论上的劣势，因此特意邀请了周宁新闻台来局里做这次的专访。

"你倒是好。"走在路上，萧厉想到马上自己就要上电视了心情难免有些忐忑，"自己揽的活儿，结果说话的全是我。"

阎非淡淡道："我现在走路的主导权都在你手上，你说为什么说话的人是你？"

两人在姚建平的指引下走进了专门空出来的会议室，电视台的人都已经准备就绪了，给两人简单收拾了之后，萧厉和阎非双双端坐在了镜头前。

稿子一早就给杨局审过，主持人一板一眼地问着问题，而阎非也丝毫不绕弯子，单刀直入地说了几个外界最关心的问题后，他将剩余的部分留给萧厉。萧厉心知这不同于他之前经历过的任何采访，清了清嗓，开始对着镜头说明整件事的来龙去脉……这段话他练习了无数遍，如今讲起来连一个磕巴都没打，在说到为何要放罗战出国时，萧厉只用了"舆论影响"四个字来概括。

主持人问："现在是自媒体时代，许多人都说司法和舆情是分不了家的，萧警官，今天接受专访，还有什么想对媒体同僚说的吗？"

萧厉深吸口气，在一年多以前，他也听阎非说过这样的漂亮话，没想到现在就轮到了自己，一时间最近发生的种种都浮上他的心头，他笑了笑："众所周知我过去也做过媒体，我本人很清楚其中的利益和把戏，因此我在这里由衷地希望各位媒体朋友，在每次在网上发出任何一篇报道的时候都要问问自己，按照你们的逻辑，案子是否能破？真凶又是否能够抓到？罗战涉案不假，但他做了什么没做什么，我们都要查清楚，而不是囫囵把整个帽子往他头上扣，这不是我们该做的事，也不是你们该做的事。"

偌大的会议室，萧厉的声音像是一把刀，将沉默破开："我想说，案子不是靠说就能破的，无论有多少张嘴搬弄是非，事实就摆在那里，容不下任何人一丝一毫的造谣。我们希望舆论和公众来监督我们的工作，但是，诽谤和造谣终究是要付出代价，我相信看到这段采访的各位也应该能明白我的意思。"

26

"现在你说，该怎么做？"

一片死寂的室内，西装革履的中年男人面色铁青，这两天来，国内传来的消息无一乐观，甚至至今阎非和萧厉的名字都还挂在热搜上。男人在黑暗里看着手机屏幕的荧光，手指越捏越紧，最后几乎要把手机捏得裂开了。

龙都化工厂在他手里平安无事了快二十年，如今却要给这两个毛头小子彻底捣毁，明明十六年前就解决得很顺利，为什么这一次会出这么大的岔子？还是说，如果不花这个"公关"的钱，事情就真的无法被摆平。

电话那头传来一声轻笑："老朋友，我早说了，如果不按照我说的规矩来做会出事。以前我帮你攒了一手好牌，结果给你的人打得稀烂，莫老板，跟头栽得可有点大呀。"

"少说风凉话。"莫贺军咬牙道，"要多少钱赶紧开口，现在没时间和你绕弯子。"

电话里的男人又笑:"现在我也有曝光的风险,姓罗的可是把我一起点了,我的人得避避风头,所以这次的事情还是得靠莫老板你自己解决。我可以给你出主意和方案,但是,这次可不要再随便坏规矩了,你看,以前我俩好好合作的时候,棋子布得很好,这次就算姓王的被抓了,他也牵扯不到你。"

莫贺军冷着脸:"钱我给得起,但是这次的事情得压下去,福利院保不住,但是也不能再牵扯下去了。"

"你现在还妄想着保住你那些客户?"电话里的声音淡淡道,"莫老板,栽了跟头就要有这个觉悟,你现在已经是粘在板上的壁虎了,想跑,就得断尾,这次罗战的事我手上那些客户也保不住,我也得断尾。"

莫贺军将牙齿咬得咯吱作响:"你手头不是有罗战的把柄吗?怎么不放出来?王朔难道没联系你的人?"

男人像是给他逗笑了:"这种东西在这时候放出来,不就坐实了真的有人在胁迫他了吗?莫老板,你不会是急傻了吧,这种低级错误都能犯,再说了,你也太小看阎非,他本来就不好对付,加上萧厉,你还指望用你那点招让他翻车?"

"那现在怎么办?"莫贺军是个生意人,事到如今也只能及时止损,压着火气道:"难不成要我跟警察认?"

"当然不是,你认了我怎么做公关?"男人笑笑,"但我要把丑话说在前头,闹出这种事,已经没人会相信你了,龙都翻不了身。我只是个做公关的,不是神仙,这次你不听我的话捅出这么大的娄子,我能保住你都算是烧高香了。"

"……"

莫贺军拳头捏紧到青筋暴起,他自然也很想要电话那头人的命,但可惜从当年第一次通话开始，他到现在也没见到过这个所谓"公关公司"老板的真面目。

男人道："老规矩，钱打到账上，我给你详细的步骤，切记，这一回要听话。"

莫贺军冷哼："你不要得意得太早，小心我也把你点了。"

"莫老板别说笑了，你知道做公关的人像是什么吗？"那人像是听到什么莫大的笑话，"我们这种人都像是泥鳅一样，我就算落在你手里你恐怕都抓不住，就更别说现在你连我的影子都没碰着。你看我那么多的客户给罗战捅出去了，我也没有担心，咱们是良性合作关系，犯不着把自己坑进去再来坑我，是不是？"

莫贺军咬了咬牙，现在想想，多年前对方主动来找他可能就是一个套，继而又要帮他解决宋嘉的事，也不过是想利用他的资源将罗战的把柄握在手里。当年他们一分不要，只要走了罗战所有涉案的"证据"，本来这些东西都该能在这次的乱子里帮上龙都。

莫贺军实在不想再和男人讲下去，挂了电话不到三分钟，邮箱里来了新的邮件，那是一个银行账号，要的金额也是往日的将近三倍，说是趁火打劫也不为过。他面色铁青地盯着那封邮件看了一会儿，视线转回手机，和龙都有关的热搜至今都挂在前三，他也已经接了国内七八个电话督促他回国接受调查，加上股市大跌……

莫贺军恶狠狠地点上一支烟，叫了门口的秘书进来准备好相应的钱款，现在弄死罗战也没有意义，让他去刑侦局招供指不定还能捅这个公关公司一刀。

办公室里安静许久，最后莫贺军一拳狠狠砸在桌上。

"我早晚，会让这两个小兔崽子死在我手上。"

"头儿，你要我查的王朔的账户，技术队那边都给反馈了，那笔给鸿心福利院的账是王朔借用他堂弟的公司转到国外，再从国外打给鸿心福利院，涉及外企，恐怕至少得要一到两天。"

经过几天的调查，姚建平在病房里简单同阎非汇报了关于龙都化工厂的进展，他们现在已经联系到了龙都的大老板莫贺军，莫贺军也做出了保证，对王朔行事并不知情，并答应会在几天后回国配合调查。

罗战回国在即，萧厉到电视台去找当年袁丽给罗战的信做物证收集去了，这两天他忙得像个陀螺，马上还得为了袁丽的案子再去一趟普西见杜峰。相比之下，阎非因为眼睛的状况日子要清闲不少，他安静地听姚建平说完："龙都董事会情况呢？查过了吗？"

"查了，但是王朔的级别远低于他们，只是业务执行负责，王朔手上还有两个小的公司，分别是龙都塑胶和龙元化学，这两家都算是王朔私营的。"

阎非道："要查清楚莫贺军和王朔有没有私下的联系，这个事情龙都已经做了将近二十年，早期还涉及非法放贷和故意伤人，莫贺军不可能完全不知情。"

"好，总归王朔现在在我们手里，这几天小唐和林楠正在着手调查他名下的房产，应该很快会汇总发现新的物证。"

"他的妻女呢？找到了吗？"

"没有，似乎下落不明有一段时间了。"

阎非皱起眉，之前那个撞萧厉实施嫁祸的赵统也一样，但是赵统是带着任务来的，现在因为在焚烧炉附近找到了妻女的尸骨也已经改了口，相较之下，王朔却已经是在做困兽之斗了。之前绑架赵统家人应该就是王朔下的命令，他应该比任何人都知道，事情暴露之后会付出怎样的代价。

正在阎非陷入沉思之际，姚建平惴惴不安道："头儿，你不急着休息吧？"

阎非虽然看不见，但心知肚明姚建平要说什么，率先说道："之前的事情你不要太有心理负担，形势所迫罢了，萧厉也没怎么怪你，这种事情保持自己的独立思考是对的。"

姚建平心里愧疚得发慌，这回阎非和萧厉重伤，直到万晓茹匆匆赶过来，姚建平才从她口中知道渡山案的前因后果……姚建平现在只庆幸自己在最后选择相信了萧厉，要不如今恐怕他都没脸再见阎非了。

"小姚？"阎非久久听不到回复，又叫了他一声。

姚建平深吸口气："对不起头儿，确实是我对萧厉有成见在先，差点……"

"做刑警本身就应该要多疑一些。"阎非语气淡淡地打断他，"我之前跟杨局说过二队的事，你当副队当得也够久了，我该带带别人了……下次火锅一起去吗？"

姚建平心知阎非是在给他台阶下，叹了口气："下回该我来请了，还有萧厉，还欠他个道歉呢。"

"等当上二队的队长再说吧，你现在拿得也不比萧厉高多少，他要是狮子大开口，我怕你请不起。"

"是！"

27

两天后，罗战回国，几乎立刻便被请到了刑侦局，整个刑侦局严阵以待，在五十米开外就拦了线，然而即便这样，也还是阻拦不住媒体的疯狂追堵，直到警车驶入地下车库前的最后一刻，都还有人远远拿着长焦镜头和手机拍摄不停。

为防止意外发生，跟着他们的还有两辆警车，最终七八个人护送着罗战上了楼，直到进了审讯室，罗战才发现坐在对面的竟然还是阎非和萧厉。

两人如今身上的绷带连衣服都遮不住，罗战看着叹了口气："抱歉，给你们惹出了很多麻烦，这次要不是为了我这个事，也不至于弄成这样。"

萧厉摇头："我们求的是一个真相。如今王朔虽然没有招供，但是我们在王朔一处宅邸里找到了你之前说的血样还有指纹，包括十六年前在火场里的相关影像资料，东西在王朔的保险柜里，上头也只有王朔一个人的指纹。"

罗战一愣："但是他应该并不是……"

"王朔没有开口承认那就是他的东西，他的老板莫贺军会在两天后回国接受调查。"萧厉淡淡道，"这次请你来刑侦局是希望你将之前私下同我们说的话再说一遍，会以笔录的形式进行全程的记录。"

"好。"

罗战闻言毫不犹豫地便开始了讲述，他是主持人出身，讲起话来条理清晰，词调甚至能说得上优美，陈述了将近二十分钟后，罗战道："就是这样，得感谢你母亲，要不现在可能已经让对方得逞了。"

阎非淡淡道："罗先生，你现在身为案子的重要证人，我们自然要保证你的安全，这一次请你过来还有几件事要向你核实一下，方便之后的调查。"

萧厉随即从手中的文件夹里拿出两张纸，一张是复印件，而另外一张是老式的薄信纸，两张纸上的字迹截然不同。萧厉道："这两张纸，罗先生你可以先看一下，你当时收到的那封袁丽的来信字迹更接近于哪一张。"

罗战凑上前看了一眼，很快目光就落在那张复印件上："她的字没这么好看，所以应该是这张。"

"为什么这么确定？你见过她写字？"

"她之前被她前夫家暴，我知道她的手指受过伤，所以字写得不好看。"

萧厉沉默了一会儿，又道："罗先生，你再好好看另一封信。"

罗战茫然地看向那张薄薄的信纸，却发现上头写的东西竟然也是宋嘉案的相关内幕，他的脸色随即变得苍白起来："这……"

萧厉淡淡道："这是我两天前从电视台仓库里找到的，又或者说，这个才是真正来向你求助的人。你认识的那个袁丽，生前是当时龙都化工厂监工头子孙龙德的情人，因为丈夫欠债和孙龙德发生了关系，同时也是你的粉丝，也正因为这一点，后来你在节目上有意欲曝光宋嘉案的黑幕时，孙龙德便受他的上级指使，让袁丽来找了你。"

罗战睁大眼："这么说她岂不是从头到尾都不是……"

阎非道："没错，她和真正想要揭露宋嘉案内幕的，所谓宋嘉母亲的朋友是两个人，这个开始给你寄信的人在信中提到了住址，我们也确定了她的身份。宋婉秋，是宋嘉的母亲过世之前的邻居，我们去找她的时候，宋婉秋也已经失踪十六年了，事实上就在她给你寄出那封信之后，她就失踪了。"

罗战浑身一震："所以从一开始……"

"从一开始，袁丽就和真正的爆料人掉包了，想必有人发现了她要找你曝光，所以干脆将计就计。"萧厉直视着罗战，"不光如此，你还记得王玲吗？当年你的助手，她在前不久辞掉了电视台副主任的工作，去了国外。罗先生，为什么宋婉秋的信没有到你手上，但袁丽的到了，这件事你有想过吗？"

罗战听到最后一句整个人如遭重击，阎非道："可以合理怀疑，她在发现我们追查到十六年前的信件时便已经意识到了危险，所以才潜逃了。"

"可是……小玲那时候才刚刚进电视台。"

"就是因为她一进电视台就去了你那儿当助理，这件事才值得怀疑，我们认为有人早就想要找你的麻烦，甚至在宋嘉案发生之前，他们就已经盯上你了。"萧厉淡淡道，"王玲的事情虽然还没有办法确定，但是袁丽确确实实是一枚被刻意放到你身边的棋子，你在火场被击倒也多半是出自她的手笔，之后孙龙德因为两人私通的关系，没有将本该被灭口的袁丽灭口，将她放在渡山软禁。"

罗战听到最后脸上已经连一丝血色都不剩，萧厉抬头看了一眼角落里的监控："罗先生，这就是我们要和你说的第二件事，袁丽的死，我们现在也已经有眉目了。"

审讯室里死寂一片，罗战张了张口，没能说出话来。

萧厉推过来一张孙龙德当年入狱时留下的资料表："当年软禁袁丽的孙龙德因为非法放贷和故意伤人被抓，他出事的时间和袁丽在渡山被人目击的时间一致，当时袁丽应该打算搬离渡山，就是在这个时候，她碰到了凶手。"

他紧接着又推过来一张照片，是袁丽的尸体刚在渡山被发现时的现场照片，将近十年过去，袁丽早已变成一具白骨，颅骨上肉眼可见一个黑黝黝的破洞。

罗战皱起眉："他们告诉我说袁丽葬在渡山，我后来也想过，会不会是龙都化工厂做的，但是又觉得如果真的是他们做的，这不等于直接告诉了我他们的身份？"

"这一部分我们现在只有猜测。"阎非道，"这次出事之后对方并没有曝出你的血样以及相关视频，他既然没有这么做，就说明这部分的证据其实并不在王朔手上，而在你说的那个第三方手上，是第三方没有帮龙都。"

萧厉接过话："现在这个你说的第三方，我们除了从你那儿得来的那些截图，没有太多证据，甚至连你这些年所接的'客户'都不清楚他们的真实身份，他们手上的东西和你差不多，也只有汇款时的账号还有每次都变动的海外联系方式。"

罗战不解："那究竟为什么要告诉我……"

"因为这个'威胁'，很有可能是一个提示，这个第三方，他在直接告诉你，这整件事就是龙都化工厂搞的鬼。"

萧厉看着罗战，果不其然发现他的手抖得厉害，脸色惨白，萧厉有些不忍："罗先生，我可以理解，当初你因为担心亲人被害最终选择和对方合作，但是事实就是，其实对方早就已经告诉你一切背后的黑手了。"

罗战捏紧了拳头："他们为什么要这么做？"

"我们现在不清楚对方的目的，但是这次这个第三方没有落井下石地将那些对你不利的证据爆出来，就说明他和龙都化工厂并不是一条心。"

"那这个第三方，他们会知道袁丽并没有死并且被带去了渡山吗？"

阎非摇摇头："无从得知，但是可以确定的是，袁丽被埋在渡山这件事，至少王朔是不知道的，否则后头也不会出这些招数来想要瞒天过海，由此判断，杀死袁丽的人并不是王朔的人。我们调查了当时可能目击过袁丽的所有人，但都没有结果，后来在实在没有线索的情况下，我们想到了一个人，他这十几年来出于强烈的负罪感都常在渡山活动，我们本来想碰碰运气，就去问了一下，结果没想到，竟然真的有进展。"

"是谁？"

"杜峰。"

萧厉道："我们之前因为别的案子也做过他的口供，那时候我们都以为，他只在山上见到过一个凶手，但是之后我们又重看了口供的记录，发现其中有些地方对不上。"

萧厉翻开手中的文件夹，拿出渡山特大连环杀人案的资料复印件："杜峰当时提到，在抛尸的时候，凶手不仅往坑里填埋了石子，还将尸体擦拭干净……我们事后问过渡山案的凶手李富明，他因为无法强奸那些女性受害者，所以根本没有对方身上留下什么体液，加上李富明本来就有仇女的心态，掩埋尸体的时候都是草草拿袋子裹了，根本没有过擦拭尸体这个步骤。"

他顿了顿："换句话说，将尸体擦拭干净，这是他看到的另一个人做的事……杜峰的精神状态不稳定才将这些事都混淆在一起，但其实他看到的人不只是李富明，还有将袁丽杀死并且掩埋的凶手。"

28

审讯室里沉默了一会儿，萧厉突然道："罗先生，现在还来得及。"

"来得及什么？"

"来得及做一个诚实的人。"阎非前倾身子，"袁丽的死，你真的不知情吗？"

罗战满脸莫名："我为什么会知情？"

萧厉仔细看过罗战脸上的表情，半晌他叹了口气，拿出一支录音笔，直接播放了之前他再去找杜峰时的录音。

萧厉问道："你看到他的脸了吗？如果再让你认一次，能不能认出来？"

杜峰道："可以，因为我发现他每年都来扫墓，大概跟我一样有过不去的坎儿吧。"

萧厉按下了录音笔的暂停键："罗先生，你能不能解释一下这个？"

罗战皱着眉："我印象里确实有个人经常在山上，但是他患病这么严重，都已经会把别人的事情和自己做的混淆了，也有可能是认错人了呀。"

萧厉像是早就猜到他会这么说，又将录音快进了一段。

"仔细回想一下，当时除了看到那个人在小溪边擦拭尸体，他还干了什么？"

"那个时候我女儿还没丢，我脑袋好像还比后来清楚一点，我记得他后来烧东西，烧了挺久的，完事之后天都要亮了，他最后上了一辆车走了。"

"你认一下是不是这个人？一定要百分之百确定才能点头。"

"没错，就是他，那时候他戴了口罩，但我记得他的身材，很瘦，不会弄错的。"

录音到这儿停下，罗战冷冷道："所以你们怀疑我杀了袁丽？"

阎非道："我们是在问你，在那场火灾之后，是不是就没有再见过袁丽了。"

罗战的脸上浮上一丝愤怒："他既然已经神志不清，你们又怎能听信他的话？"

"罗先生，办案不是按照社会地位来给证词分等级的。"萧厉冷冷道，"杜峰说的也是一份证词，它需要一个合理的解释。"

"我没什么好解释的。"罗战冷冷看着他，"既然不相信我说的，解释有用吗？"

"好。"沉默了几秒后，阎非轻声道，"萧厉。"

他叫了一声，但萧厉就像是不愿意做出回应一样沉默着，忽然间他就像是忍无可忍，猛地站起来脸色铁青道："你知不知道这个监控外头站着谁？你已经欺骗过她一次，既然愿意在那些事情上对她诚实，又为什么还要有所保留呢？"

"萧厉！"阎非低声呵斥，"坐下！"

萧厉注视着罗战的脸，发现刚刚这几秒内，男人的神情急剧地发生了一些变化，萧厉按捺住情绪："罗先生，我再问一次，你是不是在那之后就没再见过袁丽？"

罗战沉默着没有说话。

僵持了一阵后，萧厉深吸口气，终于从文件夹里拿出一份尸检报告的复印件推到罗战面前："袁丽的手就像你所说受过伤，但是这个伤我们查了，周宁没有任何记录，她不是在周宁受的伤，而是去了渡山之后，因为无法正常就医，所以恢复得很差，导致那根指头就再也伸不直了。"

罗战听到最后已然闭上了眼，萧厉到了嘴边的话怎么都说不出来，最后还是阎非将话接了过去："本来这件事我们并不确定，还想要套一套你的话，但是罗先生你刚刚已经给出答案了。如果你在那场火灾之后就再也没有见过她，你是不应该知道这件事的。"

他话音落下，一墙之隔的监控室里罗小男终于控制不住，一把捂住了嘴，整个人崩溃似的蹲了下去。如果说她原来还抱有一丝幻想，如今看到这个她最熟悉的亲人脸上露出那种惨淡的神情，罗小男浑身血液都凉了下来。

确实是他做的。

黄海涵将她抱过去，还不等姚建平递纸巾，罗小男却又抹了一把脸站起来，她的脸色惨白，但几乎立刻就止住哭，又开始看向监控。

黄海涵十分熟悉罗小男脸上那种狠绝的神情，就和当年阎非一定要去看阎正平尸体时一模一样，不忍道："罗小姐，你不用……"

"我要看。"罗小男面无表情地看着监控，眼角通红，"我要知道他到底为什么这么做，这件事我不想通过任何人的嘴知道，我要听他亲口说。"

"小男选你，眼光确实没有错。"

一墙之隔的审讯室里沉寂很久，最后罗战轻轻笑了。

萧厉心里发酸："你杀了她，之后还每年去埋尸的附近吊唁，是因为良心不安吗？既然这样，为什么不承认？"

罗战很慢地摇头，反问道："你应该问，我为什么要杀了她？"

阎非淡淡道："你是不是在渡山撞到袁丽了？"

"没错。"罗战笑了笑，"我那时候每年都要去渡山，谁能想到我去吊唁的人突然就出现在了我面前……我试探性地叫了她，她看到我就要跑，那一下我就确定了。现在想想这也是她的命吧，我们注定还会在那种情况下再见面，而且要是她当时没有那么诚实，说不定之后的一切都不会发生，她也不会死。"

事情已经过去十年，那一日的情景罗战却还历历在目，他话说到一半，袁丽却突然痛哭出声，在他面前跪下一个又一个地抽自己耳光，很快便把苍白的脸颊抽红了。

袁丽痛哭道："罗先生，是我对不起你……他们叫我来找你，我欠了他们好多钱……我，我不知道他们会让你做这么多……"

女人因为巨大的愧疚感精神已经濒临崩溃，瘫软在地上不住地抽噎，而罗战的大脑一片空白，他平时最擅长的就是迅速从杂乱的信息里提取出最关键的部分，此时早已将袁丽话中的意思听得明白。

这一切都是个谎言。

罗战扶在袁丽身上的手微微捏紧，他想到五年前自己决心帮袁丽时的一腔热血，如今看来就像是个天大的笑话，这五年他忍辱负重做的这一切，竟然从开头就是个圈套。

罗战想到逝去的妻子，想到如今还没上高中的罗小男，还有电视台的同事，节目的观众……他的事业还有人生已经因为这个错误和谎言无法挽回了，在那件事情之后，他也早就成了见不了光的人，这一辈子都将苟活于黑暗里。

"罗先生，我对不起你，对不起你……"

袁丽还在抽泣，捂着脸不住地道歉，却没有注意到身旁男人脸上的神情已经渐渐冰冷下来。在海啸一般的情绪里，罗战抬头，看到了那只放在桌子上的旧烟缸……

"我杀她的时候很冷静。"罗战结束回忆，轻轻摇头，"我知道，如果我不那么做，我过不了自己这道坎。"

萧厉看着罗战惨白的脸，一时也不知该说什么，在开始的几年里，第三方对罗战的控制尤其严密。那段时间，罗战在节目里念的稿子有大半都是相当于帮人做黑公关的软文，这对于本身心气极高的罗战而言显然非常痛苦。

罗战轻声道："我砸最后两下的时候，袁丽看着我哭了，后来这将近十年，我都经常回想起那时候她的样子。"

阎非道："你杀了她之后，还是按照对方说的将尸体埋在了渡山？"

"没错。"罗战淡淡道，"袁丽死时的样子不好看，我在把她埋下去之前又替她擦洗了一遍……其实从那时我就知道是龙都化工厂干的，但是我没有办法，我已经和他们是一条船上的人了，我唯一能做的，就是不让他们在这件事里全身而退。"

萧厉皱起眉，他此时突然有一种感觉，其实罗战从来都没有想要隐瞒这件事，他说的所有话都像早有腹稿，讲出来的时候，甚至连个停顿都没有。他看着罗战："罗先生，我再问你一遍，在你杀了袁丽之后，为什么还要每年去吊唁她？而且就在你埋尸地的旁边，你就不怕……"

"萧厉。"

这一回不等他说完，罗战便打断了他，微笑着说："我的路早在十六年前就已经走完了，小男没有看错人，我已经没有办法再照看她，之后的事情，恐怕就要拜托你了。"

29

从审讯室出去，萧厉刚想往隔壁房间走，阎非一把拉住他："我妈在，现在别去。"

"可是……"

"罗小男一定不想要你看到她现在这个样子。"

阎非言简意赅，萧厉的动作顿时僵住了，他想起之前罗小男怎么也不愿意告诉他罗战的事，如果他现在去，大概也只会让罗小男的心理负担更大。

"我妈在，不用担心。"阎非像是感觉出他的无措，"到楼上冷静一下。"

两人去到天台，萧厉在阴冷的风里浑身都是冰的，他打了两次火都没着，手脚甚至还没有失明的阎非利索，阎非道："罗小男能挺过去，从我们和她说的时候，她就应该已经做好心理准备了，你不要太担心，让她缓一缓。"

"你话说得容易，她是我女朋友，她是什么性格我不知道？"萧厉火气很大，然后又想起罗小男现在名义上还不能算作他的女朋友，他想要给罗小男一个安慰的拥抱都缺少正当理由。

"都什么破事。"萧厉还是想不通，"为什么……罗战为什么一开始不认呢？我觉得从他来刑侦局，他就已经做好准备要让一切真相大白了，明显早就想好了。"

"很简单。"阎非道，"那是因为他不想从宽，想从严。"

萧厉一愣，很快睁大了眼："你什么意思？你是说他希望自己被重判？"

阎非淡淡道："他两次避开你的话题，已经很明显了，罗战知道

以他的身份，就算是主动坦白从宽处理，外头的舆论也不会放过他，更何况，他还要给罗小男铺路。"

萧厉倒吸口凉气："你是说他……"

阎非轻声道："我估计，如果我们没查出来，罗战会自己说，但我们已经查出来了，所以罗战便咬死不认，这样从情节上会显得恶劣一些。他做事的手法很缜密，不会不知道去抛尸地周围吊唁袁丽会给自己惹上很大嫌疑，他知道还这么做了，就说明一开始他就不想全身而退……他早就想好了，这是他在赎罪。"

萧厉听得浑身冰冷："罗战希望自己被重判是因为想和罗小男彻底撇清关系？"

"当时在家里的时候，他同我们再三说，他答应第三方的主要原因是担心对方对罗小男不利，但刚刚他全程都没有提这件事。他是不想把罗小男扯出来，再加上罗小男之前那出大义灭亲，罗战便干脆就着我们铺的路，彻底和罗小男撇清干系。"

萧厉越听越心惊，连带着烟灰都撒了一身，他知道阎非能猜出这些，罗小男也一定会发现："但是这样做，小男她……"

阎非摇摇头："罗小男还要在这条路上继续走下去，她还要查清楚陷害罗战的第三方到底是谁，罗战这么做是为了她好。"

"我当然知道是为了她好！"萧厉简直无法想象罗小男刚刚在监控室里是用什么样的心情去面对这场审讯的，一股邪火冲上心头，"我真不知道你们这群人是怎么回事！一个个都觉得自己是铁打的？你也是，罗小男也是，这么逼自己不会觉得难受吗？"

阎非脸上缠着绷带，剩下半张脸能透露出的情绪不多，听他说完却只是很平静地问道："萧厉，之前你救我的时候想过自己可能会死吗？"

萧厉一愣，没想到他突然说这个，阎非又道："我听罗小男说，你被送到医院的时候失血过多，加上枪伤，伤势比我严重得多，当时你在这么做的时候，有考虑过后果吗？"

萧厉一时语塞，他现在已经记不太清当时的细节了，只知道在那个时刻，他确实只有一个念头，就是不能让阎非死在他面前。他犹豫道："我欠你很多，所以无论如何，都不能让你死了。"

阎非道："对罗小男来说也是一样，她想要最终还罗战一个公道，这件事要付出代价，但是为了这个结果，这些代价都是可以接受的，无论它在外人看来有多残酷。"

"……"

萧厉也不知道阎非这人是怎么回事，每次说到这种事情大道理就特别多，他噎了半天最后只叹了口气道："我就是看不惯，而且你们还都不爱跟人说，真不知道你们平时是怎么睡得着的。"

"找到方法就好。"阎非道，"比如说找个菜鸟带带，特别解压。"

萧厉无声地翻了个白眼，心里却知道现在最重要的还是要把害罗战的人揪出来，他没好气道："现在怎么办，如果王朔一直不开口，那个莫贺军又把事情推得一干二净，这个事儿也不可能一直拖着。"

阎非耸耸肩："我现在是个瞎子，今天是特殊情况才要我来，审王朔这些事情都是你的活儿。"

"你……"萧厉震惊地瞪着他，"阎非，你这个时候要当甩手掌柜了？"

"不然你还指望我一直带你吗？你都救了我的命了。"阎非淡淡道，"小姚对这个案子也没有你熟，许多收尾的工作只能你来做，我也只放心你做。"

萧厉被他这种口气弄得很尴尬："那我先跟你打个预防针，我有种不好的预感，这次在王朔家里找到罗战那些东西，对方可能已经想好对策，要把这个事全推到王朔头上。"

"莫贺军可能和第三方有联系，就算我们这次找不出证据，也有了这个怀疑对象，之后总归有个突破口可以去找第三方的线索。"

阎非摸索着想把烟给掐了，但是找不到位置，萧厉无奈之下把他的烟接了回来，一起弄灭扔在了一旁的烟缸里："你倒是有自信，好在这事儿在舆论上已经彻底翻盘了。按照这个股市的状况，龙都化工厂的气数也就是这两年，如果我们再能顺藤摸瓜地找到一些和鸿心福利院利益相关的人那就更好不过。"

"加油。"阎非不忘对他比了个鼓舞的手势。

萧厉给堵得没话说，没想到到头来竟然还有要他替阎非挑大梁的时候，无奈道："你还是好好养着吧，别到时候真瞎了，我可不当你一辈子的保姆。"

30

一周后。

萧厉靠在天台上吹了一会儿风，他身上有伤，几天下来实在是抽不动烟了，只能靠这种方式来冷静脑袋。

整整三天，他们每天都让龙都化工的董事莫贺军来配合调查，对方倒也配合，每天愿意腾出六个小时待在审讯室里，甚至也愿意提供董事会的信息以及账目信息，这些东西萧厉带着林楠他们翻来覆去地查，结果却出乎他们意料。

五年前夜店的股东是龙都塑胶，公司是王朔的，莫贺军上来就把自己撇得干干净净不说，还以他常年在国外对国内事务不了解为由，推托对鸿心福利院的事情不知情。

至于更早的春芽福利院还有圣心福利院，早期的福利院注册时虽然需要提供资金来源的证明文件，但远没有后来法规细化之后那么严格。张琦费了九牛二虎之力从民政部门那边调出了当年两家福利院注册时的材料复印件，但资金证明的公司经查都是海外企业，同时也已经是注销状态，涉及境外机构，之后的调查就会非常困难了。

查了好几天，他们现在陷入了僵局，找不到龙都化工厂除了王朔以外的高层涉案人，虽然萧厉有心想要调查十多年前龙都非法放贷的事，但他们问过几位当年的受害者，包括朱雅晴在内的人都只知道这件事是王朔授意他手底下的得力干将是孙龙德和杜安康，这两人如今都已经死了，如果王朔不开口，他们根本没办法往上查。

萧厉在冷风里站了一会儿，他不敢相信，他们至今竟然找不到任何龙都更高层涉案的证据。原本按照罗战说的，如果血样和指纹找不到，他们还可以说是幕后有他人操纵，但现在这些东西都在王朔的私宅被发现了，外界一边倒地要求严惩王朔，虽说也有不少人怀疑龙都化工厂涉案，但到底拿不出证据，最终造成的影响无非就是龙都股票暴跌。

距离王朔被抓已经过了将近三周，许多人都在等待着刑侦局的下一次案情通报，阎非由于眼睛问题，这几天都在医院静养，而萧厉顶着巨大的压力连夜查，每天晚上几乎都睡不到五个小时，他本以为多多少少能查出来一点龙都化工的猫儿腻，但却没想到一点儿都没有。

赵统知道妻女的尸骨被找到后改了口供，来找他的人是王朔，而目前所有的证据都指向同一个人，甚至之前他们去走访过的那些龙都的老员工，包括刘雪、马俊等，在问及一些高层的问题时都众口一致地将矛头对准了姓王的……

至于第三方，他们按照罗战过去曾经公关过的名单去找了大部分当事人，拿出罗小男提供的证据，要求他们供出介绍罗战进行公关的中间人，问了一圈，这些人拿不出任何有用的信息，只有一个银行账户和邮箱，而汇出去的资金也早就通过洗钱石沉大海。这个第三方，就像是个彻彻底底的影子，他们知道它的存在，却一点边都摸不着。

萧厉拧着眉头，王朔是差不多二十五年前开始在龙都化工任职的，如今所有证据都指向他，就说明从最开始龙都在布局的时候就做好了准备，在某一天出事的时候会完全让王朔来背锅。

萧厉越想越烦，忍不住一拳砸在一旁的墙上，一阵疼痛过后，他口袋里的手机震了起来，拿出来果真是阎非。

这几天阎非说让萧厉自己查，结果当真就没怎么管，只是每天晚上萧厉去医院的时候会问他一下进展，这还是头一回阎非主动打电话过来。萧厉接起来道："怎么，在医院闲得长毛，还是要来过问案情啦？"

阎非淡淡道："林楠给我打电话，说你感情受挫，案子又没有进展，怕你压力太大从楼上跳下去，叫我来安慰你一下。"

萧厉无言以对："你带出来的这些小孩怎么都和你一样好操心？"

阎非在电话那头哼笑一声："查得怎么样了？今天王朔还是没开口？"

"我看这孙子是不会开口了，进来这么久，就问过一次他老婆和孩子在哪儿，这事儿唐浩都查了快两星期，一点儿线索都没有。"萧厉烦躁地抓了一把头发，天台上没人，他也终于可以将在林楠他们面前不敢说的话都说了："阎非，都好几天了，什么都没有，而且你有没有发现，这几天网上那种要让王朔死刑的特别多，有人要他死是要封他的口。"

阎非平淡道："我现在瞎了，刷不了微博。"

萧厉给噎了一下，觉得阎非这几天心突然变大了，他没好气道："我的意思是有人在替龙都化工厂公关！就跟当时网上有人成片黑你一样，这些都是存在人为操作因素的。"

阎非沉默了一会儿："你觉得第三方还是在帮龙都化工？"

"我现在觉得他和龙都的关系很奇怪，龙都前后的做事风格差距很大，这次它给咱们三个人下的套，整个计划都很蹩脚，但是之前这将近二十年，龙都所有不合法的行动都是从王朔这一个口子流出去的，换句话说他们一开始就做好了布局，知道早晚有一天会把王朔推出去背锅。"

"你是觉得第三方其实和龙都高层很早以前就认得，从一开始就给龙都提过很多建议，但是这次他却没有选择帮龙都渡过这个难关？"

萧厉想了想："你觉得有没有可能，是因为袁丽的事情，所以这个第三方想要给龙都一个教训？但它并不想要置龙都于死地，只是想要莫贺军长个记性？"

阎非道："但是这解释不了为什么第三方会直接告诉罗战人就埋在渡山，如果他们两方的关系真的非常密切的话，第三方这么做不就相当于直接背叛了龙都化工厂？"

"就是想不通啊……"萧厉一个头两个大，他看着远处阴沉的天，"阎非，我有种感觉，我们可能查不出更多有关龙都化工厂涉案的证据了。我这边还在收集圣心福利院和春芽福利院那些孩子的线索，但是即便对外曝光了，人都已经死了，这个锅最后也会落在王朔身上，龙都顶多破产，如果查不到王朔和莫贺军私下的关系，莫贺军不会坐牢的。"

他眉头紧皱："还有第三方，罗战扯出这一长串名单都是他的客户，这些人一个都跑不了，第三方的生意砸了，应该会消停一段时间。"

"走一步看一步，说起来应该也要对外说些进展了吧？"

听阎非又提起这茬，萧厉简直头疼，经过这次他才知道阎非天天处理的乱七八糟的事有多少，没好气道："早知道当时定计划的时候就应该让我钓鱼，我现在当个瞎子，倒是乐得清闲。"

阎非哼笑："你要是能一枪打碎那个信号屏蔽器，是可以让你来。"

萧厉简直不想和他说话："反正也查不出东西，估计杨局马上就要找我去聊这事儿了，我今天下班早点过来，商量一下要讲什么，我一点都不想便宜龙都化工厂这帮孙子。"

他说着，又想到这次恐怕就要对外告知罗战确切涉案的细节，心头一沉，轻声道："我晚点会叫小男一起过来，这次的事，她也要知情才行。"

31

罗小男出现在医院的时候萧厉外卖都吃完了，她进来看见萧厉正在往阎非的粥碗舀咸菜，冷笑道："阎非你真把他当保姆用啊？"

萧厉立马狗腿地站起来："小男，忙完了？"

"早着呢，我晚上回去还得继续开会。"罗小男妆容画得精致一如往常，但即便这样都难掩眼底的疲倦，"有什么要交代的赶紧，现在视点和欧洲那边都乱了套了，我昨天刚跟老高提了辞职，手头还有一堆事。"

她将手上的水果在床头柜上放下，声音嘶哑："叫助理去买的，也不知道买了点什么，将就吃吧。"

阎非淡淡道："不用每次来都带，上次的还没吃完。"

"谁叫你身上这枪伤是我弄的呢。"罗小男皮笑肉不笑，"不想欠你人情。"

萧厉道："你对他开枪，我又替他挡了一枪，这应该算还了吧？"

他话音刚落，两人齐齐扭头过来，罗小男清清楚楚地翻了个白眼："我俩名字还没写一个户口本上呢萧厉，没你这么算账的，我对他开了一枪，但我也帮你挡了一枪，你的命是老娘救回来的，你帮他挡枪我一点不觉得高兴。"

"行吧，怎么倒霉的都是我。"

萧厉自知理亏，见状只能默默地缩到一边。罗小男在床边坐下："所以怎么样了？"

阎非嗯了一声，用下巴点点萧厉，意思是"他的事别问我"，后者叹了口气："恐怕这次没办法一下子让龙都翻船，但是王朔怕是活不成，他到现在都不开口是打算和我们死磕到底，把一切的罪都扛下来，保住他的家里人。"

罗小男皱起眉："确定他的老婆孩子是给人绑了？"

阎非道："萧厉这边查不出来下落，不过参考赵统的妻女的被绑，这就是龙都的一贯做法，王朔早就有这种心理预期，所以被抓之后除了问过他老婆和孩子的事，没有再开过口。"

罗小男拧起秀气的眉："他在这儿和你们死磕，外头他老婆和孩子都死了也说不定，说了，至少还能让龙都化工厂付出一些代价，家里人也不用白死。"

"问题就在于，他不敢赌。"萧厉皱着眉，"而且就算王朔开口了，我们也没有什么物证可以证明龙都的其他高层和这些破事有牵扯，他们做得太干净了。虽然之前有人说孙龙德和莫贺军在一桌上吃过饭，但是也不能拿出来做证据，莫贺军在最早肯定有过布局，相比于他们之前的手段，这次对付我们的这个计划简直像是一群门外汉做的。"

罗小男冷冷道："所以说第三方应该很早就参与了。"

"多半是早有联系，但是我们现在没有时间了，光靠你爸的证词还有那些截图，从本质上证明不了有第三方的存在，更何况对方还让王朔背了这个锅。"萧厉面色发沉，"恐怕这次我们只能暂时交代王朔的事了。"

"不是还有我爸吗？"罗小男接话接得很快，"你不要告诉我你们还打算藏着掖着不说，你们上次说我爸涉案后外头什么瞎猜都有，要是再不做澄清，我爸的风头都要盖过王朔了。"

萧厉一愣，他原本就是顾及罗小男的情绪，但现在看来罗小男振作得比他想的要快多了，萧厉放下心："是要说你爸的事情，而且要一五一十地说，给第三方一点危机感也好。"

"那当然，现在外头很信赖你们，你们现在说什么他们都会信的，也不会觉得你们是在帮我爸洗白……因为我也不打算帮我爸洗白。"罗小男脸上如今已经看不到任何阴霾，"之前我发的那篇稿子不能白写，人设都立好了，现在外头都叫我大义灭亲的巾帼英雄，当然不能让他们失望，还要出后续的报道。"

罗小男讲得毫不在意，萧厉却知道她心中一定没有看上去这么轻松，他正要开口安慰，罗小男却压根没给他这个机会："等你们公布和我爸有关的内容，我会去巴塞罗那待一段时间，处理我爸留下的海外杂志，也躲躲风头，省得周宁这些媒体天天来对我穷追不舍，弄得老娘连美甲都做不了……我可不想自己的照片天天出现在热搜上，这些不入流的，照片修都不修一下。"

萧厉一愣："小男你要走？"

"不然呢？"罗小男用下巴点点阎非，拖着长音，"你们队长瞎了，名存实亡了，你现在就是支队的顶梁柱，自己都一屁股的麻烦，还要来操心我呀？"

"我看你是巴不得我死了。"阎非语气凉凉地插嘴。

罗小男笑笑："阎队长，我虽然是有点想除掉你，但想想真弄死你也有点不太合适，萧厉会伤心不说，之后要用到你的地方还多。"

萧厉还没缓过来："那你之后……"

"会两头跑，就跟我爸以前一样，谁叫他生意做这么大，我要完全接手至少需要一到两年，还不一定能完全弄好。"罗小男很冷静地看着他，像是早就做好这个决定，这时候只是来通知他们一声。

萧厉紧张地抿了抿嘴："每年还会回来吗？"

罗小男触及他眼底的情绪，语气终于软了下来："怎么，怕我来查你岗啊？"

"我倒是希望你来查我岗。"萧厉苦笑，罗小男没直接回答他的问题，就意味着她恐怕已经意识到之后的一两年内他们见面的机会不会太多。

像是发现他的失落，罗小男笑道："网络这么发达，你可不要做什么亏心事的时候不接我电话，要不以后我在国外傍个又高又帅的王老五，你可不要怪我。"

这样的对话十分熟悉，萧厉恍惚想到两人第一次分手，好像也说过这些话，他叹气："你放心好了，我队长都名存实亡了，我现在每天忙得像陀螺，压根没时间做亏心事。"

医院的冷光灯底下罗小男笑着看他，眼睛弯得像一只猫，一如好几年前萧厉第一次见到她时的样子。萧厉看着她出神，这才明白阎非说的"罗小男早有心理准备"是什么意思，就这么短短几天，她已经在往前走了，而他不能在这个时候掉链子。

这些救过他的人，他不能让他们丢下，接下来的路，他要好好地走。

萧厉想到这儿正色道："行吧，那来说点正事。"

阎非和罗小男都看过来，萧厉道："我们没有第三方的证据，但是之后肯定还是要查他们的，无论是罗战还是阎正平都是这个第三方的受害者，我们不能放过他，只是现在时间紧迫，只能先把王朔的事了了，之后再想办法慢慢抓住莫贺军和第三方的尾巴。"

罗小男点头道："我之后在国外也会留心，莫贺军在欧洲有不少生意，我会想办法查查看，隔一段时间会和你们说。"

"后天就是见光的日子了。"萧厉沉声道，"就当是和这些兔崽子宣战了吧。"

尾　声

在最新的案情通报公布后，出现在媒体面前的只有萧厉一个人。

一直到当天下午，微博的热门消息里都还满是萧厉从刑侦局里出来的那一段视频，媒体堵着他问对于罗战涉案的看法，而萧厉原先的媒体背景在这种时候倒是体现出优势来，寥寥几句将自己的位置摆得很清楚，也不给人留什么话柄。无论这些记者怎么问，他最后都是一句，罗战涉案已经查清，但是关于龙都化工厂的部分还在调查当中，可以确定的是，罗战这些年曾经帮助公关的这些企业，在这次的调查里一个都跑不了，刑侦局会将他们过去遮掩的事情连根拔起，给公众一个交代。

之后，这段简短的采访被做成了几个单独的卡段放在微博上，其中有几个片段转发超过了十万，有人说萧厉给人的感觉变了很多，如果说之前都是萧厉给阎非打配合，那这次在阎非重伤缺席的情况下，萧厉表现得完全可以独当一面，看上去甚至有点像是阎非了。

下午五点，相关的热搜下实时刷新都能出现七八条新的评论，其中除了讨论萧厉和案情的，还有不少是关于罗小男的。有不少媒体在罗小男的公司楼下拍到了女人的身影，一如既往，罗小男妆容精致，衣着不菲，踩着一双很高的高跟鞋，单从外表完全看不出刚刚经历过家门巨变，整个人似乎已经完全从阴影里走了出来。

也有人上去问罗小男关于罗战的问题，女人一概没有搭理，只是笑着冲他们晃了晃胸口的牌子，而当摄像们把镜头推上去，这才有人注意到，罗小男胸口的证件上写着的已经不是新闻广角，而是大众视点。

这个发现在微博上一石激起千层浪，许多人都没想到罗小男在这短短几天内竟已经换了东家，将罗战的公司接了过来。网络舆论对这件事自然也是褒贬不一，有人说罗小男是大义灭亲，也有人说她是图她爸的公司才会在整件事里表现这么积极，两边争执不下，直到晚上还没有吵出个结果。

"我发现他们真是闲的。"

晚上七点，被挂在微博热搜上一下午的三位当事人围在萧厉家的火锅边，罗小男一边刷着微博一边涮肉，忍不住翻了个大大的白眼："居然还有迷妹出来帮你们控评，说不要妨碍哥哥处理公务，拿公职人员当明星真的不犯法吗？"

阎非淡淡道："不要妨碍公务和造谣就行。"

萧厉一人涮两人份，忙着给阎非碗里夹午餐肉和牛肉，叹了口气："我俩这么风骚以后在刑侦局也不好混，以后还是得想办法和这些小姑娘说说，追什么不好，还追警察，吃饱了撑的。"

罗小男冷哼一声："还不是因为你俩的脸！"

萧厉微妙地闻到一些醋味，出于求生欲没搭话，默默地又下了些菜进锅里。一顿饭吃到八点多，网上的讨论愈演愈烈，罗小男喝得双颊绯红，笑得上气不接下气："看到没有，这有个人说，'萧厉的春天怕是来了吧？阎非一时瞎一时爽，一直瞎一直爽'。"

阎非哼笑一声，扭过头"看"着他："是吗？"

"你要能看见就知道老子现在一点都不爽了。"萧厉没好气地收拾桌子，因为阎非看不见，这场火锅吃得多少还是有点狼狈，而罗小男已经喝到危险的边缘，像是完全不管第二天一早八点有会，正在桌子另外一边笑得东倒西歪，给他们一条条读网上的评论。

"你们俩真是我亲祖宗,怎么还会有人觉得我现在春风得意?老子一边上班一边还得当保姆,还不赚两份钱,他们怎么不来试试看呢?"萧厉眼看着罗小男往调料碗里倒啤酒,劈手就把酒瓶子夺了过来,他现在只庆幸自己有远见,料到罗小男会撒酒疯,从头到尾一口酒都没敢喝。

说是给罗小男的送别会,结果萧厉只觉得自己像是个冤大头,家里一个残,一个喝高的,如今还都在兴头上。

罗小男就不谈了,从她叫了两箱啤酒上门,萧厉就知道她今天晚上没打算走,然而让他没想到的是就连阎非这种一贯冷着脸的,如今听罗小男读那些不着边际的评论也时不时会笑一下。萧厉简直觉得活见鬼,奇道:"怎么你俩都跟疯了似的?你俩还记得这就是个开始吗?"

阎非心情很好,闻言居然破天荒道:"结案的庆功会上一般不谈坏事,你以后要是带着他们出去团建,记得不要扫兴。"

萧厉目瞪口呆,忍不住上去摸了他的额头:"老哥,你也没喝酒,怎么回事,高了?"

"你见我高过?"阎非淡淡道。

萧厉无言以对,桌子对面的罗小男此时醉醺醺地又要去开新的啤酒,萧厉见状赶忙把人按住:"咱们这是庆功宴,也是送别会,到现在一件正事儿都没做,你别喝死了。"

罗小男双颊通红地想了想,却是伸出手,又打了个酒嗝:"来,正事!"

萧厉一愣,结果罗小男一下子把他的手拉过来按在了她自己的手背上,醉醺醺道:"不是要有仪式感吗?要不要杀只鸡?"

萧厉这下才知道她要干什么,他好笑道:"得亏阎非看不见,要不这种事儿他简直能挤对你一年。"

"什么事？"阎非闻言也饶有兴趣地扭过头来。

萧厉心想这两个祖宗简直要折腾死他，一会儿不光要洗碗，还得伺候这两个人上床睡觉，就这样还不如速战速决。他叹了口气道："那行吧，就发个誓，咱们之后得是一条心，把那些孙子都抓出来。"

"好。"

出乎意料，阎非这种向来不爱搞形式主义的人竟然也伸出手，萧厉没想到他这么配合，有点难以置信地将他的手拉过来："阎非，你确定你就是眼睛的问题，要不要改天再去看看脑子？"

他话刚说完，手指立竿见影便感受到一阵疼痛，自从失明之后，阎非表达不爽的方式越来越直接。萧厉龇牙咧嘴了一阵，这回不敢再皮了，老老实实地将阎非的手按在自己的手背上，然后又抓住了罗小男的手，轻声道："无论如何，都要把这个害了罗战和阎正平的背后组织揪出来，你俩都救过我的命，这一票我一定会陪着你们干到底。"

"这些畜生把我爸害得这么惨。"罗小男喝得着实有点多，耳边甚至都是罗战在说话，她咬着牙，"我饶不了他们。"

"我也一定要给我父亲一个交代。"

阎非轻轻应道，萧厉感到这人用力抓紧自己的手背，于是他也一样抓紧了罗小男的。

"那说好了，这件事我们三个一起查，如果不查出来就绝不善罢甘休。"

三人的手于是紧紧握在了一起，在这一刻他们都没有穿工作装和警服，也不再以媒体人和警察自居。萧厉、阎非和罗小男，纯粹是三个想要知道真相、愿意为之立誓的年轻个体，他们的声音交织在一起，都压得很低，像是心照不宣的窃语。

"不找到真相，绝不罢休。"